はもん

黒川博行 著
郑民钦 译

破門

著作权合同登记号　图字　01-2017-1102

HAMON
© Hiroyuki Kurokawa, 2014
Edited by KADOKAWA SHOTEN
First published in Japan in 2014
by KADOKAWA CORPORATION, Tokyo.
Simplified Chinese translation rights arranged with
KADOKAWA CORPORATION, Tokyo
through Bardon-Chinese Media Agency, Taipei.

图书在版编目(CIP)数据

破门/(日)黑川博行著；郑民钦译.—北京：人民文学出版社，2016
ISBN 978-7-02-012090-1

Ⅰ.①破… Ⅱ.①黑…②郑… Ⅲ.①长篇小说—日本—现代 Ⅳ.①I313.45

中国版本图书馆 CIP 数据核字(2016)第 249936 号

责任编辑　陈　旻　翟　灿
装帧设计　陶　雷
责任印制　苏文强

出版发行　人民文学出版社
社　　址　北京市朝内大街 166 号
邮政编码　100705
网　　址　http://www.rw-cn.com

印　　刷　三河市鑫金马印装有限公司
经　　销　全国新华书店等

字　　数　282 千字
开　　本　880 毫米×1230 毫米　1/32
印　　张　12.625　插页 1
版　　次　2017 年 4 月北京第 1 版
印　　次　2017 年 4 月第 1 次印刷

书　　号　978-7-02-012090-1
定　　价　39.00 元

如有印装质量问题，请与本社图书销售中心调换。电话：010-65233595

1

　　把玛奇放进鸟笼,换好鸟食和清水,关闭空调,然后离开事务所。乘电梯到一楼,瞧一眼信箱。里面有一张广告,手写的歪歪扭扭的烂字:"你相信奇迹吗?——不治之症治愈了,彩票中奖了,与心上人结婚了,事业获得巨大成功了。一切都心想事成。请务必参加我们的集会。奇迹真的存在。创造奇迹协会大阪支部"。另外还附有一张画得极其潦草的找不着北的地图,一看就知道大概是某个招摇撞骗的宗教组织。难道还有人受他们的诱惑吗?不治之症得以治愈还有点诱惑力,但结婚这种事,谁都可以的吧……

　　他把广告揉作一团扔进走廊的花盆里,走出福寿大楼。门口停着一辆宝马。银白色的宝马740i。他有一种不祥的预感。

　　"去哪儿啊?"

　　镀膜玻璃的车窗落下来,大背头、无框眼镜、一身黑西服、深灰色领带的恶魔露出脸来:"才六点刚过,你就不好好干活啊。"

　　"我可是准点下班。"

　　"下班?你要知道,这是有百人员工的公司,可不是只有你一个人的个体小店铺。"

　　真倒霉!要是六点前走就好了,不至于遇见这个混球。

桑原问道:"你喜欢电影吗?"

"不喜欢。"

"瞎说。我听你说你一年看一百部DVD。"

"我说过这话吗?"

这小子对这些鸡毛蒜皮的事儿记得可清楚了。

"你这种闲得发慌的穷人,也就是看租借录像带来打发孤独。也没有女人能一起去电影院的。"

"你到底怎么回事?是给我找不痛快来的?"

"我是给你送活儿上门来的。谢谢我吧。"

"活儿?什么活儿……是建还是拆?"

"上车吧,站着不好说话。"

"站着的是我,你不是坐着吗?"

"甭给我耍这种小聪明,不然好不容易到手的工作就吹了。"

"吹就吹呗。"他打心眼里不愿意和桑原一起工作。

桑原放低声音说道:"二宫,算我求你了。上车吧。"

这个人唯我独尊,惹怒他会暴跳如雷。二宫只好坐进副驾驶座。

车子静静地启动。

"这是老式车。"

这辆车是七系列,三年前产品更新换代,二宫说道:"这种老式车不合适你这个豪车癖吧。"

"二哥说我了,说我的车比老大的车还神气。"

"老大是什么车?"

"丰田世纪。"

"丰田世纪不是比七系的要高级吗?那是十二缸车,这是八缸车。"

"别这么啰里叭唆的。我对车子已经厌烦了。"

"嘿,是吗。"

二宫心想,可能桑原的来钱路子比以前少了。由于长期持续的经济萧条,二宫的经营也大受影响,七月已经过半,今年的销售额还不到二百万日元。抛去事务所的房租和开支,肯定亏损。从母亲那里借来的钱,尽管她没有开口催促,也已经超过八十万日元。

车子来到四桥路,沿着五车道的单行线一路往北。

"这是去哪儿啊?"

"请你吃饭。"

"谢了。"不知道今天刮的什么风,"你说有什么活儿?"

"电影。拍电影。"

"拍电影? 不会是看电影吧?"

"制作……制作电影。"

"你吗?"

"不是我。是制片人。"桑原显得不开心的样子,"这个人叫小清水。是老大的老相识,当过 V 电影①的制片人。"

桑原说,V 电影最近业绩下滑,数量急剧减少。小清水的本行是电影制片,现在光靠这个吃不上饭,结果办起了艺人培训学校。

"大概二十年前,老大还是若头②的时候,有一天,东大阪的弹珠游戏房的捎客把小清水给带来了。具体谈了些什么我不清

---

① 东映公司推出的低成本电影,不在影院上映,以租赁为主。
② 若头,暴力团里的职称,一把手称为组长。若头是"子分(部下、党羽)的头目"之意,现在一般是组里的二把手,所以称其为"二哥"。所管辖范围广泛,权限极大,多被视为组长的接班人,一般配有多名助理。

楚,可是老大决定用帮里的钱给小清水的电影投资。那一次马马虎虎算是投中了,赚了大约三百万日元。老大尝到甜头,后来又接连投资两部电影,可是都血本无归……其实本来就是这样子,玩电影就是赌博。押得对不对,不到放映不知道。我那会儿在堺,没见着,不知道究竟怎么样。"——"堺",指的是大阪监狱吧。

"V电影拍的几乎都是黑帮片吧。"

"好像恐怖片也很多。"

"二蝶会第一次投资的那部片子叫什么名字?"

"《大阪顶峰战争·帮主的赎金》,高凪刚志主演。"

高凪刚志以前人称V电影的老大,经常在粗制滥造的黑帮片中担任主角,最近出演了电视剧。他的表演富有个性,是二宫喜欢的演员。

"你看过吗?《大阪顶峰战争》。"

"黑帮片的故事情节都差不多,就是看过也记不住啊。"

"麻将电影怎么样?《天和之鹰》。"桑原说这是继《大阪顶峰战争》之后投资的电影。

"麻将跟电影不搭界吧,虽然《麻将放浪记》还不错。"

"这《麻将放浪记》是什么电影啊?"

"你不知道吗?阿佐田哲也原著,和田诚导演的黑白片。"

"你是电影癖吧,连黑白片也看吗?"

"《七武士》《保镖》《椿三十郎》《天堂和地狱》,都是黑白片啊。"

"别不懂装懂的,你说的这几部不都是黑泽的吗?"

"我喜欢黑泽明啊。要是让他拍武打片,那是绝对顶级。"

"你说的是《无仁义之战》吧?那是日本电影的金字塔。"

"金字塔……什么意思？"

"你够二的啊。连金字塔都不懂，还谈什么电影！"

桑原这个人就是这样，稍微逗他一下，就立刻趾高气扬。

桑原的车子从长堀街右拐，到松屋町，在一家名叫"加尔各答"的印度餐馆旁边的自助投币式停车场停车。

"是请我吃咖喱吗？"

"咖喱不行吗？"

"那倒不是，不过你给人的形象，应该是牛排或者寿司什么的。"

"法国菜、意大利菜我也吃，今天是印度菜。"

下车后走进"加尔各答"，闻到一股焚香的茉莉花香味。墙壁上张贴着印度的招贴画，天花板上缀满假花，地板上铺着聚氯乙烯地砖，桌椅也都是廉价货。桑原选择靠窗的餐桌，要了一瓶生啤。

"随便吃。点你喜欢的。"

"先来一份天多利烤鸡吧。"

二宫翻开菜单，本想尽量点贵的菜，可是印度咖喱菜都贵不到哪儿去。叫来服务生，点了东方色拉、大蒜汤、三味香辛料煎鸡蛋、炸鸡肉三角包、天多利烤肉拼盘、绿咖喱，还有两张馕。

"你点这么多，吃得了吗？"

"你也吃啊。"

"我刚才吃过啦，烤鳗鱼。"

"你早说啊，省得我点这么多，跟饭桶似的。"

"我就喜欢瞧你这吃相，要是剩下来，就把你的大嘴巴撬开，连盘子整个都塞进去。"

二宫把话题岔开:"算了。还是说说刚才的事,拍电影是怎么回事?"

"噢,这事啊。"桑原叼着香烟,说道,"上个礼拜,小清水到毛马的事务所来了。一副落魄的模样,穿着皱皱巴巴的西服,我心里琢磨这'一百瓦'来干什么,他竟然说想见森山老大。"

"一百瓦是什么意思?"

"电灯泡啊。"

"他秃头吗?"

"贼亮。"

"这样啊。"

"老大去总部参加例会,不在事务所。小清水说自己是老大的朋友,所以不能不理他,二哥和我就在会客室里听他说明情况。"

小清水隆夫掏出印有"影视制作发行株式会社代表取缔役"字样的名片,然后把策划书放在茶几上。策划书封面上写着"电影·传媒双向策划书《冰凝之月》",内容有公司介绍和作品概要,以及主要出场人物的角色形象。

"《冰凝之月》是原著的名字,羽田弘树的硬派推理小说,正在韩国和日本上演舞台剧。讲的是韩国中央情报局和日本的刑警联手追捕从朝鲜潜入日本的间谍的故事。小清水说有飞车追逐、枪战的场面,非常精彩。"

"有剧本吗?"

"没呢。正在写。"

剧本是三宅芳郎,导演是千叶浩司。——二宫听都没听过的名字。

"制作费多少?"

"说是要三个亿。"

"那二蝶会出资多少？"

"老大不出钱，被上次赌输给弄怕了。"

"不出资也能拍电影吗？"

"二哥跃跃欲试，也不知道中了什么邪，他说他掏钱。"

"这么说，不是二蝶会，而是岛田组的钱？"

"是这么回事。"

二蝶会是神户川坂会的直属团体，成员大约六十人，其中五个骨干还有自己的"组"。岛田是二蝶会的若头，但回到自己的组里，就是三级团体岛田组的老大。岛田组的成员现在应该有十二三人。

"小清水能说会道吗？"

"不觉得啊，没把一百万说成一千万两千万那样吹得神乎其神。所以二哥才感兴趣。"

"岛田出多少？"

"这个吗……我也不知道他心里怎么想的，总得有一千万吧。"

"电影就看票房，要不叫座就全完了。"

"我对二哥也这么说，他反过来让我紧紧把住制作，一定要拍成叫座的电影。简直是胡来，我那天要是不在事务所，也摊不上这倒霉事。"

二宫越听越觉得有意思。桑原的倒霉就是二宫的快乐，最好让他再痛苦点。

生啤来了。桑原立即伸手端起来，一口气喝下将近一半，然后点燃香烟。

"你开车，喝酒行吗？"

"有什么大不了的？"

"我也喝。"二宫举手招呼服务生。

"你傻啊，你是我的专职司机，酒驾行吗？"

这臭小子，一开始就没安好心，打算让我开车……二宫一生气，从桑原的烟盒里抽出一支烟，用桑原的打火机点烟。

色拉、汤和炸鸡肉三角包端上来了。量都很大，炸鸡肉三角包有五个。二宫让桑原吃，他说不吃炸的东西，没有动手。

"你干吗把我带到这儿来？不至于是为了雇我当你的专职司机吧？"二宫一边喝汤一边问，大蒜提味，汤还真好喝。

"前年我们一起去朝鲜，二哥知道这件事，就说让你审查剧本。"

"我是搞建筑咨询的，隔行如隔山，搞不了这种事。"他不想回忆在朝鲜的那些事。

桑原让自己吃了不知道多大的苦头，在中朝边境的豆满江遭到朝鲜边防军的枪击，差一点被活埋在东三国公寓建筑工地的地基坑里。还不止一两次被与桑原敌对的黑社会组织监禁起来，弄得死去活来。多一事不如少一事，惹不起躲得起，二宫发誓即使山崩地裂也不再和桑原接近，可这个瘟神总是找上门来。

二宫摇摇脑袋："反正我干不了这电影的工作。没戏。"

"我也不想和你这样的葫芦瓢一起干活。"桑原冷笑道，"可二哥说把二宫也叫来。"

"什么审查剧本，强人所难的好意，接受不了。"

"是吗，这样的话，你就直接对二哥说吧，告诉他这是强人所难。"桑原在手机上拨号，然后递给二宫。

二宫只好接过手机，一放在耳边，忽然听见传来大声的应答："二蝶兴业。"

不仅是二蝶会,所有的组事务所都如此,电话铃声响一次,就要接听,大声简洁地自报家门:××组、××会。这是规矩。

"我是二宫企划的二宫。岛田二哥在吗?"

电话切换过去。

"是启坊啊。"

"好久没有联系,身体好吗?"

"说不上好,不过还打高尔夫。有时间一起去新地①转转啊。"

"谢谢,那就请您带我去。"

岛田一直对二宫很关照。二宫的父亲在世的时候,岛田经常来家里玩花纸牌,很是热闹。二宫总是喜欢坐在角落里观看这种赌博,有时替他们买烟买酒,弄点跑腿费。

岛田叫二宫为"启坊",经常带他去游乐园、赛马场或赛艇场。二宫在学校的作文里写自己长大以后,想成为赛马的骑手或赛艇的选手,为此班主任还问过二宫的母亲,说这孩子平时都玩些什么。现在想起来,都是三十年前的事了。

"启坊,桑原把事情和你说了吗?"

"说了。就是电影的事情吧。"

"我对桑原说了,你们俩去过两次朝鲜,让他合作搞剧本。"

"您认识那个名叫小清水的制片人吗?"

"算是认识吧。我以前在他制作的电影中跑过龙套。"

"是《大阪顶峰战争》吗?"

"对。演南街的酒吧里的调酒师。"

二宫笑起来,他第一次听说岛田还演过电影。岛田年轻的

---

① 新地,指新开发地带的妓院。

时候,留着飞机头,穿着背上绣了各种图案的夹克衫和牛仔裤,血气方刚,朝气蓬勃,还老是用梳子梳头,调酒师这个角色大概是他主动要求的吧。

"有台词吗?"

"没有。穿一件衬衫,系着蝴蝶领结,给主角点烟,就这个动作。"岛田说他现在还有这部电影的录像带。

"什么时候让我看看录像带。"

"不行不行。有损形象。"话筒里传来岛田的笑声。

"现在我和桑原在一起。"

"哦,启坊,那你就替我好好照看他。"

"我可不管用。"

"不管用也没事,桑原这个人做事不会瞻前顾后,只顾往前跑。你看情况给我刹刹车。"

"这刹车……"二宫觉得事情很微妙,不容乐观,正打算推辞,岛田说道:

"电影拍成挣了钱,也给你分红。"

"不是,这当然好,可是……"

"好了,就这样吧。"岛田挂断电话。

桑原问他怎么说的。

"他说让我照看你。"

"什么啊,谁说要你这个窝囊废照看我啊。"

"岛田说的。"

"二哥这个人啊,要说打架,一个顶两个;要说弄钱,一个顶半个。他对钱把得不严,所以我当他的总代理和小清水讨价还价。"桑原突然话题一转,"嘿,你快点吃啊。这可都是你点的。"

"好了好了,用不着你说,我吃就是了。"

当二宫正满嘴嚼着炸鸡肉三角包的时候,煎蛋上来了,这个菜的分量又是几乎把整个盘子盖住。

"其实我点的菜也有你一份。"

"烦人!给我点的那份,你付钱。"

桑原对着天花板吐出一口烟雾。

咖喱菜吃到堵住喉咙口,两人才走出餐馆。桑原把车钥匙扔给二宫。二宫坐进宝马的驾驶座,调整好座位,发动引擎,离开停车场。

"你真无法无天,不系安全带吗?"

"要是系上,吃的东西都得吐出来。"

"你敢!要是在我的车里吐,我就把你的脑袋按下去,让你把吐出来的东西吃回去。"

"我可不是人体吸尘器!"二宫气得简直屁眼冒火,问道,"去哪儿?"

"阿倍野。直走!"

"去阿倍野干什么?"

"烦人!什么都要问。去小清水的事务所。"

"是审查剧本吗?"

"不是说了吗?剧本还没写好。让你和小清水见见面。"

"其实见不见无所谓。"

"我说什么,你都跟我对着干,真是太任性了。"

其实任性的正是桑原,根本就没有必要这么精神亢奋,东奔西跑,对二宫的一举一动都吹毛求疵,肯定是血压升高了不少。

桑原说,车子从松屋町街南下,在天王寺动物园左拐,驶入谷町街,过天王寺站,在近畿铁路前面的十字路口右拐,然后进入旭町红绿灯前面的大楼。

宝马车停在地下停车场。这是一个低矮的小型停车场,混凝土柱子和墙壁上到处都是裂缝,只是抹上一层灰浆。

下车往里走。桑原拉开铁门。电梯里很狭窄。

看样子这幢建筑物有三四十年的历史了,二宫说道:"这楼房真寒碜。"

桑原按下电梯的按钮:"我也是第一次来。"

"要是地震会倒塌的。"

"怎么不把你埋在下面……"

"不是有你陪着吗?"

"要死也不想和你死在一起。"

"我也这么想。"

电梯门打开了。到了七楼。昏暗的走廊顶头,黑红色的门上贴着一块写着"FILM & WAVE"的金属板。

桑原敲了敲门,传来一个女人的声音的回应。他们进入房间。

杂乱无序的事务所。除了百叶窗,其他三面墙壁前都摆满了铁柜和钢制陈列架,纸箱层层摞起来。四张办公桌,桌面上堆满了书籍和胶卷。黄头发女人从电脑键盘上抬起头,问道:"您是哪里的?"

"二蝶兴业的桑原。约好七点半来。"

"是吗……"

"小清水先生在吗?"

"正在会客。"女人看着屏风,里面好像是会客室。她问道:"是在这儿等一会儿吗?"

"没办法,等吧。"没想到桑原这么老实,要是平时,他早就嚷起来了。

"那二位请坐在那边的椅子上吧。"

"不好意思。"桑原拉过一把铁椅子坐下来。二宫也坐下来。

"小姐,你没演过电视剧吗?"

"没有。"

"小脸蛋,身材又好,我还以为你是演员呢。"言不由衷的假惺惺的奉承话,但女人立即绽开笑容:"喝咖啡吗?"

"好啊,我要黑咖啡。"

"这一位呢?"

"加牛奶就行。"

女人站起来,高个子,白色针织衫、花裙子。那裙子紧紧裹着腰肢,短得几乎能看见裤衩。光着脚丫,一双粉红色的鞋子。

二宫看着女人的背影,说道:"你叫人家小姐,她很受用。"

"记着啊,好听的话和恭维不上税。"

"不过,那副模样当演员也还可以吧。"

"说你没见过世面吧,就那模样,到新地的夜总会遍地都是,一抓一大把。"

"年龄不到三十吧?"

"恐怕得过了吧。"

"是我喜欢的类型,作为恋脚癖。"

"随你便,恋脚癖也好,恋乳癖也好,专心一个啊。"

这时,门打开了,两个男人从屏风后面走出来,互相道别后,其中一个人走出事务所。

"实在对不起,让二位久等了。"身穿淡褐色开襟毛衣的小胖子对桑原低头表示歉意,"临时来客,推不掉。"

他红脸蛋,圆脑袋,头顶光秃,像打了一层蜡,油光锃亮。戴着玳瑁框架的眼镜,白胡子,六十五岁上下。

他说:"请到这边来。"

大家走进会客室。房间虽小,却整齐干净。一张玻璃圆桌和几把本色木头绒面沙发摆成会客的样子。

"初次见面,我是小清水。"

小清水递来名片,二宫也掏出名片交换,然后坐到沙发上。

小清水把眼镜挪上去,看着名片,问道:"二宫先生不是二蝶兴业的人?"

"我是搞建筑咨询的。"

"那二位是什么关系啊?"

"以前我父亲是二蝶兴业的,我从小就受到岛田先生的关照。"他没有提自己与桑原那种难以了断的恶缘。

"二宫和我去过两次朝鲜。"桑原说,"平壤、开城、图们、罗津……对当地的情况多少还是比较了解的,觉得可以合作写剧本,就带来了。"

"这下子有把握了。"小清水点点头,"读过原著了吗?《冰凝之月》。"

"还没有。"

"朝鲜间谍回忆的场景是平壤市街。因为无法去实地拍摄外景,只好在韩国相似的街道上拍摄,主体思想塔和凯旋门打算利用电脑 CG 技术。想听听二位的高见。"

"这好办,你随时召唤。"

二宫说道:"《三丁目的夕阳》什么的,背景都是用 CG。"

"你知道得很多嘛。"小清水笑道,"不过,CG 费用高,还是尽量实景拍摄。"

敲门声响起。刚才那个女人端来咖啡,把三个杯子放在玻璃桌上,从咖啡壶里倒入咖啡。二宫的目光往下瞄去,没看见裤衩。女人略施一礼后离去。

"长得很漂亮啊。"

"是吗。"小清水说道,"我女儿。"

"啊……"这个女人和小清水毫不相像,小清水继续说:"不过,我们没有血缘关系。"

小清水说这是他后妻带过来的孩子,"说起来不好意思,我结过四次婚。……现在和这个孩子的母亲住在一起。"

"这姑娘叫什么名字?"

"玲美。"

说是去年还在千年町开一间小酒馆,到年底把酒馆让给了一个朋友,现在就在小清水的男演员培训学校帮忙。

"什么演员培训学校?"

"没看见这座楼房的二楼上的'TAS'广告牌吗?"

"没有,刚才没在意。"

"配音和演员培训学校。"

"哦,你涉及的范围很广嘛。"

"光靠制片吃不上饭啊。"

他这么一说,二宫才注意到事务所里张贴着海报广告,两个偶像型的男女青年并排摆出造型。

"进行演技和发声指导吗?"

"那当然。动作、舞蹈、音乐、哑剧、形体……觉得有培养前途的孩子就介绍给艺人演出公司,也在我当制片人的电影里演出。"

"你女儿不当演员吗?"

"不当。"小清水笑着摆摆手,"想当演员的,不论男女,都是十几岁。不管你的感觉、品位有多好,都必须做好赌上人生的思想准备。"

"二宫,你话有点多啊。"桑原说,"我们是来谈电影的,别把时间花在你的兴趣爱好上。"

"对不起。"二宫把牛奶倒进咖啡里,轻轻搅拌后,喝了一口。速溶咖啡。

桑原对小清水说:"我还有一点不明白,请告诉我电影制作的流程。"

"好的好的,我说明一下。"小清水重新调整坐姿,说道,"首先是原著,阅读小说、漫画什么的,判断能否改编成电影。如果觉得可以,就和作者联系,获得对方改编电影的认可。"

"给原著作者的酬金多少?"

"我不主动提具体金额,有时对方会问。"

给原著作者的酬金一般在三百万至五百万之间,有的著名作家要求一千万,这就要双方协商解决。"怎么说呢……小说家、漫画家都很有风度的。只要我告诉他在正式决定制作的阶段,可以支付多少钱,一般不会拒绝的。因为对于原著作者来说,这是一笔意外的收入。"

原著敲定以后,下一步就是筹集制作资金。于是编写规划书,然后向企业、有钱人募集投资,同时请人写剧本,剧本完成以后,就是物色演员。让演员看剧本,与演员所属的事务所谈条件,预约演员拍戏的日程。

"这个日程的预约可难了,越是走红的演员越难,有的两三年的日程都已经排得满满的。"

活跃在第一线的主角演员,四五十天的封闭拍戏时间就要两千万。估算片酬占全部制作费的三成，所以如果主演是高片酬的演员，其他配角的片酬就要降低。

"也有的演员对剧本很满意，即使片酬低一点也要出演，但也有的事务所态度强硬，不肯让步，还有的演员刚好日程安排有空档，所以物色演员要看当时的运气。"

"高凪刚志的片酬高吗？"

"那是过气的演员，八百万就OK。我这次打算把钱花在女演员身上。"

小清水说出宫下香织、小林真弓、樋渡夕等几个人的名字。

"樋渡夕演过前些日子NHK播放的大河剧。"

"她也在受人关注的电影中演出，《紧紧抱着我》《大海的尽头》《新宿狂想曲》……是艺术型导演最喜欢的女演员。"

"我喜欢小林真弓。"二宫说，"春川典明导演的《瀑布》，在水中透出来的乳房的形状真太美了。"

"那部片子很好，春川导演拍摄女演员很有一套。"

"《可以说再见的时候》是宫下香织的代表作吗？"

"二宫先生对电影很了解啊。"

"从店里租录像带看的，新片几乎都看过。"

桑原瞪着二宫，"二宫，你忘了我刚才说的话了吗？"

"啊，不好意思。"二宫赶紧闭嘴。一会儿要挨揍的。

小清水继续说道："韩国的女演员也必须尽快敲定。"他说原著中追捕朝鲜间谍的韩国中情局的特工是男的，在电影里换成女特工。

"打算物色车贞美、李顺花这样的演员。"

"这演员阵容十分强大啊。"

"总制作费三个亿。准备拿出九千万做演员的片酬。"

"听说已经请人在写剧本,是电影完成以后再付款吗?"

"不,预付。现在是我自掏腰包。"

小清水说三宅芳郎的剧本酬金是三百万日元,已经预付一半:"新手十万日元,大剧作家一千万到两千万,和演员一样,剧作家的酬金差别也很大。"

"三宅芳郎写得好吗?"

"台词部分很好。要是创作剧本,在故事情节安排上有瑕疵,但让他改编,那是一流的。"

"改编的关键是什么?"

"大概是如何删节吧。因为电影再长也只能在一百分钟内结束,这是铁则。"

剧本完成,演员确定以后,就要募集投资方,成立制作委员会。小清水是头号制片人,各个企业的具体负责人都是制片人助理。

"投资方一般是七八家公司,电影发行公司、商社、广告代理店、媒体、艺人演出公司、电脑软件制作公司……方方面面。"

"我们的岛田要是投资的话,也可以进制作委员会吧?"

"要是能投资的话,就太感谢了。"

"以'岛田组'的名义加入不合适吧?"

"用'岛田协会'或者'岛田制片'什么的都可以。桑原先生,请你当制片人助理。"

"噢,这倒有意思。"桑原微笑道,"那我也在片里跑跑龙套,可以吗?"

"和女演员演激情戏,怎么样?"

"床戏?"

"可以啊。"

"要是硬起来,不好办吧?"

"在摄影机前硬起来,那才是男人。"

桑原这个笨蛋,叮嘱二宫别开口,自己却得意忘形地说道:"要是能和小林真弓演床戏就好了。"

"现在一年的国产片数量,包括动漫片在内大约五百部,其中一半能赚钱。"

"这样的收益率能实现吗?"桑原没想到有一半可以赚钱。

"《冰凝之月》在富士电影制片厂京都影视基地拍摄。一百五十家影院放映,并且要大张旗鼓地宣传。"

小清水说富士影城的银幕有三百多块,富士电影制片厂对《冰凝之月》很感兴趣。

"能估算一下票房收入吗?"

"封镜、后期制作完成,一旦放映的电影院数目决定下来,票房大致就能算出来。然后就是看首场能吸引多少观众。"

他说只要通过电脑的统计软件查看吸引的观众数量,就能知道百万日元单位的票房:"票房收入几乎都是亏损,主要是通过销售DVD来弥补,最终还是通过电视的播放决定盈亏。"

小清水说从写作剧本到电视播放要经历两年多的漫长历程。

桑原说:"看来制片人这碗饭不好吃。"

"是啊,要说的话,那是一种上瘾,只有真正喜欢才能干这一行。"

"你为什么要入这一行?"

"我父亲以前是富士电影制片厂京都影视基地的摄影师,我小时候,他就经常带我去衣笠的摄影棚,在演员休息的大屋子里和他们玩儿,有时候躺在女演员的膝盖上睡觉,还摆弄摄影机,就是这么长大的。大学也是在衣笠的立命馆大学电影研究系念的。由于父亲的关系,我没事也跑到摄影棚去,结果把一个女演员的肚子搞大了,二十岁就把她的户口迁过来,住在一起,真是令人咋舌啊。"

有了孩子,小清水从大学退学,进入富士电影制片厂的制作部,在拍摄多部"黑社会"系列的直井东一导演的"直井组"中担任制片人助手,后来导演让他试着写剧本,于是他写了一部简短的动作片剧本,导演看后,说以此为底本拍部片子吧。

"那一年儿子刚进幼儿园,我实在是兴高采烈,即便是作为底本,但毕竟是自己创作的剧本成为正式上映的电影。"

小清水的剧本改编成了七十五分钟的电影,首映是一场放映两部影片的形式,但毫无反响,也没有人予以评论。

"用唱片做比喻的话,就是 B 面,根本不可能畅销的。……不过,我在工作之余一直坚持写剧本,但最终还是没能走运。"

小清水从直井组转到电视制作部门。富士电影制片厂当时拍摄很多古装连续剧。

"每个月要拍两三部。我算是副导演吧,可被使唤得连睡觉的时间都没有,由十二指肠溃疡引发腹膜炎,动了手术,住院一个半月,回到片场一看,另外一个副导演已经顶替我了。"

"哎呀,这么辛苦啊。"

"现在想起来,可以说是因祸得福吧。我从外勤转到企划管理,学会了一套严格的奖金管理方法。这是我从事制片人这个行业的开始。"

小清水觉得与艺人演出公司、电视台的交涉谈判,协调摄制组,物色演员等综合管理的工作很有意思。"第一次担任首席制片人是拍摄《大江户捕犯录》。"

"啊,记得记得,那时候我上中学。"

二宫一无所知,他对古装电视剧毫无兴趣。

"收视率相当高,我的尾巴也翘得很高,几乎每天晚上都在祇园、先斗町一家接一家地喝酒,把家庭扔在一边,置之脑后,和绳手夜总会的女招待搞上了,结果妻子一气之下就离开了我。"

小清水满不在乎地说道:"这个女招待是第二个老婆,第三个是演歌歌手,现在这第四个是艺人演出公司的经理。"

"你有几个孩子?"

"就一个。……从第二个老婆开始就决定不要孩子。"

桑原竖起小拇指说道:"就这方面而言,你的人生令人羡慕啊。"

"桑原先生,你有几个孩子?"

"没有。"桑原看着二宫,说道,"二宫和我都是单身。"

"结一次试试怎么样?"

"我干这种买卖,觉得结婚生子就是对他们不负责任。"

小清水轻松地说道:"可能吧。"

"不说这个了,你什么时候离开富士电影制片厂的?"

"一九八八年。正是经济泡沫最厉害的时候,人心浮躁,觉得工作有的是,便想独立出来拍自己的电影。"

"公司简介上列了不少你制作的电影呢。"

"本公司制作的五部,与其他公司合作制作的六部,V电影十二部。"小清水说还有八部短篇电视剧以及一些电视广告,"不客气地说,关西地区的电影公司中,应该是我拍得最多。"

"真够厉害的!"

"我是这个行业的老狐狸,到处有关系的缘故。"

小清水挺起上身喝咖啡。桑原把手伸进衬衣口袋,问道:"可以吸烟吗?"

"哦,请吧。刚才没注意到。"小清水从桌子下面把烟灰缸拿上来。

桑原点烟吸了一口,说道:"岛田让我问问你,这部《冰凝之月》押得上吗?"

小清水略停片刻,回答道:"大概押得上。"

"只是'大概'吗?"

"电影变数太大,有时候投资回报率只有百分之十,有时候超过百分之五百。囊括电影奖的片子亏损的例子不可胜数。"

"是因为艺术与娱乐的差距吗?"

不知道桑原从哪里拾来的牙慧,竟然使用如此高雅的词汇。"娱乐"这个词英语怎么写?

"我的电影是娱乐片,这一直都是我的信条。"

"除了我们,还有几家企业有投资的意愿?"

"现在我不能说。"他说在正式签订合同、成立制作委员会之前,不能对外公开。

"是有什么难处吗?"

"制片人是协调投资和制作双方的关系。集资以后,只要一开镜,我就整天负责处理矛盾。"

"这是怎么回事?"

"现场闹起来啊。导演也好,演员也好,谁都觉得自己牛,就干起来了。我只好两边安抚,说尽好话,让摄制顺利进行下去。这就是制片人。"

"我一直以为制片人最牛。"

"掌管钱包,从这个意义上说的确权力很大,可是人是感情动物。"

"我们这一行也一样,谁都三心二意,只想着给自己弄钱。"

"老大不是绝对权威吗?"

"也就是装点门面。上面卡得紧,下面不理睬。下面不上供,上面得饿死,净是些不纳税还接受生活保障的家伙。"

"……"小清水没有说话。

"好了。基本情况已经知道了,我回去向岛田汇报。"

"二位特地过来一趟,非常感谢。剧本一写好,我立即和你联系。"

"我要读一下原著《冰凝之月》。"桑原吸一口烟,直起身子。

"正式决定拍摄以后,可能要去韩国找外景。一起去怎么样?"

"那太好了。听说最近在明洞也可以赌。"

"那是首尔希尔顿。"小清水说离南大门很近。

"我不是谦虚,轮盘还真不行。"

"不会吧,你应该是行家了。"

"二宫很厉害,他是发烧友。"

"那二宫先生也一起去吧。"

白痴,谁愿意去啊!——略一施礼,走出会客室。那个叫玲美的女人不在事务所,大概已经下班了。

2

　　乘电梯下到地下停车场。桑原让把钥匙给他:"我回毛马,你去买那本书看看。"
　　"书可不是白拿的。"
　　"算得真精。"
　　桑原从钱包里拿出两张一千日元的钞票。二宫接过去,然后把车钥匙交给他。桑原开车离开停车场。
　　现在经谷町街往北行驶的银白色宝马740i是酒驾。——二宫打心眼里盼望着桑原被交警盘查。
　　他走进阿倍野露西亚大楼里的喜久屋书店,在收银处询问有没有《冰凝之月》,对方回答说"没有"。
　　"是吗?作者是羽田弘树。"
　　"噢,不会是《冰冻的月亮》吧?"收银员带他到书架旁边,原来是《冻月》。
　　买了一本《冻月》,走上二楼的咖啡店。要了一杯冰咖啡,一边吸烟一边翻阅。"过了厚木以后,天空逐渐泛白。菊池皓一郎把车开进路边服务区,停在一辆拖斗货车后面。"——一开头就给人硬派小说的感觉。他翻到书后面的作者简介:羽田弘树,一九七八年生于东京。

什么啊,这小子比自己还年轻。——这么一想,便失去了阅读的兴趣。他本来就没有看小说的习惯。

正打哈欠的时候,服务员端来冰咖啡。

吸了三支烟,走出咖啡店,乘电梯下到一楼。就这么直接回家觉得无聊,便向旭町走去。旭町商店街的前头就是飞田新地。

红灯区有几年没去了——二宫三十岁那一年,在船场的面条火锅店和高中同学聚会,趁着酒劲,和一些狐朋狗友去过松岛新地。好像花了一万日元的嫖资,忘记了。

他穿过商店街,走进飞田新地,狭窄的街道两旁摆放着写有"堇屋""锦"之类字样的座灯的所谓高级酒家鳞次栉比。每一家都是敞开大门,门口的坐垫上坐着年轻女子,衣衫单薄,露出膝盖,强烈的红色灯光照射全身。

这位大哥,进来玩啊!——中年老鸨对他招手,二宫摇摇晃晃地走近前去,和那个年轻女子目光对视,对方露出一抹浅笑,大概二十来岁。无论是南街还是北街的夜总会都难得见到这么漂亮的姑娘。

二宫问老鸨价位如何,回答说短的要一万五千日元。

"短的……几分钟?"

"二十分钟。"

"那可真叫短。"

为保险起见,他点数一下兜里的钱,只有五千日元的一张和一千日元的七张。"欸,怎么回事……"他想起来,今天傍晚悠纪到事务所来,说是三番街有甩卖,于是自己给了她积攒的部分打工钱三万日元。

二宫对老鸨说:"不好意思,没钱。"

"身上有多少?"

"一万两千日元。"

老鸨笑眯眯地说道:"那可不行,大哥。不能便宜三千日元。"

即使她同意一万两千日元,自己都没钱买回家的车票。从飞田到千岛的住所,步行的话需要两个多小时。

"不好意思,以后过来。"

他对女子挥挥手离去。二宫没有信用卡,银行现金卡里也几乎没有余额。要是贸然进去以后发现钱不够,那可真是奇耻大辱。

二宫沿着商店街往回走,忽然想起来给悠纪的手机打电话。

"喂,是阿启吗?"

"是啊。我是阿启。悠纪在哪儿呢?"

"梅田,买完东西正准备回去。"

"我在阿倍野,到南街见面好吗?"

"怎么?要和我约会?"

"想见你了。"

"好啊,陪你吧。"

"悠纪,吃饭了吗?"

"还没有。"

"荞麦面或者回转寿司什么的可以吗?"

"要是荞麦面,宗右卫门町的巡警岗亭附近有一家'更纱庵',我们在那里见面吧。那里的锅仔鸭肉荞麦面好吃。"

"好的。我坐电车去。"

二宫挂断电话,向地铁天王寺站走去。

二宫掀开宗右卫门町更纱庵的门帘走进去,悠纪已经坐在店里头窗边的桌子旁。

"你来得够早的啊。"

二宫也坐下,窗外是道顿堀川。

"肚子饿了,我坐特快来的。"

"哦,最近地铁有特快啊。"

"阿启,你说的话都这么讨人喜欢,怎么就没有约会的对象呢?"

"我有你就够了。我要是和你一起走,男人们都回头。"

"再夸我两句,听着舒服。"

"皱皱巴巴的T恤和净是窟窿眼的牛仔裤很合身,手脚修长,肤色白皙,水灵灵的大眼睛,脸蛋就像刚刚出炉的甜瓜面包一样,活脱脱一个大美人。"

要是对这个大美人说刚才是在飞田新地给她打的电话,那大概会飞来一个大巴掌。

"嘿,学习得不错,很有效果。言不由衷也不要紧,对别的女人也这么煽情吧。不过,甜瓜面包多余了。"

悠纪一边说着,一边把两只手绕着脑后,上身左右扭动,脑袋几乎可以完全扭到后面。她的身子如此柔软,令人惊讶。

悠纪在日航饭店后面的一个叫作"棉花"的舞蹈工作室做指导教师。课程安排在早上和傍晚,所以白天空余的时间就到走路不到十分钟的二宫事务所观看芭蕾舞、音乐的录像带,同样的录像带翻来覆去地看,有时还进行独特的发声训练。去年秋天开始在凑町的"霍尔姆兹"参加一部长达三个月的《我的淑女克莱芒蒂娜》的音乐剧演出。

悠纪说,那种参加海选出来的舞者有的是,但跳舞不像歌手、演员那样靠性格本色吸引人,所以光靠跳舞吃不了饭,但我喜欢舞蹈。——悠纪从幼儿园到高中一直学习古典芭蕾。高中毕业后,到汉堡留学两年学习芭蕾,五年前的春天回国。她似乎富有天资才华,在德国的国内芭蕾舞比赛中多次获奖。悠纪是二宫的姑姑英子的女儿,是二宫的表妹。

二宫翻开菜单,问道:"点了吗?锅仔鸭肉荞麦面。"

"还没有。"

"喝啤酒吗?"

"好。"

"我喝清酒。"

刚才的印度咖喱菜撑得够呛,二宫点了锅仔鸭肉和荞麦面、生啤和清酒。

"今天的甩卖买了什么啊?"悠纪的脚边放着两个纸袋子。

她说买了针织衫和牛仔裤,还有吊带女背心、贴身背心、丝绸夏威夷衫和内衣裤。

"什么样的内衣裤?"

"法国的乳罩和短内裤。"

"是丁字裤?"

"是啊,透明的丁字裤。"悠纪盯着二宫的脸,"想看?"

"噢,想看啊。"

"不给看。"

"不给看就别说啊。"

"阿启,你还真可爱。"

"啊,是吗。"

二宫把目光转向窗外,五颜六色的霓虹灯在道顿堀川的轻波中摇荡:"……今天你走了以后,桑原来了。"

"那个瘟神啊?"

"说是要拍电影。"

"怎么回事呀?"

"说二哥岛田打算投资。"二宫把事情的大致经过给悠纪说了一遍。

悠久听了以后,问道:"……我现在明白你为什么手里拿着这本书了。你看了吗?"

"不会看的。上学时连课本都没正儿八经看过。"

悠纪拿过书,说道:"《冻月》,这书名还挺雅致的。"

"原著是《冻月》,电影改为《冰凝之月》。我觉得还是'冰冻'的好。"

"不是有一部电影叫《冰冻之河》吗?是梅莉莎·里奥主演的。"

"是吗,就是为了不和那部电影混淆起来才这么改的吧。"

寒冷萧瑟的国境线的风景,广袤的原野非常美丽,没有惊心动魄的格斗动作,故事情节平淡无奇,但从头一直看到完,实在是一部好电影。

"制片人考虑问题很细啊。"

"你觉得这部《冰凝之月》能押上?"

"差不多吧……虽然是朝鲜间谍和韩国中情局搏斗的老套故事。"

悠纪歪着脖子问道:"原著的作者去过朝鲜吗?"

"不可能去过吧,那么危险的国家。"

"阿启你不是去过吗?还去过两次。"

"硬被桑原揪去的。"

"阿启,你不是被边防军开枪打过吗?"

"那个时候,真以为就要死了呢。"

二宫在寒冷刺骨的河水里游到对岸。他想起当时远处传来的边防军的枪声以及子弹落在自己身边激起的水柱。衣服在水的浸泡下鼓胀起来,非常沉重,针刺般的疼痛让全身发紧,苦不堪言,一下子被激流裹着沉入黑暗的深渊,等他清醒过来的时候,发现自己倒在中国国境一侧的岸边。现在还能这样说笑,只能说当年自己运气好。"……不是吹牛,在朝鲜挨枪的日本人也就是我和桑原吧。"

"你把这个罕见的经历在电影里表现出来,不是很好吗?"

"桑原有这个意思,我无所谓。"

二宫对悠纪这么说着,心里头打算接下这个工作。因为岛田说过,要是能挣钱,就给自己分红。虽然很讨厌桑原,但岛田这个人有情有义。而且考虑到今年的收入,仅仅靠本行的建筑咨询无法维持事务所的开支。

"到朝鲜拍外景吗?"

"不可能。没有外交关系的国家……好像要去韩国。"

"韩国……我也想去。"

"要不我跟小清水说一声,让他起用渡边悠纪这个女演员。"

"我只懂得音乐剧。"

"派得上用场啊,可以演溺死者的尸体啊,还有'欢乐组'的成员什么的。"

"我可不演溺死者的尸体,身体被水一泡涨得跟气球一样。"

二宫笑起来,没想到悠纪可能还当真了。

酒和荞麦面上来了。二宫就着荞麦面喝凉清酒。

"这一阵子还去卡拉 OK 吗?"

悠纪喝着啤酒:"去啊,常常去。"

"有新歌吗?"

"相当老的歌,《仅此一夜》。"她说是电影《梦幻女郎》中的插曲,詹妮弗·哈德森演唱的。

"想听这首歌。"

"想唱给你听听。一会儿去小酒馆吧?"

"去同性恋酒吧。"

新歌舞伎座后面的同性恋酒吧,一个人三四千日元就可以,自己的酒瓶应该还在那里保存着。

悠纪喝完啤酒的时候,锅仔鸭肉上来了。

九点醒过来,十点去事务所,没有留言电话,也没有传真。

打开空调,把玛奇从笼子里放出来,换上新的鸟食和清水。玛奇在事务所里转圈飞了一阵后落在二宫的肩膀上,叫着"啾啾啾""阿启,你来了""悠纪,漂亮",还唱《玛丽有只小绵羊》。

"玛奇,别光顾着玩,不吃饭吗?"说着,二宫把鸟食和清水放在桌子上。星期一到星期五,玛奇待在事务所里,星期六和星期天,二宫把它带回大正区的单元楼里的住处。

"玛奇,今天又只有我们两个。"

这一周没有客人来,偶尔有电话,也都是挣不了大钱的小打小闹的工作。

他知道工作减少的原因,是因为平成二十三年春天开始实施的《大阪府清除暴力团条例》。其概要是"根据大阪府的事务以及业务的内容,认定'是暴力团成员或者与暴力团关系密切者'以及'有利于暴力团的事项',则不予认可;企业经营者不得

'利用暴力团的威慑力对暴力团成员提供利益','不得通过助长、资助暴力团的活动为其提供利益'"。

二宫盘算这半年的收入：一月中介一项挖地基工程进款二十八万日元，二月没有收入，三月斡旋拆除建筑物工程获利十五万日元，四月收到建筑商交来的疏通费四十万日元，五月是疏通费和模板工程的中介费共七十万日元，这个月看这样子没有活干。

"玛奇，可糟了。今年的收入还只有一百五十三万日元。"

二宫企划的表面招牌是建筑和拆除工程的中介咨询商，但一半以上的收入来自建筑商缴纳的"疏通费"，而今年的疏通费只有两起。

暴力团与大楼、公寓以及自治团体的重新开发工程现场总是纠缠不休，有时候强行成为当地建筑商的下属企业，硬要承包工程；有时候只要发现噪音扰人、震动造成居民住家产生裂缝，就跑到政府和工地事务所故意刁难，怒声吆喝，如果对方的具体负责人拒绝见面，就每天都去工地附近转悠，阻挡运料的车辆进出。上述条例颁布实施以后，露骨的敲诈勒索的确减少，但会使用各种捣乱手段去阻挠工程的进展。结果工期推迟，建筑公司蒙受巨大损失后，就必须考虑如何对付暴力团。

以毒攻毒——建筑商使用的以暴力团抑制暴力团的对策叫作"事前疏通"，简称"疏通"。二宫企划接受建筑商要求疏通的请求，便利用适当的人脉关系进行斡旋。他一直以这种中介费维持事务所的开支。

"或许我就是那种'与暴力团关系密切者'吧。"

由于参与疏通，二宫好几次被大阪府警察署搜查四科叫去询问情况。他们也知道他已故的父亲曾经是二蝶会的头目之一。对，四科的档案一定记载着二宫"与暴力团关系密切"。

"玛奇，我是一个遵纪守法的人，既没有打架，也一直按时交税，就是在经费开支上做点手脚。你说，我到底干过什么坏事？这种状况太不讲理吧。"

玛奇"啾啾……啾啾……"叫着。

有点想呕吐的感觉，脑门子昏沉铅重。昨晚喝多了，在第一家同性恋酒吧是自己付的钱，第二家记不得是否自己付钱，大概是悠纪付的。把自己送回千岛住处的大概也是悠纪，因为二宫的口袋里连打的钱都没有。

嘴里叫表妹去喝酒，身上却没有足够的钱，这样的男人居然在西心斋桥拥有事务所，号称"建筑咨询公司"，简直是笑话。谁还会给这样穷困的咨询顾问送活上门呢？

不止一两次因为钱财告罄打算关门，还被暴力团企业、赌场的催债人追逼得走投无路。但不管怎么说，还硬是撑下来了。从母亲那里借的钱现在还有一百多万，其实这以前有三百多万被他赖掉了。母亲的借款只要超过百万，都会一笔勾销。

万幸的是没有信用卡贷款和高利贷贷款，事务所的租金也没有拖欠。但如果这种状态一直持续下去，恐怕今年也熬不过去。

"也许这时候正是机会，反正'与暴力团关系密切'的烙印无法消除……管它呢。玛奇，给你买鸟食的钱总能挣到，哪怕我没得吃，也要让你吃，你就放心吧。"

这个时候，他忽然想起来，桑原的钱财来路现在怎么样了？桑原在守口市内有两家卡拉 OK 店，靠替人催债和清理倒闭企业维持生活。卡拉 OK 店倒没什么，他的弄钱方式应该不会不受清除暴力团条例的影响。

二宫打开电脑，在谷歌搜索引擎里输入"卡拉 OK 店　糖果守口"几个字,点击一下,结果出现"糖果Ⅱ"的词条,没有"糖果Ⅰ"。

"玛奇,桑原还是走背字了,关闭了一家卡拉OK店。"

"扑哧扑哧……"玛奇在他背上啄理翅膀。

"昨天他还对小清水神气活现地说'净是些不纳税还接受生活保障的家伙',那小子自己也快这样子了。"

"玛奇,好可爱……"

"头疼,要睡一会儿。玛奇也睡吧。"

他把电话的子机放在桌子上,脱下轻便鞋和袜子,躺在沙发上。打一个哈欠,一闭眼睛,就进入梦乡。

电话……二宫下意识地按下通话的按钮。

"喂,二宫企划。"

"嘿,这声音怎么回事啊?又在死睡吧。"

二宫手上的子机差一点掉落地上,玛奇在鸟笼上瞪着眼珠东张西望。

"书看了吗?"

"书……?"

"《冻月》啊,我不是让你看吗?"

听桑原这么一说,二宫想起把《冻月》拿到宗右卫门的荞麦面馆里去了,但后来的情况就想不起来了。

"你不会说还没买吧?"

"看了一半,放家里了。找我什么事啊?"

"要和剧本作者见面。他说想采访我们。"

"哦,剧本作者啊。"

这个人的名字忘在脑后了,虽然昨天刚刚听过。

"去京都。"

"既然他想采访,按理说应该他过来啊。为什么我要跑到京都去……"

"烦人!别装模作样的。马上出来行不行?"

"马上不行。我还要换衣服,还要修饰一下。"

"别扯这些还没睡醒的话,把你的黑眼圈好好修饰遮掩一下。"

"在京都的哪儿见面?"

"我现在就在你的破楼前面等着呢。"

"可真是用心周到。"

真是个令人厌烦的家伙,快点去死吧,最好被什么人打上一枪。

"五分钟以内出来!要不出来,我上去揪你。"

"知道了。知道了。出去就是了。"

二宫放下电话,爬起来。墙上的挂钟指着十一点。

"玛奇,我要出去。傍晚回来。"

他捡起袜子,塞在口袋里,光脚穿着轻便鞋,走出事务所。

宝马740i停在福寿楼前面。桑原坐在副驾驶座上,指着方向盘,让二宫开车。二宫只好打开左边的车门,坐进去。

"怎么回事?瞧你这乱蓬蓬的头发,还是蒙头死睡了吧?"

"求你说话客气点儿好吗?我宿醉还没缓过来。"

"在哪里喝的?"

"南街。新歌舞伎座后面的同性恋酒吧。"

"你是同性恋?"

"双性恋。"

"别胡扯!"

"要真是怎么办?"

"那也没辙。我们组里也有一个。"

"谁啊?"

"个人隐私,我不能说。"

真是假正经,臭烘烘的暴力团还有脸说个人隐私!

"去京都的哪儿?"二宫系上安全带。

"久世桥。你在名神高速的京都南下去。"

桑原说已经把目的地输进汽车导航仪里了:"好了,走吧!"

混球,这么使唤,把我当成什么了!——二宫没有说话,启动汽车。

快十二点时通过高速公路京都南的出入口,按照导航仪的提示,顺着国道一号线北上,在久世桥大街左拐。桑原把座位放倒睡觉。

"桑原,约定几点见面?"

"你说什么……"

"几点和那个剧作者见面?"

"一点。"

"那还是吃点东西吧。"

"你去吃汉堡包吧。我不要。"

"不饿吗?"

"烦人!说了不要就是不要嘛。"说完,他又闭上眼睛。

"怎么这么困啊?"

"你还不明白吗?睡眠不足。"

"喝了吧?喝到很晚。"

"女人不让我睡觉。"

"很年轻吗?"

"不到三十。"

"漂亮吗?"

"我能和不漂亮的女人搞吗?"

和桑原搞在一起的女人肯定都是人品低劣的女人。

"不是我吹,这十年我就没和良家妇女搞过。"

"是吗,那你太不幸了。"

"是哪里的陪酒女郎?"

"烦人! 别跟我说话!"桑原双臂交抱,转向一边。

二宫把车子停在国道边上的拉面店前面,走出车外,一摸裤袋,只有一张千元的钞票和几个钢镚,吃拉面和饺子还凑合。

他走进店里,坐在柜台前,看着墙上的菜单,要了一份拉面套餐和饺子,然后拨通悠纪的手机。

"喂,什么事?"

"现在午休时间吧?"

"是的。正在吃三明治。"

"我在京都。打算傍晚回去。你能到事务所看看玛奇吗? 它没关在鸟笼里,我有点不放心。"

"知道了。傍晚上课之前我在事务所。"

"不好意思……今天早上,我几点回去的?"

"大约四点吧。"

"一点儿都不记得了。"

"还亲了'随性'的阿辽。"

"真的啊?"

阿辽是日本电报电话公司的外勤职工,白天在外面维修线路,爬电线杆,晚上就到"随性"酒吧兼职打工。

"阿启,你这样很危险啊。异性恋和同性恋也就是毫厘之差。"

二宫决定以后暂时不去同性恋酒吧。

"我正在看《冻月》,很有意思哦。"

"是吗,看完以后,把梗概告诉我。"

二宫挂断电话,把壶里的麦茶倒在杯子里。桑原走进来坐在他旁边。

"你不是想睡觉吗?"

"就你唠唠叨叨的,把我吵醒了。"

桑原要了生啤和榨菜,问道:"那本书出现了朝鲜的什么地方?"

"平壤。"

"就平壤吗?"

"我不是告诉你了吗?我只看了一半。"

"韩国出现什么地方?"

二宫随口瞎编道:"首尔。韩国中情局的首尔总部。"

"在首尔发生什么事了?"

"计谋。朝鲜的间谍⋯⋯"

"什么计谋?"

"这到最后才能揭秘吧。"

"有时间在事务所睡觉,就不能看完这本书的结尾吗?"

"最近有一部韩国电影《孤胆特工》很火吧,就是那样的感觉。"

"为什么日本的小说会像韩国的电影啊?"

"大概作者是韩流电视剧的粉丝吧。"

这家伙问得这么细,真让人讨厌,别问我,自己看书不就得了⋯⋯

榨菜和啤酒上来了。饺子还没来。桑原就着榨菜喝啤酒,二宫喝麦茶。十二点半离开拉面店。从久世桥大街往西走,在吉祥院池田町的十字路口右拐,目的地在塔南高中附近。

车子停在学校的后门,桑原让找找那座名叫"联合池田"的公寓。前面不远处的寺院后面,有一处瓷砖建筑物。

"大概就是那个吧。"车子慢慢开过去。黑褐色的五层楼房的门口房檐下镶嵌着写有"UNION IKEDA"的铜牌。左边有一个停车场,但已经停满五辆车子。

"你把车子停到附近的停车场,我在这儿等着。"桑原解开安全带。

"停在这里不是也可以吗?"

"你要是想去交警局,就停在这儿吧。这儿是违章停车。"

桑原下车后关上车门。二宫喷了一声,重新启动,十字路口的左边有投币式停车场。

停好车回到公寓。桑原正在门前吸烟。他大背头,无框眼镜,黑西服,白衬衫,没系领带,鳄鱼皮轻便鞋。这一身装扮看上去和新地一带夜总会经理差不多,但左眉到额角的那一道刀痕以及一种狂妄不羁的举止做派,还有时而流露出来的犀利凶狠的目光都掩盖不住专业暴力团的气味。和桑原在宗右卫门一带行走,那些穿黑衣服的夜总会马仔绝对不敢靠近。

桑原看见二宫过来,便扔掉烟头,走进门里的避风间,按墙上通话器"三〇九"的号码。扩音器里传来声音:"我是三宅。"

"我是桑原。"

"现在就开门。"

咔哧一声,门已经解锁,推开玻璃门,进入玄关,有两部电梯。

"外表就够破的,里面更是破破烂烂。"

39

简易的瓷砖墙面和聚乙烯瓷砖地面都是经济泡沫期以前的建筑样式,已经有三十年了。信箱的铜片上刻印着各户的姓名,所以这不是出租的房屋,应该是自购的公寓。

乘电梯到三楼。三〇九室在走廊的尽头。

桑原按一下门铃,门立刻打开,出现了一个白头发小个子的男人。

"我是桑原。"

二宫低头施礼道:"我是二宫。"

"谢谢二位远道而来。"三宅笑容可掬,把桑原和二宫请进屋里。玄关很窄,走廊很短。

二人被请到起居室,并排坐在褪色的皮沙发上,正面是六〇型的液晶电视机,两边摆放着音箱。

"这么大的电视机啊。"

"工作需要,影像设备都是新式的。"电视台座里放有 DVD 机、蓝光光盘、盒带装置、AV 扩大器等。

"喝什么?"

"咖啡。"

"那我来弄。"三宅站起来走出起居室。

"好像没有媳妇。"

这个家没有女人的气息,玄关没有女人的鞋子,起居室缺少情趣,落地窗上脏兮兮的窗帘好像也从未洗过。

"编剧这一行不是稳定的职业,没人请你写,就一分钱都没有。"桑原靠在沙发上,说道,"而且都是宅男,脾气古怪,不好伺候,惹得媳妇不高兴,就跑了呗。"

"别装模作样了,好像你亲眼看见似的。"

"我怎么装模作样了?穷得娶不起媳妇,你也差不多吧。"

"我是没缘分。一年到头一个人待在事务所里。"

"不是有一个叫悠纪的性格倔强的女人吗?"

"她是打工的,有时来一下。"

"那样的女人是我喜欢的类型。什么时候给我介绍一下吧。"

"能雇她在'糖果'工作吗?一小时三千日元。"

"嘿,快滚吧!"

"听说最近卡拉OK不景气,'糖果'怎么样?"

"不知道。我不参与经营。"

看来"糖果Ⅰ"还是关张了。

三宅端着托盘走进来,把三个杯子放在桌子上,方糖和牛奶放在旁边。

桑原把一块方糖放进咖啡里,问道:"三宅先生什么时候开始写剧本的?"

"大学开始。在电影研究部写作。"

"是京都的大学吗?"

"京都大学。"

真令人吃惊,这么其貌不扬的男人竟然是京都大学毕业的。

"整整六年泡在雀庄,学分几乎都没拿到,就退学了。"

退学以后,进入大阪的广告代理店制作商业广告。干了五年后辞职,靠存款过日子,同时报名参加NHK、民营电视台的剧本比赛,到第二年终于入选,作品是题为《人偶之家》的推理结构的脚本。

"NHK大阪制作的短篇电视剧,二位看过吗?"

"什么时候播放的?"

"一九八八年。"

"那时候我在高墙里呢。"桑原并不隐瞒自己坐牢的经历,"看的电视也就是相扑、家庭剧之类的。"

"在里面几年?"

"六年。小意思。"

"不好意思,你犯了什么罪?"

"大概是杀人未遂吧。"

"是帮派火拼?"

"反正是子弹飞来飞去……年轻气盛啊。"

桑原的眼睛紧盯着三宅的脸,那意思是说别再打听了。三宅避开他的目光,说道:"比赛入选以后,工作就忙起来了,委托编剧的很多,还写了在关西电视台播放的连续剧呢。"

二宫问:"什么节目?"

"'小气鬼'。"

多么具有大阪风味的名字。船场的商家也登上舞台了吧。

"遗憾得很,收视率不高,虽然我原先很有自信。"

三宅说这样他就从电视转到电影。电影多有原著,V电影是原创剧本,但稿酬很低。之所以工作能够持续不断,那是因为自己住在关西,在剧本中对大阪方言和京都方言能够运用自如。

"是这样啊,武侠戏的V电影都是大阪方言。"

二宫喝着咖啡。咖啡的味道相当不错。

"二宫先生也是同行吗?"

"不,我是另外的行业。"他递上名片,"名片给晚了。我在美国村①附近经营建筑咨询公司。"

---

① 美国村,大阪市中央区西心斋桥附近的通称。

三宅也拿出名片交换。他的名片十分简朴,没有职称头衔,只有姓名、住所、电话号码和电子邮箱地址。

"听小清水先生说,二位去过朝鲜。"

"去过两次,平壤、开城、板门店、罗津先锋的经济特区。"

现在罗津先锋好像已经成为罗津市。"那个国家压抑得令人喘不过气来,不管干什么,都有人监视,没有行动自由。夜间就因为一个人走路,都会被保安员逮捕。"

"什么是保安员?"

"人民保安员。就是警察。"

"请谈谈这方面的情况。"三宅从桌子下面拿出笔记本和圆珠笔,问道,"保安员穿什么样的制服?"

"暗土黄色的警服警帽,领子上缀有绿色的表示级别的领章。"

桑原补充道:"个个都营养不良,个子矮小,脑袋上却戴着坐垫一样的大帽子。就像香菇走路。"

"平壤的夜间一片漆黑吗?"

二宫继续说道:"因为电力不足,没有电灯。星星很美。"

"'星星很美',这个很好。"三宅在笔记本上记录着。

"平壤街道是灰色的,预制水泥板的集体住宅楼很多,但因为外装的瓷砖和涂料很少,所以整座城市呈现水泥色。"

"凯旋门也是灰色的,就好像用水泥板拼贴在一起,令人感觉沉闷阴郁的建筑物。"桑原又插嘴。这家伙只有在睡觉的时候才闭嘴不说话。

"与影像中看到的平壤不一样吗?"

"说起来,就像一座布景的城市,表里的景象完全不一样。市民很贫穷,道路很宽敞,但车子极少。没有红绿灯,保安员站在十字路口指挥交通。"

二宫说道:"市民在街上行走时都默不作声。要是大阪,大妈们站在路上聊天,有说有笑,那边根本看不到这样的景象。怎么说呢,是一座没有笑脸的城市。"

"没有商业区那种热闹喧杂的地方吗?"

"我是没看见。反正街上的行人很少。"

"二位提供的情况非常好。采访很有价值。"三宅说着奉承话,继续问道,"根据朝鲜间谍的回忆,羊角岛饭店有轮盘赌博的场面,但原著只是一笔带过。二位去过吗?"

"我们去的时候还没开张,正在内装修。"

"是吗,那太遗憾了。"

桑原说:"拍首尔的轮盘可以吧?"

"轮盘在任何地方都禁止拍摄。"

"不是在电影里看过拉斯维加斯的轮盘吗?"

"好莱坞电影的制作费比我们多一位数。要是西部片,就制作一个城镇;要是轮盘,就制作整个赌场大厅。"

"美国真是有钱任性瞎搞。"

"之所以说电影是赌博,是因为即使你投下一亿美元的制作费也行,只要能挣两亿美元就可以。这就是好莱坞。"

二宫问道:"间谍也去韩国吗?"

"乘船在江原道上岸,然后坐火车去蔚山,再弄船去对马。韩国中情局的人就是追踪这艘船。"

三宅说韩国中情局和日本警视厅的公安刑警合作追寻间谍,在横滨发生枪战。"原著有很多荒唐无稽的情节,怎么把这些情节拍摄得具有现实感,这就显示出剧作者的本事。"

桑原问道:"间谍在江原道上岸这个情节在原著的哪个

部分?"

"开头的十页。小说从赵承虎这个特警队员上岸开始展开。"

"嚯……是吗……"桑原盯着二宫,明显露出这小子根本就没看过这部小说的表情。

"小说里没有出现罗津先锋特区,那是怎样一座城市?"

"与其说是城市,不如说是农村。我们去的时候是冬天,狭窄的道路两旁是广袤的红土地,净是石子,种着土豆。头戴鸭舌帽、身体瘦削的老头牵着装有白菜的牛车。……我们在农民家里吃的玉米面难吃得实在咽不下去,我记得都吐了。"

"牛车……这个大概可以派上用场。"三宅记在笔记本上。

"剧本写多少了?"

"基本写好了。把今天二位说的内容加进去,修改一下,预计本周就能完成。"

"那值得期待了。"

"再听取小清水先生的意见,一旦定稿,就可以交给你们。"

"还有别的问题吗?"

"平壤的食品。老百姓吃的是什么东西?"

"这个二宫来说吧。他是个馋鬼。"桑原把回答扔给二宫,大概对这样的谈话感到厌倦了吧。然后二宫一个人应对三宅的采访差不多有一个小时。

3

八月,盂兰盆节过后的二十号。桑原来到事务所,二话不说就仰坐在沙发上,说小清水失踪了。

"失踪……就是不知去向了?"

"消失了,拿着钱。"

"拿着投资者的钱?"

"制作委员会的钱。"

"大概多少钱?"

"不知道。可能一个亿可能两个亿也可能三个亿……"桑原气不打一处来,"他和你这儿没有联系吧?"

"不可能有啊。我和他就见过一次。"和三宅交换过名片,不记得把这个剧作者的名片扔到哪儿去了。

桑原吸着烟:"你知道我刚才在哪里吗?"

"车里吧。"

"你想挨揍啊。"

"不,我以为你开车来的……"

"我刚才在天王寺,旭町的西邦大楼。"

"是那家影视制作发行事务所吗?"

"人去楼空。房门上锁,一个人也没有。"

"不会是今天休息吧？"

"笨蛋,自由职业的制片人有休息日吗？小清水的手机和事务所的电话从上周开始就打不通。"

上周的星期五,岛田给小清水打电话,没打通。星期六和星期天都不通。今天是星期一,桑原按照岛田的指示去西邦大楼看个究竟。

"没错,小清水肯定是卷款潜逃了。"

"那座大楼的二楼不是有艺人学校吗？TAS还有吗？"

"你说的是配音和演员培训学校吧？去了一问,小清水是受雇的校长。"

经向TAS办事员询问,原来这所学校的理事长是在天王寺和新世界经营夜总会和酒吧的不动产商,名叫金本。校长小清水在那里每周讲授三节"演员培训讲座"课程。

"不动产商的事务所在通天阁附近的一座破楼里,一楼是茶馆。"

"你去那家事务所了吗？"

"去了。见到了金本。那不是个正派人。年龄和小清水差不多,但目光不一样,看样子是哪个组的盟弟。"

"要是黑道企业,一查不就知道了吗？蛇有蛇道,鼠有鼠路。"

"你傻啊,查这种事有什么好处？我现在就想抓住小清水。"

"金本怎么说的？"

"他只说这三个月没见到小清水。"

"小清水的女儿不是在配音和演员培训学校吗？他老婆带来的那个叫玲美的姑娘。"

47

"你小子就女人记得牢。"

"花纹图案超短裙,粉红色的凉拖,身高一六五左右。"

对了,那一天去飞田新地也许就是因为看了玲美的脚丫。

"你觉得那个女人真是小清水的女儿吗?"

"不是吗?"

"你还太嫩,不会看人。那是小清水的姘头。连这一点都看不出来吗?"

"欸,是吗……"

情妇也好,干女儿也好,其实都无所谓,也不想知道,只是有点羡慕。

桑原继续说道:"二哥赔了一千五百万。"

"他出资一千五百万啊?"

"这还只是一半。制作委员会成立的时候给一千五百万,开机的时候准备再给一千五百万。"

"好啊,三千万,一股脑儿全被骗走了。"

"你敢再说一遍?'好啊'是什么意思?"

"我是想说不幸中的万幸。"

"混球!我也被骗了。"桑原把脚搭在桌子上。深灰色底白色细条纹的袜子,网眼轻便鞋。

"你也投资了吗?"

"不是闹着玩的。"

"多少?"

"三百。"

"也是一半吗?"

"一半,被骗了一百五。"

二宫差一点笑出来,使劲忍住了。他不想挨揍上医院。

"悠纪,去吃饭吗?"玛奇叫起来,它站在百叶窗的轨道上。

"什么呀,你还养鸟啊?"桑原转头仰看后面,"一天到晚就在事务所里玩儿。"

"要是鸟和它的主人都顾着玩,那倒没什么。"

桑原吐出一口烟:"这鸟叫什么名字?"

"玛奇。"

"谁给起的?"

"它自己说的。"

去年四月开始养这只鸟。一天,二宫照例躺在沙发上午睡,忽然听见耳边有鸟叫。当他看见一只鸟停在桌面文件柜上时,差一点从沙发上掉下来。这鸟儿灰羽毛,黄脸,红脸颊,头顶没长成一根长羽毛,像飙车族一样站着,体形如苗条型的鸽子。

鸟儿大概是从敞开的窗户飞进来的,也许是哪一家饲养的飞出来以后迷了路。"你是谁啊?"二宫这么一说,那鸟儿飞来停在他的膝盖上,一副很熟悉亲热的样子。二宫觉得这是某种缘分,就决定饲养。后来才知道这鸟叫鸡尾鹦哥。它叫声似"玛奇",所以取名"玛奇"。二宫第一次养宠物鸟,但越养越觉得可爱。自从玛奇来了以后,他几乎不再离开事务所去玩弹珠游戏。

桑原说:"喂,玛奇,说句话听听。"

玛奇警惕地竖起羽冠。

"迷路的时候会说住址和名字的就是这种鸟吗?"

"那是虎皮鹦鹉,这是鸡尾鹦哥。"

玛奇飞来停在二宫的肩膀上,扑哧拉了一泡屎。

"你的破衬衫,肩膀上的斑点都是鸟粪吗?"

"是啊。"

"为什么不擦掉啊?"

"就这么放着,鸟粪一干,自己就扑哧掉下来。"二宫想说"所以净穿破衬衫",但没有说出来。桑原开始烦躁。

"岛田先生大概气坏了,被小清水这老东西骗了一千五百万。现在寻思怎么报复呢?"

"二哥只说要找小清水。"

"要是抓到小清水,怎么处理?"

"那就看二哥怎么想。"

"还不至于把他做了吧?"

"小清水那条小命,做饲料,马都不吃。"

"你不也被他骗了一百五十万吗?"

"我的底线就是钱,让那个老东西拿钱来了断。"

"你心眼真好。"

"心眼好?"桑原瞪着二宫,"你以为二蝶会的桑原会为了这区区一百五十万就把人做了,你也太小看人了。"

桑原的表情严峻可怕。这是笑嘻嘻地打人的暴力团成员的锐利目光。二宫再次认识到此人不是正派社会里的人。

二宫避开桑原的目光,问道:"我不懂流程,我们在京都接受采访以后怎么样了?"

"七月二十五日剧本定稿。小清水拿着剧本到各家投资者那儿说明情况。"

八月六日成立制作委员会,有关人士集中在京都大酒店的会议室,就最终出资额和《冰凝之月》制作的相关条件进行确认,并签订合同。首席制片人是小清水隆夫,助理制片人由出资方的各家公司的局长、部长级的负责人联名担任。

剧本定稿上写明:"原著:羽田弘树《冻月》;脚本:三宅芳

郎;导演:千叶浩司;演员:高凪刚志、樋渡夕、李顺花。"

"我代表二哥出席。出资者有五家企业和六个个人。"

"岛田先生不是助理制片人吗?"

"岛田这个名字直接出现在名单上还是有所顾虑,虽然二哥不是助理制片人,但合同的制作委员会名单写上了'岛田公司'。"

"你呢?"

"我是岛田公司的成员。"桑原的三百万日元包含在岛田公司的出资额里面。

"二哥二千六,我三百。"

"这还差一百万啊。"

"这一百万是你的。"

"你说什么……"

"二哥对你怎么说的? 二哥说要是这部电影能挣钱,也给你分红。没错吧?"

"是啊,是这样。"

"要得到分红,就得有本金。这最起码的常识,你都不懂吗?"

"这……万一要是……"

"二哥没告诉你,他给你出了一百万,放在二宫启之你这个废柴的名下。"

二宫不知道说什么好。岛田为自己出资一百万日元。二宫对此事一无所知,只是天真地认为"可以分红"。这只能怪自己没出息。

"二哥叫我不要告诉你。他就是这种古板传统的人,而你这个游手好闲、吊儿郎当的穷小子却不懂得对二哥知恩图报,还大白天和鸟儿一起午睡。"桑原啧啧嘴,"我说的这些话,你不要对二哥说。你欠二哥的,猪脑子牢牢记住!"

"那……我给二哥……"

"你想说把一半的五十万还给二哥吗?蠢货,你想让二哥丢脸吗?"

岛田的情意令人高兴,但自此以后就不能对岛田的信义装作毫不知情的样子。

"我该怎么办?"

"不能去找小清水那老家伙吗?"

"可是,没有线索……"

"现在就去小清水家里。"

"知道他家在哪儿吗?"

"茨木。茨木郡。"桑原说这是从金本那里打听来的,"你欠二哥的人情,不能说不去。"

"……"

见鬼,自己又被卷进去了。这个瘟神。而且即使抓住小清水,对二宫也毫无好处。

"好了,走吧!"桑原站起来。

"我把玛奇放进鸟笼里。"

玛奇,过来,你就看家吧。——二宫这么一说,玛奇飞来,停在他的手指上。二宫站起来,把鸟笼门拉上去。玛奇进笼子里喝水。

"这鸟通人性,跟你不一样。"

"口渴和想睡觉的时候,自己进鸟笼吧。"二宫关闭空调的电源,打开窗户,拿着事务所的钥匙,穿上夹克衫。

宝马沿着新御堂大街往北走,在一七一国道往东拐,又在名神茨木出入口附近的十字路口右拐,从供水站旁边穿过,眼前出现一片独门独院排列整齐的住宅区。

"给小清水家打电话了吗?"

"金本只告诉我住址。"

"哪条街?"

"郡七丁目二番地五十四号。"

供水罐旁边竖立着住宅示意图,能勉强看清住户的名字。小清水的家在供水罐往北一直进入私家道的尽头。

宝马进入私家道,大概道路狭窄的缘故,各家车位的车子都是轻型车或小型车。

车子停在尽头那一家的门前。混凝土预制板的门柱上没有门牌。这是一幢两层楼建筑,蓝色的水泥瓦,淡褐色的灰浆墙壁,面积不到三十坪①。

"你看清楚了吗?刚才那个示意图上的位置。"

"没错。"门柱上有拆卸门牌留下的痕迹。

二宫下车,桑原也下车按对讲机按钮。能听见对讲机的铃声,但无人应答。

"不在。"

"好像是。"

"你去问问邻居。"

"问什么?"

"什么都行。去问吧!"

二宫按着左边邻居的对讲机,车位旁边的大门打开了,一个

---

① 一坪约合三点三平方米。

头发梳着后髻的五十上下的女人探出头来。

"对不起,打听一下,这旁边是小清水先生的家吧?"

"是的,是小清水先生的家。"

"怎么没有门牌啊?"

"哦,没有门牌吗?"女人感到意外,走出来站在二宫旁边,看着门柱,"这什么时候拆下来的……"

"拆下门牌是最近吗?"

"我觉得是……"她把手放在嘴唇上。

"没听说他要搬家吧?"

"我没听说。"

"小清水先生的太太呢?"

"他是单身呀。"

"噢,是吗……"

"不过,我对小清水先生不太了解,他很少在家,偶尔碰到也就是互相问候一声,没有聊过天。"

女人说小清水家晚上亮灯每个月也就是两三天,车位也没有停车。二宫心想小清水的生活据点大概不是这里。

"小清水先生什么时候开始在这里居住的?"

"嗯……差不多十年前吧。"

买的是二手房,就搬过来了。"当时和一个女的在一起,短头发,感觉很秀气,好像本人也工作,可是两三年以后再也没见过。……再具体的事情就不知道了,可能分手了吧。"

她大概就是小清水所说的"第四个妻子",艺人演出公司的经理吧。

桑原问道:"最近见过小清水先生和一个三十多岁高个子的女人在一起吗?"

"不,没有。"女人摇摇头,问道,"二位认识小清水先生吗?"

"哦,算是认识吧。"

"是金融机构的?"

"金融机构……"

"对不起,我只是感觉而已。"女人大概觉得说得太多,一转身,赶快回到家里去了。

"怎么啦?还有话要问呢,溜走了啊。"

二宫笑着说:"害怕了。"

"有什么可怕的?"

"以为是来催讨黑钱的。"

"我这样子哪里像放黑钱的。"

"不是我,是她这么认为的。"

"你告诉她,真正放黑钱的没有我这么文雅。"

什么词不好说?整出个"文雅"来。这个思路还真有趣。

"真该死。快撤啊,在这儿浪费时间。"

桑原坐进宝马,二宫也坐进去,按一下启动引擎的按钮,把变速杆调到R,一看后视镜,发现一辆黑色的车子车头朝着这边停在私家道的入口。是一辆皇冠。二宫倒车倒到附近,皇冠里面的司机和副驾驶座上的男人盯着这边的车子。

"桑原,车子被挡住了。"

桑原一听,回头瞧一眼,"不退一下吗?"对他们挥挥手。对方的司机面无表情,一动不动,没有挪车的意思。

桑原低声说道:"他们是黑道的。"

"故意堵道吗?"

"是这样。"桑原的目光紧盯着皇冠,问道,"你过来的时候有没有被跟踪?"

"这……我不知道。也没这个意识。"

"你的座位下面有车轮扳手,把它塞在皮带里,跟我来。"

"你等一等,我……"

阻止都来不及,桑原打开车门下去。二宫张开两腿低头瞧了瞧座位下面,拿起车轮扳手也跟着下车,插在后腰的皮带里,向皇冠走去。

桑原敲着皇冠的窗玻璃。窗玻璃降下来,一头茶色头发、戴着墨镜的瘦削男人看着他,他身穿狮子图案的花衬衫,脖子上挂着粗大的金项链,一看就知道是不折不扣的地痞。

"这位大哥,把车子退一退。"桑原说话很客气,"这是死路,出不去啊。"

"……"对方没有吱声,毫无反应。

"喂,没听见吗?"桑原后退半步,紧握右拳,仿佛立即就要出手。

"你们是谁的人?"副驾驶座的男人用沙哑的声音问道。黑夹克衫,白衬衫,没系领带,从敞开的衬衣胸口露出蓝色的刺青图案。

桑原说道:"这样打招呼的话,那我们是同行。"

"喂喂,是我在问你。"

"谁的人无所谓吧,互相报出家门,以后事情就很麻烦咯。"

"你们是岛田的人吗?"

"你说什么……"

"对吗?果然是岛田组的人。"白衬衫冷笑道,"小清水在吗?"

"你这小毛孩,对谁说话呢,这么狂妄!你们来找小清水有什么事?"

"我们？别小看人了!"白衬衫的脸色顿时阴沉下来,对花衬衫示意。花衬衫打开车门,一只脚伸出来。

桑原一踢车门,花衬衫的脚被车门夹住,身子立即歪倒。桑原一拳暴击他的鼻梁,墨镜飞掉,整个腰部摔在地上。

桑原迅速绕到副驾驶座,拉开车门,把白衬衫拽下来。白衬衫正准备挥拳攻击,桑原的膝盖对他的股间一顶,对方立即弯腰,痛苦地呻吟一声。

这时,有居民从周围的住宅里出来,还有一个女的拿着手机。大概桑原也注意到了,便使劲将白衬衫一推,然后急速向宝马走去。白衬衫没有追赶桑原,连爬带滚地钻进皇冠里,花衬衫也爬进车里,关上车门。

二宫坐进宝马。引擎一直发动着。皇冠后退,反向打轮,离开住宅区。二宫也倒车,离开私家道。皇冠已经不见踪影。

桑原喘着粗气,问道:"你的扳手呢?"

"带着呢……"二宫歪着腰,从皮带里拔出车轮扳手,扔在脚下。

"刚才怎么不给我?"

"还没给你,你就出手了。"

"脑子里那根红线一下就绷断了,对那种恶棍实在不能忍。"

"那个穿黄拖鞋的大妈打110了。"

"警察又怎么样?没人打架。"

"可是,那副墨镜可能掉在现场了啊。"

"你既然知道,怎么不捡起来?"

"我哪有工夫啊。"

桑原嘴里说着,心里觉得不会构成打人致伤案件。现场既没有加害者,也没有受害者,而且没有使用凶器。

车子进入一七一国道,从名神茨木高速进出口向丰中驶去。

"那俩家伙是什么人?"

"黑道流氓。"

桑原抚摸着右拳,食指和中指之间的指根有点肿。

"这我知道,他们为什么到小清水家来?"

"和我一样,大概也是出资人吧。"

"他们说你是岛田组的。"

"就这个我听了不乐意,他们怎么知道的?"

"不是因为制作委员会的名单上有'岛田公司'吗?"

"岛田公司是被小清水欺骗的受害者,这不能成为黑道流氓找碴打架的理由。"

"是啊,那他们找错人了吗?"

"找错人也说不通啊。谁寻衅找上门,我就奉陪到底。这就是我的作风。"

"可是,连对手是哪条道上的都不知道就出手,这样不太好吧。"

"别给我假正经,你对什么都事不关己。"

"哪是事不关己啊,他们也认为我是岛田组的。"

"这不好吗?你拿着扳手跃跃欲试的样子。"

"谁这样啊……"

这又没得说了。——就是这个脾气暴烈、不管三七二十一就出手打架的暴徒又让自己抱着一个烫手的火种。

"你行啊,出事的时候有二蝶会这个后盾。可我就不行了,那破事务所连个摄像头都没有,就我和鹦哥两个老实简朴地过日子。"

"你这个花花公子还说自己简朴过日子。去买支手枪怎么样？出门的时候穿上防弹衣。"

"就是把我倒过来，也找不出那么些钱来。有什么理由我非穿防弹衣不可……"

"你这张嘴巴可真能说，要是哭穷诉苦，绝对是大阪第一。"

"你不是说好听的话和恭维不上税吗？"

"哭穷不是恭维。"

桑原把车里的遮阳板放下来，打开化妆镜的盖子，梳理弄乱的大背头。他对刚才殴打暴徒没有丝毫自嘲和悔恨，把《帕蒂·拉贝尔》放进CD机里，开始听音乐。

4

接连三天,桑原没有来电话,也没有面目不善的人到事务所来。然而,没有工作的订单,这可不好办。

电话响了。玛奇叫起来:"阿启、阿启……"

"二宫企划。"

"是我啊,岛田。"

"啊,您好。承蒙关照。"

"启坊,知道桑原在哪里吗?"

"不知道啊……出什么事了吗?"

"没见他到组里来,手机也打不通。"

二宫心想因为那次打架的原因,桑原可能躲起来了。

"启坊,现在很闲吗?"

"是很闲。正给玛奇喂食呢。"二宫便聊起玛奇多么聪明,会说什么话,岛田"嗯、嗯"地听着。

"阿启,能麻烦你来事务所一趟吗?"

"哪个事务所?"

二蝶会的事务所在都岛区的毛马,岛田组的事务所在旭区的赤川。毛马到赤川的直线距离大约一公里。

"你到毛马来。老大今天出去应酬,没在。"

"好,我马上就去。"他没问什么事。

"麻烦你了,我等着。"

挂断电话。"玛奇,说是今天森山不在。"

扑哧扑哧——玛奇在梳理羽毛。

二蝶会的第二代组长森山在二宫的父亲孝之还在位的时候是他的盟弟。这个森山为人轻浮不靠谱,开始和二宫母亲悦子的一个远房亲戚、南街的夜总会陪酒女交往,生了个男孩子,却不认账,扔下这个陪酒女,和东大阪的一家弹子房老板的女儿结婚。可能森山心里意识到这件事,二宫偶尔去事务所,他都没有露面。后来才知道,森山从年轻时候就喜欢欺下媚上,是上一代组长角野的跟包。森山善于通过高利贷挣钱,人称角野的"钱袋子"。当时孝之和森山这两个人被看好继承角野。可是孝之因为日工违法就业以及违法中介行为(孝之在港区经营筑港兴业建筑公司)被判处两年半有期徒刑,在他入狱期间,角野指定森山作为继承人。桑原总是嘲笑森山说,"如今的黑道没实力,森山这个老板不打架,就知道攒钱。靠给本家系统积累钱财成了嫡系"。桑原至今没有自己的组,原因之一也是因为和森山合不来。

"阿启要出门,玛奇留在这儿看家吧。"说罢,拿着夹克衫和车钥匙走出事务所。

从四桥入口上阪神高速,在长柄下去,沿大川往北,毛马桥下面就是二蝶会的事务所。二宫把阿尔法·罗密欧停在丰田世纪和兰德·路虎之间。

这是一座三层楼建筑物,铁釉瓷砖的外墙上挂着一块写有"二蝶会"的小小的不锈钢牌子。二宫穿上夹克衫,推开事务所的房门。玻璃隔板后面摆着五张桌子,大概是值班的两个男人转过头来,一脸狐疑地看着他。二蝶会成员有六十人,他们几乎都不认识二宫。

"我是二宫企划的二宫。岛田先生在吗?"

左边那个年龄稍长的说道:"找二哥啊。"

"对。二哥岛田先生。"

他们似乎对把岛田称为"先生"不太高兴:"约好了吗?"

"他打电话叫我来的。"

年龄大的那个人对另一个剃光头的抬了抬下巴,光头显得不耐烦地走到里间,立即返回来,但表情与刚才大不一样,客气地低头说道:"请到这边来。"

二宫走上二楼,光头敲着右边那道门。里面有人回应,二宫走进去。

"噢,辛苦了。把你叫过来,不好意思。"岛田靠在沙发背上。他的正面是神龛,神龛下面是两头沉写字台。没有看见代纹①和神户川坂会会长的照片。

岛田让二宫坐在沙发上。大概是伊姆斯牌的,坐着感觉很舒服。

"换房间了吗?"

"换了。从一楼搬到二楼。"他说旁边是组长的房间,"打高尔夫吗?"

"没有。没有打高尔夫的朋友。"

去年来这个事务所的时候,岛田送给他DVD机和高尔夫教程的光碟,可是二宫一次也没看。

"启坊,有高尔夫球具吗?"

---

① 代纹,代表暴力团帮会的家徽。

"有。皮革握把的。"

"那是老产品。把我的给你。"岛田转向后面,写字台的边上放着两个球包。

"这么贵的东西,不要不要。"

"开车来的吧?"

"是。可是……"

"好了,一会儿拉回去。高尔夫靠的是器具。找个时间陪我打。"

"谢谢。"岛田一旦话说出去,就不会收回去,所以二宫只好收下,"岛田先生常打吗?"

"一个月两三次。"他竖起小拇指,"和这个不一样,便宜。"

"我毫无这个缘分,就是喝酒,也是到便宜的同性恋酒吧。"

"你母亲很不放心,说启之会不会单身一辈子啊。"

"我觉得和女人打交道很麻烦。"二宫打肿脸充胖子,其实是自己不招女人喜欢,而且和女人交往需要花钱。

"我认识的女人里有不麻烦的。见见面怎么样?"他说年龄二十七,在赤川的小餐馆里帮忙,"人是长得相当漂亮。"

"那……好啊。"二十七岁的女人,二宫觉得可以见面。和悠纪一般大。

"有孩子,不要紧吧?"

"省得我再麻烦了。"

"九岁和八岁的两个孩子。"

"少女妈妈啊。"

"不行吗?"

"让我考虑考虑。"少女妈妈还好说,两个紧挨着的孩子不好办,二宫改变话题,"刚才你电话里说和桑原联系不上,这怎么回事？"

"这个星期的星期一。"岛田表情严肃起来，"桑原去你那儿了吗？"

"来了。说是小清水失踪了。"

"你们就去小清水的家里了。"

"去了。在茨木郡。"

"和黑道打起来了？"

"是的。黑色皇冠堵住路口，桑原就火了。"对方两个人，瘦瘦的小瘪三和身上刺青的暴力团，是他们寻衅挑事。——二宫把那天事情的来龙去脉说了一遍："怎么？警察上门来了？"

"不是警察，是黑道的来了。"

"来哪里？"

"这个事务所。"

"果然……"二宫害怕的事还是发生了，所以必须和桑原断绝一切关系。

"尼崎的亥诚组，那是川坂的嫡系。组长诸井是本家的若头助理，组员有六百人。跟这个大家伙发生纠纷了。"

二宫知道尼崎组，诸井在神户川坂会的若头助理中排序第四或者第五。诸井本身就是"本家"，与森山那样的普通嫡系组长的门第不一样。二宫曾受到亥诚组下属的大滨组的委托，就尼崎冢口的建筑拆除工程进行过斡旋疏通。就这个大滨组也有四十多个组员。

"亥诚组什么时候来的？"

"今天上午。点名要和我谈。"

亥诚组的副本部长泷泽带着两个保镖过来。

"桑原不是故意殴打黑道，而是当时那种气氛引发的。可对方是同一个川坂组织里的若头助理的组,这就很麻烦。不是桑原断指所能解决的问题。"

与桑原发生纠纷的是泷泽组的久保和矶部。久保是组员,矶部是"半白道"①。

"是对方先开头寻衅闹事的。再说了,不是应该双方各打五十大板吗?"

"启坊,黑道打架是组与组之间的较量。什么时候攻什么时候收,这里面很有讲究,一步走错,组就毁了。"

"就是说用钱摆平,是吗?"

"哦,是这样。"岛田的手摸着下巴,"泷泽拿来了支付票据。是小清水开的'《冰凝之月》制作委员会'的票据。他说把这账给结算了,桑原的事情就了结。"

"支付票据……亥诚组也出资了吗?"

"不是出资,而是泷泽借钱给小清水。"

泷泽持有的支付票据一共十五张,每张面额是一千万日元。

"小清水向泷泽借了一亿五千万,用支付票据做担保。"

"不知是真是假,反正这是泷泽的说法。"

"开票的日期是什么时候?"

"今年五月。"

"结算日期呢?"

"八月十日。"

"不是已经过了吗?"

"拒付票据。小清水从账户取走我们出资的钱后就躲起来了。"

---

① 半白道,指介于暴力团与非暴力团之间的人,即介于黑白之间的"灰色人"。也指不隶属于暴力团,但进行犯罪活动的组织。

"支付票据的出票人是小清水吧？"

"对。电影制作委员会合作社的理事长小清水隆夫。"

这是典型的诈骗手段——小清水在法务局登记成立合作社，然后在银行开设活期户头，拿到期票单。这个一拿到手，出票的金额就可以随便写。银行审查看重申请人过去的交易业绩，小清水以前一直进行小额交易，积累有一定的业绩。于是他就开出期限三个月的期票，从泷泽那里拿到钱后远走高飞……

"小清水以什么名目向泷泽借钱？"

"拍摄电影《冰凝之月》。好像是说成立制作委员会集资之前的过渡资金。"

"泷泽不是出资，而是贷款啊。"

"泷泽是街金①'米涅尔瓦'的所有者。"

"欸，我觉得一亿五千万是假的，街金不可能贷出这么大笔的钱。"

"这我明白，贷款最多不过两三千万。"

"但是，亥诚组的副本部长拿来制作委员会开出的票据，这很难办啊。"委员会的成员中明确记载着"岛田公司"。

"泷泽说要多少？"

"没说金额，但四五百万恐怕搞不定。"

"泷泽是债权人，岛田先生是债务人吗？"

岛田笑道："法律上可能会是这样。"

"让律师介入进行协调，怎么样？"

"那是社会上的一般做法，泷泽和我都不是白道，不能做通过法院判断黑白是非这种有失体面的事。"

---

① 街金，在特定地区从事小额高息贷款业务的金融业者。

"这也太不像话了,小清水跑了,这可倒好,同行出来敲诈。"

"泷泽表面上的职业是小额信贷,真正的圈钱手段是黑道金融。有亥诚组的组长是本家的若头助理这个威势,他们会强行逼迫的。"

黑道金融无须任何抵押担保,只要口头约定就可以贷款一两千万,因为他们对催还债务具有绝对的自信。拥有足够的资金只是一方面,在借债人逾期未还的情况下,如果没有巨大的威势压力,就干不了黑道金融这一行。从这个意义上说,黑道金融的庄家就等同于川坂会内屈指可数的势力强大的组。

"泷泽的组很大吗?"

"相当大,组员有五十人。事务所在尼崎的长洲町。"岛田说泷泽六十五岁上下,白发白须,一个飘逸潇洒的老者。

"泷泽也到别的出资人那儿去了吗?电影发行公司、广告代理商……"

"这我不知道,大概去了吧。拿着那张票据破纸。"

"除了岛田先生之外,还有五个个人出资人吧。"这是二宫听桑原说的。

"开弹子房的两个,还有邮购化妆品公司、保安公司、行业杂志社的社长。"

且不说保安公司和行业杂志社的社长,弹子房和化妆品公司的社长见到亥诚组的本部长,大概会吓得浑身哆嗦,乖乖掏钱吧。

"森山先生知道这件事吗?"

"没有传到老大的耳朵里。这是我和桑原的问题。"

"和桑原联系不上,事情不好办啊。我去守口看看吧。"

"是吗,你能去吗?"

"'糖果Ⅰ'关门了呀。"

"你说什么?"

"你没听说吗?"

"他闭口不谈自己的事。"

好像桑原在守口的公寓里和女人同居,但没见过那个女的。

"我要是见到他该怎么办?"

"让他给我来电话。"

"明白。"二宫站起来。

"启坊,你忘了东西。"

"哦,是啊。"走到高尔夫球包旁边,说道,"我拿哪一个?"

"喜欢哪个就拿。"

"那我拿这个吧。"他拿起小一点的"MIZUNO"球包背在肩上。

"这个比较轻,是初学者用的。"

"不好意思,谢谢。"二宫低头致谢,走出房间。他不能对岛田给自己出资五十万日元这件事表示感谢。

守口,大日东町。"糖果Ⅰ"成了栅栏圈围起来的停车场。桑原居住的公寓在后面,但公寓名称和房间号码都不知道。二宫只好去"糖果Ⅱ"。

沿一号国道南下,过松下电器总公司,在加油站的十字路口右拐,就看到招牌。

进门是停车场,面积约一百五十坪。预制板建造的三角形屋顶的建筑物呈"コ"字形,一楼有五间屋子,二楼有三间屋子,一楼的正中间有服务台。没看见桑原的宝马740i,停车场的角落里停着小型卡车和小汽车。

二宫下车,走到服务台。服务台坐着一个头发染成茶褐色的中年女人,如今少有地抹着猩红的口红。

二宫问道:"我叫二宫。请问桑原先生在吗?"

"桑原先生?"中年女人露出惊讶的表情。

"就是糖果Ⅱ的老板啊……"

"这里的老板是多田。"

"是多田……真由美女士吗?"

"是的。"

二宫见过几次真由美,但不知道她的姓,年龄三十多,皮肤白皙,水汪汪的大眼睛,栗色的中短发。清新秀美的女性,与"桑原的情人"那种艳俗的形象截然不同,给桑原做情人真是可惜了。

"多田女士在吗?"

"你叫什么?"

"二宫。"二宫心想刚才不是已经说过了吗。

"她的办公室在左面。"

二宫往左边走去,没有办公室。莫不是那服务台大妈的左边?二宫返回来,向右边走去,果然会客室的旁边是办公室。

二宫系好衬衫的扣子,敲了敲木纹胶合板的门,里面有人回应。二宫打开门,只见真由美坐在写字台前正看着电脑显示屏。

"哎呀,是二宫先生啊。"她抬起头。

"好久没见了。"二宫略一施礼,"身体好吗?"

"是的,好久没见了。"

双方生硬地寒暄。真由美身穿大概是丝绸的细条纹白衬衣,清爽雅致,戴着白金项链。

"你还是这么漂亮。"

"你真会说话。"真由美微笑着。

"我是来找桑原先生的,不知道他家在哪儿,就到这儿来了。"

"桑原不在。"她说桑原前天就回老家去了,"盂兰盆节的时候没能回去,他说回去给母亲扫墓。"

二宫对桑原会回老家扫墓感到意外。

"手机打不通吧?"

"啊,是的……"二宫不知道桑原的手机号。

"回乡下的时候不带手机,不可思议吧。"

"桑原先生的老家是在竹野吧。"

"我想他住在姐姐家里。"

"能不能把他姐姐家的电话号码告诉我?"

"噢……"真由美略一犹豫,从写字台的抽屉里拿出记事本,把电话号码抄在复印纸上递给二宫。上面写着:〇七二六九五五××宫永。

"你去过竹野吗?"

"去过一次。"她说受到桑原的姐姐、姐夫的热情款待,"他在乡下可老实了。"

想也知道,小时候可是出了名的坏小子。

桑原生于兵库县城崎郡竹野町,七岁时母亲去世,两年后,担任中学教师的父亲再婚。桑原从初中开始就成天打架,骑着摩托车到处乱闯,在当地是出名的不良少年。恐吓、伤人的事件频发,从少年鉴别所①送到少管所。出少管所后,到大阪旭区的

---

① 少年鉴别所,收容家庭法院送来的少年,对其身心状态以及性格等进行鉴别的机构,由法务省管辖。

汽车修配厂工作,但不到一个月,就因殴打同厂的工人被解雇。接着流落到釜崎当日工,不久认识了二蝶会的骨干,在赌场里帮忙接电话、收款什么的。一年以后,组里的一个骨干在棒球赌博中欠了一屁股债不知去向。这时候,桑原进入毛马的二蝶会,拜在组长角野达雄的门下。

在神户川坂会与真凑会争斗的时候,桑原开着翻斗车冲撞真凑会尼崎支部,把追过来的对方组员的手枪夺过来,开枪将其击伤。从此二蝶会名声大震,虽然被判六年半徒刑,但在黑道世界里建树了巨大的功勋,所以出狱后立即成为组里的骨干。身上没有刺青,十根手指齐全。圈钱方式是清理倒闭企业和建筑工地的疏通。"糖果"卡拉OK店好像就是通过清理倒闭企业弄到手的。本人自称经济精英黑道,但性格极其粗暴。竟然独闯几十个组员严密防卫的真凑会的支部事务所,可见是个天不怕地不怕的暴徒。只要嗅到金钱的味道,不论发生什么事,都咬住不放。二宫也见过不少暴力团员,但还是第一次见识桑原的这种"亡命徒"的天性,心想大概不会再遇到第二个。

"桑原先生什么时候回来?"

"不知道。我只听他说去竹野。"她说桑原连换洗的衣服都没带,就开车走了。

"打扰了,对不起。"二宫把复印纸折叠起来放进口袋。

"对不起,喝杯咖啡再……"真由美关闭电脑。

"我还有事,告辞了。"二宫制止打算站起来的真由美,走出办公室。

这个瘟神藏在什么地方?——二宫坐进车里,看着真由美写的号码打电话。

"喂,我是宫永。"

"我是大阪的二宫。听说桑原先生在您那儿,所以打这个电话。"

"啊,保彦出去散步,和美玲一起。"

二宫吃了一惊,桑原果然在竹野:"美玲?"

"美玲是狗的名字。"对方说美玲是拉布拉多寻回犬,"差不多该回来了。"

"好,那我过一会儿再打电话。我是二宫。"

"好的,我告诉他。"

二宫挂断电话,开车离开糖果Ⅱ的停车场。沿一号国道往西,从守口收费站上阪神高速的时候,手机响了。他按下接听键。

"嘿,这儿的电话,你从哪里问到的?"桑原的声音格外大。

"真由美。"

"你去真由美那儿了?"

"去了。糖果Ⅱ。"

"你是跟踪狂啊。"

"岛田让我找到你。"

"什么?二哥这么说的?"

"今天上午,亥诚组的副本部长泷泽到二蝶会来了。"

"亥诚组?不是本家吗?"

"在茨木被你打的那两个无赖是泷泽的组员。"

"什么啊?喂……"

"泷泽拿来了小清水开出的'《冰凝之月》制作委员会'的支付票据,对岛田说把这票据结算了,桑原的事情就可以了结。"

二宫把事情的经过讲了一遍,桑原默默地听着。

"听岛田说,泷泽组的圈钱方式是黑道金融。"

"你对二哥说我在竹野了吗?"

"还没说。"

"别告诉他。你对他说桑原好像潜伏起来去找小清水的下落。"

"可是,手机打不通不是很奇怪吗?"

"我潜伏起来了,不接手机很正常的啊。"

"我可从来没有对岛田撒过谎。"

"是吗,难道你眼睁睁地看着我被泷泽组干掉吗?"

"会吗? 不至于吧。"

"我们交情不算短,要是我身穿白衣白裤渡过冥河,你就给我烧一炷香吧。"

"别说这种不吉利的话。"桑原的手指断掉倒没什么,白衣过冥河听起来令人害怕。

"五天。给我五天时间找小清水。要是到时找不到,我自己去泷泽组了断。"

"请你给岛田打电话,向他汇报,跟他联系、商量一下。"

"我可是黑道。让二哥替我解决打架的事,我做不出这种丢人现眼的事。"

"好,我知道了。我跟他说不知道桑原的下落。"

"你在哪儿?"

"现在在阪神高速上。"

"准备去哪儿?"

"回事务所。玛奇还等着我呢。"

"我立刻回大阪。你就在事务所里等着我。"

"我六点要出去。"

"烦人! 我去之前你别走。"

电话挂断。这混球，只顾自己——桑原从竹野过来大概需要四五个小时。

桑原大概是躲起来了。在茨木揍的无赖不论是哪个暴力团的组员，都要来报复。桑原充分考虑到这一点，才到竹野避避风头，观察动静。虽然是个亡命徒，但也很狡猾，经常判断情况，以免引火烧身。他对暴力团组员和"半白道"会出手，但不打白道的人。这并非桑原所说的侠义，而是选择什么人可以打什么人不能打。

但是，桑原这一次的判断出了差错。岛田说黑道的打架是组与组之间的较量，亥诚组所属的泷泽组与二蝶会所属的岛田组明显实力悬殊。亥诚组六百人，二蝶会六十人——泷泽组五十人，岛田组十几人，就数量而言，也是差距太大。

对手同是川坂这个组织里的若头助理，这很不好办，不是桑原断指就能了结的问题。岛田说这话的时候显得很冷静，但这是他的心里话。岛田和泷泽争斗，出击到什么程度，桑原怎么了结，二宫既然已经参与其中，也就不能装作一无所知的样子。

算了，反正现在靠建筑咨询吃不上饭。一旦把这块招牌卸下来，就和桑原这样的人渣断绝关系。

车子进入环行线，在道顿堀出口下去，从千日前街向四桥驶去。这辆意大利红色的阿尔法·罗密欧一五六下个月就要车检，但没有这笔钱。如果车检过期，即使卖掉最多也不过二三十万。

总之，这一阵子什么事都不顺。

5

　　嘴唇被玛奇啄着,醒过来。玛奇叫道:"玛奇,吃饭吧。"

　　"玛奇,怎么啦?饿了吗?"二宫坐起来的时候,听见有人敲门。玛奇耳朵尖,对走廊上传来的脚步声会做出反应。

　　二宫让玛奇站在肩膀上,走过去把门锁打开。桑原进来,身穿日式碎花衬衫。

　　"太热了,有啤酒吗?"

　　"在冰箱里。"

　　桑原走到里面打开冰箱,拿出发泡酒,"这就是啤酒吗?"

　　"你要是喝习惯了,也挺好喝的。"

　　"别装穷。"桑原拉开发泡酒的拉环,放在嘴边。玛奇叫起来:"悠纪,漂亮,喜欢喜欢……"

　　"这鸟这么吵,它说什么啊?"

　　"我也不知道。"二宫懒得一一解释。

　　"你吃了吗?"

　　"饿了。"二宫看了看钟,七点二十分。租来的DVD片《秘密》不知道什么时候已经结束。

　　"吃晚饭去,准备一下。"

　　"法国菜还是意大利菜?"

"不和你吃这么雅致的菜。"

"印度菜就算了。"

二宫把鸟笼的门拉上去,把玛奇放进去,换上鸟食和清水,打开窗户,然后关闭电视机和DVD机的电源,只点亮鸟笼旁边的一盏日光灯。

"鸟儿看家啊?"

"天黑了它就睡觉。"星期六和星期日把鸟笼带回大正的单元楼住所,"走吧。"

"你连鞋也不穿吗?"

桑原这么一说,二宫脱下凉鞋,换上轻便鞋。

桑原的宝马停在福寿大楼的正前面。二宫开车,向堀江方向驶去,二人走进显得有点陈旧的鳗鱼馆子。小单间,桑原点了白烤鳗鱼和冷酒,二宫点了鳗鱼盒饭和鳗鱼肝汤。

"你对二哥怎么说的?"

"我说去了糖果Ⅱ,桑原开车出去了,联系不上,手机忘在家里。"

"那二哥怎么说?"

"他只是说你还是老样子,一去不回。"二宫拿起下酒菜炸鳗鱼骨,"岛田先生下决心了吧?"

"什么决心?"

"与泷泽组摊牌。"

"二哥是真家伙,态度暧昧,搪塞躲避,这才是最好的办法。"

"可是,亥诚组和泷泽组都是川坂的本家系统。"

"你怎么回事?是黑道吗?"

"白道。"

"白道就不要对黑道说三道四。"

要是这样,就不要把我也卷进来啊。——二宫咬着炸鳗鱼骨。就是油腻腻的,一点儿也不好吃。

"我一会儿去新世界,见不动产的金本,问他小清水的家在哪儿。"

"小清水的家不是在茨木吗?"

"他邻居的那个大妈不是说了吗?小清水的家一个月只有两三天晚上亮着灯。小清水和玲美那个女人住在别的地方。"

"这样啊。"桑原说得有道理。二宫听大妈说这话的时候,也是这么想的。

"金本知道小清水的家,他故意隐瞒不说。"

"金本是暴力团吗?"

"不是。"

"你怎么知道?"

"我刚才给西成的朋友打电话让他查的。"这个朋友大概和桑原同行。桑原说:"金本是白道。受外山组保护。"

"外山组,没听说过。"

"山王的朱雀联合的分友。"

二宫知道朱雀联合,是盘踞在西成的无所属独自组织。

"外山组势力大吗?"

"算是老牌子,现在没什么了不起。"原先属于赌徒一派,后来光靠赌博维持不下去,组员不过五六人,"去年,警察来搜查,带走了差不多一半。"

"警察是在他们赌的时候进来的吗?"

"不是赌,是兴奋剂。那几个饭都吃不上的小马仔每个五

77

万十万地凑钱进货兴奋剂。"桑原说兴奋剂进货很简单,出手就得有诀窍。赌徒们没有这方面的诀窍,一下子就被警察盯上了,抓了进去。"……你吸兴奋剂吗?"

"我怎么可能呢。"

深夜在美国村走路,就有人站在阴暗的地方兜售。他们多半是阿拉伯人,只要一对上眼,对方一副"想要什么"的表情。二宫当然不会和他们打交道,年轻的时候去印度,什么大麻、大麻脂,都已经玩腻了。

"别去碰兴奋剂、刺青,过去的黑道都把肝脏弄坏了。"

"最近流行的刺花纹怎么样?"

"那个也不行。针头也不消毒,颜料也很危险。"

"我父亲没有刺青,死于糖尿病。"

"嚯,那你早晚也会得糖尿病。"

烦人!你管得着吗!——冷酒来了,白烤鳗鱼和鳗鱼盒饭还没来。

"这儿的鳗鱼是天然的吗?"

"不可能吧,菲律宾、越南一带养殖的。"

"你懂得真多,从刺花纹到鳗鱼,什么都懂。"

"你问什么都行。"

"在监狱里也能吃到鳗鱼吗?"

"别蹬鼻子上脸,什么监狱不监狱的……"桑原狠狠瞪着二宫,喝着冷酒。

二宫又开始咬炸鳗鱼骨。

到了新世界,桑原把宝马停在通天阁旁边的停车场里,然后顺着通天阁本通商店街往北走去,在第二条街右拐,有一家名为

"茶房光"的古色古香的茶馆。

"这是金本的大楼。"茶馆的二楼挂着"金本不动产"的牌子,但窗户没有亮灯。

"没人。"

"看清楚了吗?是三楼。"

三楼的"金本总业"亮着灯光。桑原推开茶馆旁边的玻璃门,进入楼内,登上狭窄的楼梯。到了三楼,敲了敲对着楼梯的铁门,里面有男人回应。桑原和二宫走进去。

"对不起,金本先生在吗?"

"您是哪一位?"

桑原客气地说道:"我叫桑原。前些日子和金本先生见过面。"

坐在写字台前面的茶褐色头发的男人一看就知道是那种阿飞混混,黑夹克衫,黑色一字领针织衫,眉毛刮得细长,玻璃珠耳钉。

"社长出去了。"

"还回来吗?"

"这可说不好。"

那男人对桑原显示出一种警戒的态度,大概注意到桑原眉毛额角上的那一道伤疤。

"能给金本先生的手机打个电话吗?就说二蝶兴业的桑原来了。"

"对不起,请您再来一趟。"

"那太麻烦了,我就在这儿等着。"

"这不好办啊。"

"你是值班的吧?金本应该回来的。"桑原的口气不由得变得严厉起来,拉过旁边的椅子,一屁股坐下去,跷起二郎腿,掏出包金的卡地亚打火机点烟。那男人被他的气势所吓倒,拿起电话按号码。

"啊,不好意思……现在,一个叫桑原的人来了……不,他说等着社长,赖着不走……好,知道了。就这样。"

男人放下电话,对桑原说道:"社长大约三十分钟后回来。"

"金本去收钱吧?"

"收钱?"

"不是在这一带经营夜总会、酒吧吗?"

"是去巡看,和收钱不一样。"

"你对着客人竟然说赖着不走,很没有礼貌啊。嗯?"

男人低头:"对不起。"

"有烟灰缸吗?"

"啊,是……"男人站起来,拿来烟灰缸。

"口渴了,拿啤酒来!"

"没有啤酒。"

"没有,去买啊!罐装啤酒就可以。"桑原从钱包里抽出两张一千日元的钞票交给男人。男人接过去走出事务所。

"这小子是你的跑腿。"二宫也拽过一把椅子坐下来。

"原先在金本的酒吧里调酒,连吃软饭的本事都没有。"桑原信口开河,把双脚搁在写字台上。

三十分钟过后,金本回来了。宽帽檐的巴拿马帽,玳瑁框的眼镜,白胡子,白色条纹开襟衬衫,又肥又大的高尔夫球裤,网眼皮鞋。金本让那个值班的男人回家去,然后板起面孔问桑原:"今天有什么事?"

"按照你告诉我的地址去了小清水的家,门牌都已经卸下来了。"

"这……"

"躲起来了。"桑原冷笑道,"能把小清水的藏身之处告诉我吗?"

"他的家也好别的什么也好,我就知道茨木的那个住所。"金本摘下巴拿马帽,坐到里面的写字台椅子上。

"小清水有一个名叫玲美的年轻女人,可能在天王寺附近……"

"哎?小清水那个秃子吗……"金本拿起梳子梳头。

"你认识玲美吗?"

"不认识。没见过。"

"希望你把小清水的藏身处告诉我。"

"你也够烦的,我说不知道就是不知道。"

"这就怪了。听 TAS 办事员说,你和小清水早就认识,四年前成立 TAS,还是你和小清水商量的。"

"那又怎么样?"

"你跟小清水这么熟悉,居然没见过玲美,这就不正常了。"

"喂,你想找碴吗?"金本把梳子放在写字台上,"要是想威胁我,那是找错对象了。"

"嚯,是吗。"

"你要是黑道,我也是黑道。趁着还没有后悔的时候,赶紧回去。"

"瞧你多神气,什么组的?"桑原站起来,走上前去。

"你敢动手试试,外山组饶不了你。"金本毫无示弱,仿佛经历过腥风血雨的厮杀。

"那好,你现在就给外山打电话。"桑原拿起写字台上的电话,"是你的保护伞吧。"

"讨厌!一个半吊子暴力团有什么了不起的。"

"有骨气!把二蝶会的桑原叫作半吊子暴力团。"桑原一把抓住金本的前襟,拽倒在写字台上,用电话线缠住他的脖子。金本拼命挣扎,但电话线勒得很紧,桌面文件柜和电话机都掉到地上,金本两脚在空中乱踢。

桑原在他耳边问道:"小清水的藏身处在哪儿?"

金本呻吟着。

"听见了吗?不说是吗?"

金本满脸通红,口吐白沫,开始翻白眼,桑原把电话线稍微放松一点:"怎么样?想起来了吗?"

金本的身体蜷缩一团,咕咕地喘着气,勉强挤出声音:"饶了我吧……"

桑原把耳朵靠在他的嘴边。"哦,知道了,昭和町是吧?"桑原说着抬起头。金本从写字台上掉下来,爬到房间的角落里。

"走!"桑原对着二宫抬了抬下巴。

出了金本大楼,向通天阁走去。

"你就那么呆呆坐着,也不劝阻我。"

"不是劝也劝不住吗?"

"金本要是死了怎么办?"

"我倒不担心这个。"

"那么个老头,还真够犟的。"

"现在正给外山组打电话吧。"

"那又怎么样?连川坂派系都不是的不入流的流氓还敢来

挑衅?"

桑原说,暴力团的实力在于会徽,其实也就是金钱:"朱雀、外山早晚要垮,还能保护舍不得花钱的不动产公司?"

"小清水的家在哪儿?"

"我孙子那条街上的教堂后面有一座格蕾丝桃池公寓。"

桑原停下脚步,点燃一支烟。

昭和町——从圣约翰教堂的十字路口左拐,有一处连体住宅。桑原说是一楼七号室。

把宝马停在门廊边上,然后沿着外廊右行,但七号室没有门牌。桑原敲了敲门,无人回应。拧了拧门把,锁着门。

"不会是金本撒谎吧?"

"混球!看老子不把你揍扁了!"

就在回到门廊的时候,听见身后传来咔嚓一声,回头一看,房门打开一道小口,一个秃头的男人探出脑袋,粗野的嗓门说道:"谁啊?"

"我找一个名叫小清水的老头的房间……"桑原说道,"你知道吗?"

"你是谁啊?"

"我是谁无所谓吧。"

"二蝶会的桑原就是你啊?"那秃头走到走廊上,穿着短裤和T恤,个头巨大,比桑原高出半个脑袋,胸肌粗壮隆起。

"好大的个子,以前干过相扑?"

"职业摔跤。"秃头向桑原显示自己的胸肌。

"摔跤运动员怎么会知道我的名字?"

"茨木那件事,现在和你算账。"

"什么……"桑原后退一步,摆出架势。

"住手!"一个小个子男人从屋里出来,"别在这儿打。"

"可是,牧内……"

"好了,你回去吧。"这个小个子似乎名叫牧内,脸颊瘦削,脸色泛白,一身上下穿着肩头绣有龙的图案的训练服。

"桑原先生哟,小清水不在。"牧内说道,"我们也在等小清水。"

"你是泷泽组的?"

"我叫牧内,他叫村居。这位是……"

"我叫二宫。是搞建筑咨询的。"二宫有意暗示自己不是二蝶会的组员,否则也会被算账。

"怎么站着说话啊,进来吧,怎么样?"

牧内对桑原招了招手,桑原点点头,走进房间里。二宫也跟进去。

起居室和餐厅乱得一塌糊涂,几乎连下脚的地方都没有,饭桌上散乱着吃剩的方便面、便利店买来的盒饭,地板上垃圾成堆,扔着不少空啤酒罐。厨房的调理台上放着电饭锅,煤气灶旁边挂着炒锅和煮锅,大概是玲美在这里做过饭吧。

"你们什么时候来这儿的?"桑原坐在餐厅的椅子上。

"差不多有一周了。"牧内从冰箱里拿出两个听装啤酒,"给,喝吧。"

桑原拽开拉环喝啤酒。二宫没有喝。

"开车来的吗?"

"是的。"

"停在哪里?"

"门廊边上。"

"从谁那里打听到这个地方的？"

"金本不动产。"桑原回答，"你们呢？"

"我们从一开始就知道。小清水从我们那儿拿了钱。"

"小清水向泷泽组借了多少钱？"

"你没看过支付票据吗？一亿五千万。"

"借给他这么多钱啊。"桑原露出一丝微笑。

"这我不知道，是老板的想法。"牧内也喝着啤酒，"对了，你给多少了结费？"

"这个嘛……等抓到小清水以后再说吧。"

"我说的不是这件事，你在茨木打久保了吧？"

"那个身上刺青的是久保啊？"

"他是我的盟弟。"

"是久保多管闲事，一时气头上的打架。"

"在街坊大妈面前突然出手，这不对吧？"牧内没完没了地纠缠上来，"盟弟丢丑了，所以需要了结费。"

"怎么回事？你找碴啊。"桑原把椅子往后拉开，以便随时都可以站起来。

"像二蝶会这样还想和亥诚组对抗吗？你不明白吗？"牧内从桌子下面伸出手来，手里握着柳叶形菜刀，刀刃长约七寸。

"喂喂，想捅我吗？"

"别小瞧我！"

牧内发白的脸变得更苍白，危险了，这小子玩真的。二宫身子发抖，能听见自己心脏怦怦的剧跳声。

就在这一瞬间，桑原一把掀翻桌子，牧内被桌子砸中，倒了下去。村居一拳袭击过来。桑原身子一闪，回手一记重拳击中对方的下巴，但毫无效果。村居拧住桑原的胳膊，桑原整个身体撞到煤气灶,后背摔在地上,村居骑上来。桑原抄起汤勺对着他的脸狠狠一击。汤勺折断了,村居的脸颊受伤,身体往后一仰,双手捂着脸,鲜血从指缝间流出来。桑原一翻身站起来,用热水壶猛击村居的脑袋,热水飞溅。牧内一脚踢开餐桌,寻找掉落的菜刀。桑原大叫:"快跑!"

二宫一下子回过神来,跑到玄关,但门打不开。想拧开锁,手指也不听使唤,情急之下用肩膀撞门。门被撞开了,二宫连滚带爬地跑到外面,也不管后面,撒腿就跑,坐进宝马,发动引擎,一路狂奔,当开到我孙子街的时候,终于才算呼吸平顺下来。

那小子不要紧吧——二宫心里挂念,他的眼前浮现出菜刀刺进桑原脖子的景象。桑原倒在地上,鲜血横流,仰面躺着,一动不动……

二宫打开手机,颤抖的手指按着快捷键。电话拨出去了,但岛田没有接。他也给桑原的手机打了电话,打不通。

怎么办?打一一〇吗?他手指正要按下去,但还是作罢了。桑原不一定被整得死去活来。再说了,这个人属蟑螂,且死不了。既然是桑原叫"快跑",二宫就按照他的指示跑出来了。

二宫不知如何是好,但不能这样什么事也不干,他在想,想个什么辙……

他想见岛田,向他汇报这件事。岛田总会帮忙的。

二宫吸着烟,顺着我孙子街北上,到旭区赤川大概需要三十分钟。他祈祷岛田在家。

从我孙子街往谷町街四天王寺驶去的时候,手机响了。

"喂,我是二宫。"

"混球!你在哪里?"

"啊,太好了。"二宫情不自禁地叫起来。

"快来接我!"

"你在哪里?"

"教堂后面。"

"是刚才那座教堂吗?"

"快来!"

电话挂断了。二宫闪起方向指示灯,在十字路口右拐,到谷町街掉头,直奔我孙子街。

到了圣约翰教堂,二宫把车子停在树篱旁边。没看见桑原。

他下车向教堂后面走去,听见桑原说"我在这儿"。桑原在树篱背后坐靠在教堂的墙壁上,碎花衬衫从左肩头到腋下一片鲜血。

"不要紧吗?"二宫走到他身边。

"要紧哦。"桑原竖起一根手指,"烟。"

二宫递给他一支烟,桑原衔在嘴里,二宫给他点上。

"被捅了吗?"

"混球,被整了,流了差不多一水桶的血。"他说想吐。旁边也有呕吐的痕迹。

"你刚才打算去哪儿?"

"岛田的家。"

"跟二哥说了吗?"

"没有,手机打不通……"

"笨蛋! 不是告诉你不能对二哥说吗?"

"现在怎么办? 是回家睡觉吗?"

"你不会判断情况吗? 不能在那座公寓附近等我吗?"

"现在不是吸烟的时候,去医院吧。"

"去岛之内的内藤医院。"

内藤是暴力团的御用医生,曾经给二宫看过头上的伤口。

二宫把车子转到教堂后面,搀扶着桑原站起来。把摇摇晃晃的桑原塞进副驾驶座,奔向岛之内。

岛之内。在旧南府税务所的斜对面、竖立着韩语和拉丁字母招牌的混居住宅楼的旁边有一个瓦顶木屋的商家。煤烟熏黑的板墙,玄关旁一株枝条稀疏的柳树,玻璃门上写着金色的文字:"内藤医院"。仿佛只有这家医院还没有被时代所淘汰。

二宫按着对讲机的按钮,没人回应。门灯也处于熄灭状态。十一点多了,大概已经睡了吧,这个酒鬼。二宫继续使劲按着对讲机。一楼是医院,二楼是住所,内藤一个人居住。六七年前他和曾经当过陪酒女郎的妻子住在一起,后来妻子有了情夫,就离家出走了。岛之内有不少文身匠。顾客刺青后发脓发烧的时候,就带到内藤医院来。

"谁啊?这么晚了……"对讲机传来很不高兴的声音。

"二宫企划的二宫。能给看看吗?"

"二宫?不认识。"内藤还是把二宫给忘记了。

"二蝶会的桑原先生受伤了。"

"桑原?告诉他别来找我。"

"出血太多,快死了。"

"这还能看吗?赶快叫急救车啊!"

"求您了。我向您鞠躬。现在他就在这里。"二宫对着可视对讲机的摄像头低头鞠躬。

"快死的人别带来。"

"对不起,我刚才说得有点夸张。"

门灯亮了,玻璃门后出现影影绰绰的人影。

二宫把桑原从车里扶下来,桑原靠在门灯下。

玻璃门打开了。内藤说道:"进来!"

"谢谢。"二宫搀扶着桑原走进医院,脱鞋,然后也把桑原的鞋脱下来,穿过吱嘎吱嘎响的木地板的候诊室进入治疗室,把桑原扶躺在诊疗床上。

内藤坐在椅子上,穿旧的白大褂,麻布裤子,从凉鞋前端露出来的脚指甲很肥厚,那是因为患脚气的缘故。一头睡乱的花白头发,银丝边眼镜,镜片很厚,一小撮白胡子。

内藤挪着椅子靠近桑原,手里的剪子粗暴地剪开衬衫,用纱布擦掉血迹。左胳膊的伤口长约七厘米,侧腹有两厘米的伤口。胳膊的伤比较深,露出白色的脂肪层,不断地渗血。

"被什么砍的?"

二宫回答道:"菜刀。柳叶形菜刀。"

"生锈的吗?"

"不是。刀刃闪亮。"

"刀刃多长?"

"七寸左右。"

"二十厘米啊。这很危险。"内藤左手戴上胶皮手套,中指伸进侧腹的伤口。桑原疼得呻吟起来。内藤说:"伤到肋骨,刀还往上去了,有可能伤到肺。"

"没伤到心脏吧?"

"要伤到心脏就完了。"内藤问道,"呼吸怎么样?很困难吗?"

桑原摇摇头。

二宫说:"刚才还吸烟了。"

"胡闹!"

"重伤吗?"

"不开刀不知道。"

"要动手术吗?"

"是的。"

"出血怎么样?"

"肺下叶没有动脉。"内藤拿起桌上的电话,摁下快捷键,"喂,大半夜的不好意思,能过来一趟吗？对,手术……左侧腹刀伤,可能伤到肺部……一个小时吧……对不起,我等你来。"内藤说得很快,挂断电话后他说,"叫了护士,不在工作时间之内,费用很贵哟。"

"桑原先生当然会付费的。"

"对方是谁?"

"打架的对手吗?"

"那是啊,又不是自残。"

"是黑道。一个顶着天的大高个和一个瘦小个。那瘦小的拿着菜刀。"

"力气小的挥舞凶器啊。"

"我逃跑了。"

"做得对,菜刀很可怕。"

二宫心想精明强悍的黑道比菜刀更可怕。

"是我叫他快跑的。"桑原说,"这小子窝囊,在一边碍手碍脚的。"

"没让你救过我吧。"

内藤把桑原胳膊上的伤口翻开清洗消毒,在伤口周围注射麻醉药,准备缝合的针头和线。

"护士来之前先缝合。"

"大夫,我头晕。"

"闭上眼睛。"内藤把抽血台固定在桑原的左胳膊下面,又一次消毒伤口,确认麻醉生效后,开始缝合。

内藤说叫了护士,来的却是一个络腮胡子的男人。

二宫问道:"大夫,是你们二位做手术吗?"

"这儿不做手术。"

"怎么回事?"

"肺损伤不是小手术,需要全身麻醉的麻醉师和两三个助手。"内藤说在急救医院做手术,"必须先通过CT确认是否肺出血和气胸,然后开胸,从肋骨之间确定损伤部位再缝合。"

桑原说道:"大夫,不需要这样的大手术。"

"别瞎说,你是重伤。"

"但是,你看,我意识清醒。"

"笨蛋,你想死吗?"

"大夫给我做手术吗?"

"不是我,是急救医院的医生。"

"如果去急救医院,不是会询问受伤的经过吗?"

"你妻子呢?"

"没有。"

"这么个岁数还是单身啊。"

"有一个算是没有正式登记的妻子。"

"这就好办了。你就说两口子因争风吃醋吵架,在厨房扭打起来,一不小心被菜刀砍了。"

"这人家信吗?"

"撒谎也要理直气壮,先和你妻子对好口径。"内藤转而问二宫,"你认识他妻子吗?"

"算是认识吧。"就是多田真由美。

"你和她联系,带她去急救医院。凑町的大桥医院。"内藤说大桥医院的外科部长是他的晚辈,自己说话管事,又对二宫说道,"你要仔细地叮嘱她。"

"明白。就这么办。"

"就是这么个事。"内藤对络腮胡子说道,"把他带去大桥医院,就说是内藤医院转来的。"

桑原说道:"大夫,我没事。"

"瞧你这脸色苍白,什么没事?连嗓门都开始沙哑了。"

"一边的肺开始萎缩了,开了洞。"

"能说这么多话,伤口大概不是很严重。你把洞堵住,把血止住!"内藤说快的话三四天就能出院。

络腮胡子把桑原放在担架车上推了出去。

"大夫,那个男的是护士吗?"

"他是护理出租车①的司机。"

"为什么叫他护士?"

"不这么叫,桑原会跑掉的啊。"

"哦,原来如此。"

"治疗费四万,出租司机费两万,一共六万,给我吧。"内藤向二宫伸手。

---

① 护理出租车,对需要护理的老年人、残疾人提供各种帮助的专用出租车,可以将家里的小床、轮椅等放进车里。司机需要特殊的资格认证。

二宫从桑原交给他的十万日元中拿出六万给内藤。

"刚才说的话,真行得通吗?"

"什么话?"

"两口子争风吃醋打架。"

"要看他妻子说到什么程度了。"

"医生会认为是妻子砍的吗?"

"大概会这么认为吧。"

"会不会报警?"

"当然会。这是肯定的。"

"这不好办啊。"二宫当时也在现场。

"要是觉得不好办,那就赶紧把他妻子带去大桥医院啊。"

"明白。"二宫向内藤道谢一声,离开医院。

二宫坐进宝马,给"糖果Ⅱ"打电话。真由美接了电话。

"我是二宫,桑原被人砍了。"

"什么?真的吗?"

"虽然不是致命伤,但必须做手术。你现在马上到凑町的大桥医院。"二宫简要地说明情况,桑原一看就知道是黑道,如果真由美不去,医生大概不会相信桑原说的话。二宫对她说:"我在医院大厅等你。"他打算在大厅与真由美会面,说服她即使警察来调查,也要一口咬定是两口子争吵时的误伤。

"好的,我马上就去。"

真由美是一个聪明的女人,大概会说得滴水不漏。只要警察无法证实其具有犯罪性,就应该不会采取行动。

二宫挂断电话,开车沿千日前街往西,来到御堂街一带,大桥医院就出现在电子导航仪上。

6

半夜十二点过后,真由美来到大桥医院。大概匆匆忙忙出来的,穿着白色T恤和牛仔裤,罩着对襟薄毛衣,戴着塑料框架眼镜。

"桑原呢?"

"正在做手术。"

"伤得很厉害吗?"

"好像是血堵在肺里,空气漏出来了。"二宫说桑原意识很清醒,说话很清楚。

"我说是我挥舞菜刀不小心砍伤的,这就可以吗?"

"对不起,本来不是这么回事,却硬是让你编造。"

"没事儿,你别在意,倒是给你添麻烦了。"

"没想到突然就打起来了。"

"对方是谁?"

"黑道。两个人都是。"

"怎么和两个人……"

"桑原先生本领高强,打架总是非常精彩。"

"总是……这是怎么说的?"

"不,是他自己这么说的。"

"他在家里沉默寡言,到外面净干危险的事。"

"这个职业有时候难免,回避不了啊。"

"二宫先生,你神色很疲惫呀。"

"筋疲力尽了,操心过度。"

"对不起。你回去休息吧。这里我盯着。"

"可以吗?"二宫求之不得,跟真由美在一起,会不由自主地把不该说的话说出来,"那宝马就先放我这儿。"

二宫低头告辞,真由美也低头感谢,然后他走出大厅。怎么办？他考虑,就这样直接回家吗？

桑原说别把这件事告诉二哥。这行吗？岛田和桑原都在寻找小清水,应该也有自己能干的活儿。

中川的面孔忽然浮现在眼前,他是府警四课的刑警。这个人很能干,但人品败坏。于是给阪町的"博达"打了电话。那儿是中川的巢穴。

"你好,这里是博达。"耳机里传来卡拉 OK 的音乐声。

"我是二宫企划的二宫。"

"噢,好久不见啊。"老板还记得自己。

"中川先生在那儿吗？"

"正在唱歌呢。"

"能让他接电话吗？"

"正唱在兴头上,要是打断他,会暴跳如雷的。"

"好嘞,我去你那儿,十分钟到。"

"那我转告他。"

二宫挂断电话,坐进停车场上的宝马,奔向阪町。

大概三年前,二宫委托中川办了一件事。当时二宫与真凑会派系的企业重机租赁公司发生纠纷,便给了中川七十万日元,结果很快就摆平了。二宫切身体会到四课刑警对黑道的巨大威压,后来又几次找他商量事情。

中川四十多岁,警衔是巡查部长,升官已经无望,在西淀川养着一个女人,总觉得钱不够花。这个人品德败坏在业内众人皆知,就仗着叔叔是大阪府警的要人,才勉强保住饭碗。

千日前街。二宫把车子停在关西电力公司千日前变电所前面的自助投币式停车场,这附近有几十辆出租车排队等待客人。

二宫走进变电所北面的街道,映入眼帘的净是酒馆、色情店铺和情侣旅馆。一路上皮条客不停地打招呼拉生意,什么"一万日元,女大学生……"二宫不禁发笑。实际上是两万日元叫来肚皮三叠肉的老肥婆上饭店服务。

在五颜六色的霓虹灯耀眼闪烁的夜总会旁边,二宫拉开喷漆脱落的镶木门。这家细长的店面只有一张长条的柜台,客人只有中川和附近商店的老板。

"好久不见了,看样子你身体不错嘛。"

"什么不错啊,痛风。"二宫瞧一眼他的脚,看见他穿着凉鞋,"二蝶会的岛田也是痛风。"

"讨厌,别把我和黑道相提并论。"

"不能喝酒吧?增高尿酸值。"

"你是故意来给我找不爽的吧,嗯?"中川表情冷漠,语调平淡,短发,脖子粗短,体格壮实,耳朵扁平,这在柔道高段位的人里挺常见,是压在榻榻米上造成的。

"有事求你。"

"求我之前,不能要点儿喝的吗?这可是酒馆。"中川把目光投向放酒的架子。

"服务员,来一瓶无酒精啤酒。"他对老板说自己是开车来的。老板点点头,把一瓶零热量的啤酒和一个杯子递给他。

中川说道:"什么事求我?"

"在这儿不太好说。"酒馆老板在柜台里面,不远处还有一个客人。

中川对老板说:"前辈,放点什么歌。"老板是府警的退职警官,过去和中川同在搜查四课。老板放进卡拉OK的光盘,里间的客人开始唱演歌。

"好了,在那个破锣嗓唱歌的时候,你赶紧说事。"

"我想要某个人的信息。"

"叫什么名字?"

"小清水隆夫。在天王寺经营叫作'FILM & WAVE'的电影制作公司。"二宫说小清水年龄约六十五岁,还担任叫作"配音和演员培训学校"的艺人学校的校长。

"原籍和住址在哪儿?"

"不知道原籍。住民票上的住所大概是茨木郡。"

"你说胡话吧,年龄、原籍都不知道,怎么能弄到信息?"

"小清水是骗子。说是要制作电影《冰凝之月》,让岛田先生出资,结果骗走了很多钱。还有其他受害者。"二宫说出资人中有五家企业和六个个人,金额总共两三亿。

"小清水把钱拿到手以后就玩失踪了?"

"从上一周周末就不知去向。"

"嚯,有意思,我倒想看看现在岛田什么表情。"

"我被骗走了五十万。"虽然不是自己出的钱,但二宫还是这么说。

"嚯,给你道喜了。你这种贪得无厌的家伙居然被骗。"

"请你帮我搞到小清水的信息或者他现在的住处。"

"多少?"

"嗯?"

"我的手续费啊。"

"四万怎么样?"这是桑原给自己的钱的余额。

"好了,你走吧!"

"那七万。"

"歌快放完了。"

"十万,我尽最大的努力了。"

"和你一起的那个桑原现在干什么呢?"

"这事和他无关,是我和岛田先生的事情。"

"要是那小子在,二十万都能拿到手。"中川把酒杯的纸垫翻过来,从上衣里兜掏出圆珠笔,说道,"把小清水的姓名,还有你刚才说的策划公司、艺人学校的名称写在上面。"

二宫写好后,中川把纸垫放进口袋里,问道:"既然是电影制片人,都拍过什么片?"

"《大阪顶峰战争·帮主的赎金》《天和之鹰》,还有其他几部。"二宫说小清水从立命馆大学退学后,进入富士电影制片厂工作,担任过古装电视剧《大江户捕犯录》等的制片人。一九八八年独立,制作电影和V电影二十多部。"他夸口自己是关西地区的电影制作公司中拍摄最多的。"

"有这样的履历,大概能搞到信息。等两三天吧。"

"顺便能把小清水抓起来吗?"

"那需要悬赏金。"

"悬赏金要……"

"六十万。信息十万,悬赏金五十万。"

"我没这些钱。"

"不能向岛田要吗?"歌曲播放完毕,中川对老板说再来一曲。里面的顾客又开始唱演歌。

中川伸手道:"好了,先给我五万。这是信息费的一半。"

"等我拿到信息后再付给你。"

"你小看我。这是启动费。"

"我现在身上只有四万。"

"拿出来!四万就四万。"

二宫只好把钱交给他,现在口袋里只剩下七千日元。

二宫说道:"有一个请求,能不能明天去一趟昭和町?"

"为什么?"

"小清水远走高飞之前,一直和一个名叫玲美的情妇住在昭和町的公寓里。我感觉是以玲美的名义租赁的公寓。"

"这女的全名叫什么?"

"不知道,所以希望你查一下。"

"这个那个,你的要求还挺多的,才四万日元。"

"我孙子街圣约翰教堂后面的名叫'格蕾丝桃池'的公寓。我带你去。"

"我不去,你一个人不是也可以去吗?"

"我没有警察证件,不能探听情况。"

"好了,知道了,知道了。十二点到府警本部来接我。"

"对不起。谢谢你。"二宫低头感谢。低头是不花钱的。

从阪町回到心斋桥,把宝马停在四桥的自助投币式停车场,走进福寿大楼。这破楼房没有自动锁这样的高档设施。

上到五楼,把钥匙插进门里,就听到玛奇的鸣叫声。进入事务所,开灯,开空调。

"玛奇,一起睡觉吧。"打开鸟笼,玛奇叫唤着飞落到肩膀上。二宫从冰箱里拿出发泡酒,脱下鞋子,躺在长沙发上。

"玛奇,今天的事太可怕了。阿启浑身无力。"

玛奇叫道:"阿波,来哟,走啊,走啊。"

"我是阿启,不是阿波。"二宫喝着发泡酒,"桑原被砍了。那小子也不是超人啊。"

手术应该做完了,真由美没来电话,说明手术进行得很顺利。玛奇落在二宫的胸脯上,把脑袋埋在翅膀里闭上眼睛。它发困的时间和人类不一样。二宫看着玛奇的睡姿,也沉入梦乡。

八月二十四日。房门打开了,二宫睁开眼睛。

"哦,阿启你在啊。"悠纪走进来,"昨晚在这儿睡的?"

"啊,半夜回来的。"一看手表,已经十一点多。

"玛奇,昨晚和阿启一起睡的啊。"玛奇飞落在悠纪的头上。

"饿了吧?"悠纪在鸟笼上面的盘子里添加鸟食。玛奇飞下来啄食。

二宫起来去盥洗室,看着镜子里浮肿的脸庞。本想刮胡子,但剃须膏用完了,只好作罢。洗把脸,撒泡尿,走出来。

"我要马上出去,必须去府警本部。"他对悠纪说要去见中川。

"中川,就是那个像大猩猩的刑警?比黑道还人品卑劣。"悠纪见过中川。有一次中川到美国村的歌厅探询情况,顺便到事务所来喝咖啡。

"那小子方便,他有警察证件。"

"有手枪吗?"

"平时不会随身带。"

"有机会想打枪。"

"我在济州岛打过。手枪,十米开外的汽油桶愣是没打中。"

二宫脱下凉鞋,换上鞋子,说一声"玛奇交给你了",走出事务所。

马场町,大阪府警本部。二宫让前台接待处联系搜查四课的中川。一会儿,中川来到前厅,深灰色细条纹的西服,白衬衣,系着和昨天一样的黄绿色的领带,穿着皮鞋。

"早上好。"

"不是早上,已经是中午了。"中川似乎心情略显郁闷,"车子呢?"

"停在市政府的停车场。"

"脚痛着呢,还让我走到市政府吗?"

"不就两步路吗?"这小子不仅态度傲慢,还一大堆怨言。

两人走到市政府第一停车场,坐进宝马。

"这不是你的车吧?"

"是桑原先生的。我借的。"

"还挺能摆谱的。"中川脱下鞋子,向后仰靠在座位上。

二宫开车驶出停车场,顺着谷町街往南。中川也不系安全带,按一下音响按钮,只有摇滚和布鲁斯的CD,又把电源关了。

"午饭嘛,去昭和町之前先去吃鳗鱼饭。"

"昨天刚吃的鳗鱼。"

"那就牛排吧。"

"我身上只有七千日元。"

"有卡吧?"

"申请了信用卡,审查没通过。"

中川啧啧有声:"那乌冬面、荞麦面也可以。车子就停在那儿。"

车子停在昭和町格蕾丝桃池公寓的时候已经两点多。二宫把中川带到一楼的七号室,低声说道:"就这房间。"

昨天的黑道已经不在了吧。

中川很随意地敲门,没人回应,门上着锁。

但是,中川把耳朵贴在门上,说道:"里面有人。"他说里面有电视的声音。

"哦……"二宫忽然感觉脊梁骨透过一股凉气。

中川一边看着猫眼,一边再次敲门。这时,有人开锁,门打开了。

"谁啊?"隔着门链,露出村居的脸庞。他的左脸颊贴着很大的创可贴。村居看到二宫,瞪起眼睛叫道:"你小子……"

中川说道:"开门! 有事。"

"你是谁啊?"从门外看进去,村居手里拿着一根金属球棒。

中川低声说道:"你是黑道吧?"

"那又怎么样?"

"不开是吗? 那我就砸门了。"

中川把警察证件掏出来在村居眼前一亮,村居一下惊住了:"你是警察……"

"府警本部搜查四课。"

"四课刑警来干什么?"

"干什么你别管,开门! 想问问小清水的事。"

"知道了。"

村居把球棒放下,摘下门链,走到走廊上。村居是大块头,中川也毫不逊色。

"你是哪儿的?"

"泷泽。"

"尼崎的泷泽组吗?"中川问道,"尼崎的黑道怎么到这儿来了?"

"上边的指示,在这儿等小清水。"

"这屋子是一个名叫玲美的女人租的吧?"

"不清楚。"

"玲美全名叫什么?"

"不知道。"

"玲美和小清水一起跑了?"

"可能吧。"

"脸上的创可贴怎么回事?"

"比赛时候受的伤。"

"什么比赛?"

"职业摔跤。"

"你是反面角色吧?"

"因为长相可怕。"村居点头回答,又看一眼二宫,问道,"这小子怎么跟着来了?"

"他是受害者,被小清水骗了。"中川不知道桑原昨天在这里被砍的事,"有小清水或者玲美的朋友打电话来吗?"

"这屋子没电话。"

"你只是在这儿等着吗?还带着球棒。"

"闲着无聊,就挥一挥。"

"告诉你,别看电视,从外面就知道里面有人。"

"嘿,真是多管闲事。"

"你叫什么名字?"

"村居。"

"绰号?"

"没那玩意儿。"

"我是中川。有比赛富余的票送到四课来。"说罢,转身离开。二宫慌忙跟上去。

两人坐进宝马里。二宫发动引擎。中川说在这儿等着。

"这座公寓的物业管理公司在哪儿,看有人出来的话,就上去问问。"中川说物业管理公司应该有玲美的入住申请表。

"刚才那个黑道,靠摔跤能吃饭吗?"

"不可能。比赛的日薪还不到一万。"

"那还不如待在那屋子里看电视吗?"

"这种小马仔派不上用场,还这么个大块头,连'子弹'都当不上。"

二宫知道中川话中的意思:充当"子弹"——杀手——的不能太显眼。可是,村居为什么还在那儿呢?按理说,昨天砍伤桑原以后,今天应该回避报复啊。

村居和牧内已经向泷泽组报告和桑原打架这件事了吗?不,没有。要是报告了,就会演变成泷泽组和岛田组的对抗。牧内让村居收拾残局,所以村居一个人在房间里。这么看来,也许村居是一个沉着冷静的男人。

无论如何,二宫觉得与中川一起见到村居是好事,因为能让他知道自己的背后有搜查四课。

不大一会儿,一个五十来岁的女人从二楼的外廊下来。中川按下车窗玻璃,把她叫住:"打听一下,这座公寓的物业管理公司在哪儿?"

"阿特拉斯。"她说的是阿特拉斯的阪南町营业所。

"什么位置?"

"西田边的车站前面。"

"哦,谢谢。麻烦你了。"中川表示感谢,然后把窗玻璃升上去。

地铁御堂街线西田边站前。在十字路口的写字楼屋顶上竖立着"阿特拉斯"的招牌。二宫把车子停在自助投币式停车场,中川迅速下车,疾步进入楼房。来到三楼,走进阿特拉斯的事务所,对服务台的工作人员一亮警察证,说道:"我要看格蕾丝桃池公寓一〇七号室的入住申请表或者租赁合同。"

"一〇七号室。"工作人员点点头,从文件柜里拿出一个文件夹,封面标题是"租赁合同:格蕾丝桃池公寓一〇七号室,平成二十一年三月二十日"。

中川翻开卷宗,信息如下:姓名:真锅惠美。出生年月日:昭和五十六年九月十三日。座机电话:〇七五三九一九五××。手机:〇八〇四六六八〇七××。现住所:京都市西京区桂木下町××住宅太田三〇六。工作单位:FILM & WAVE。所在地:大阪市阿倍野区阿倍野街一丁目××西邦大楼七〇三。连带保证人:小清水隆夫。住所:大阪府茨木市郡七丁目××。工作单位:FILM & WAVE。所在地:同上。电话:〇六六七七二四三××。年收入两千六百万日元。

租赁合同的背面用曲别针别着真锅惠美的住民票和驾驶执

照的复印件。

"能给复印一下吗？"

"这不行……"

"侦查需要，事情办完以后，保证销毁。"

"好的。"工作人员拿着合同去复印。

"警察证真管用。"

中川若无其事地说道："明白了吧？这就是国家权力。"

二人走进写字楼一楼的茶馆，二宫要了一杯冰茶，中川要了冰咖啡，把拿到手的复印件摊在桌子上。真锅惠美驾照上的原籍写的是爱媛县今治市别宫町。

二宫说道："玲美的真名是真锅惠美，三十岁，今治人，在京都与小清水认识，在 FILM & WAVE 公司工作。让小清水给她租赁昭和町的公寓……可以这么判断吧？"

"玲美这个名字大概是陪酒女的花名，可能在什么地方当陪酒女招待。"

"小清水说在南街的千年町开小酒馆。"

"小酒馆叫什么名？"

"没听他说。"

"这云山雾罩的，怎么找？"

"打玲美的手机试试看。"二宫拨打〇八〇四六六八〇七××，打不通，"没开机。"

"玲美肯定和小清水一起逃跑了。"

"下一步怎么办？"

"这个那个办法多了，下一步你自己办。"

"想听听刑警的意见。"

"去桂看看吧,住宅太田。"

"玲美三年前就搬走了。"

"哦,那就算了。"

"去今治怎么样?"

"随你的便。"

"悬赏金五十万,不要吗?"

"你傻啊,区区五十万,就想使唤我?"中川不耐烦地喷一声,说道,"信息费剩下的六万,赶快支付!"

"刚才不是说过了吗?我身上只有七千日元。"付过中午的饭钱后,现在只剩下五千日元。

"你是演员吧?"

"不是,我没这个打算……"

"那你可以去岛田那儿啊,去收钱。"

"知道了,知道了。我去ATM取钱。"

三协银行的账户上应该还有十万日元,仅有的这么点钱,没办法。

冰茶和冰咖啡来了,中川一下子放进三杯咖啡糖浆。

"血糖值不要紧吗?"

"我没有糖尿病,只是痛风。"

"尿酸值呢?"

"你是护士吗?什么都管。"中川端起咖啡。

二宫在便利店的ATM取出十万日元,将其中的六万付给中川,然后把他送回府警本部,再给事务所打电话,悠纪接的电话。

"喂,我是启之。玛奇呢?"

"正在午睡,站在百叶窗的轨道上。"

"傍晚几点上课啊?"

"今天是五点到七点半。"

"求你一件事,你在电脑上查一下餐饮协会。我想知道南街的千年町大概有几家小酒馆。"

"千年町的小酒馆,是吧?"

"我在马场町。现在就回去。"二宫挂断电话,往西心斋桥驶去。

一回到事务所,看见悠纪正盯着电脑。

"大阪市中央区的餐饮协会有三个,分别是'大阪南街餐饮协会''大阪南街地区饮食业振兴会''大阪市饮食业同业协会南街支部'。"悠纪说会员数是餐饮协会二百八十家,振兴会一百六十家,同业协会南街支部一百五十家。

"南街的店铺只有五百九十家加入,这也太少了吧。"

"餐饮协会是任意团体①,大多数的店铺没有加入吧。"

"有没有千年町的餐饮协会?"

"好像没有分得这么细。"

"那必须去协会的事务所查看花名册。"

"阿启你想知道什么?"

"我想找到去年年底之前,在千年町经营小酒馆的一个名叫真锅惠美的女人,但是我不知道是哪一家小酒馆。"

"即便知道是哪一家小酒馆,大概也关门了吧。"

"听说她把小酒馆出让给朋友经营,所以想去了解情况。"

"真厉害,绕这么大的圈子。"

---

① 任意团体,指没有法人资格的社会团体。

"虽然绕圈子,现在能想到的就这个办法。"

"真锅惠美是谁?"

"小清水隆夫的情妇。"

"《冰凝之月》的那个制片人?"

"后来发生了很多事。小清水骗取了岛田的一千三百五十万和桑原的一百五十万以后远走高飞,真锅惠美应该和他在一起。"二宫把事情的来龙去脉详细告诉悠纪。悠纪这个人稳重冷静,不会轻易惊慌失措。二宫说到桑原在昭和町公寓被砍时,悠纪也是面不改色。

"桑原动手术以后怎么样了?"

"不知道呢,真由美也没来电话。"

"没有惊动警察吧?"

"要是警察介入,浪速警署或者守口警署的刑警应该会到这个事务所来。"

"阿启,赶紧与桑原断绝一切关系,早晚要被抓起来的。"

"那小子就像戏剧里的幽灵,斩不断。"

"这最糟糕了。就是因为你好说话,才被他利用的。"

"这是最后一次了。这件事一旦了结,再也不会见桑原了。"

"这好、这好……"玛奇飞落在悠纪的头上。

"玛奇,你醒了。"

扑哧,玛奇在她头顶上拉屎了。

"我去餐饮协会。这三个事务所,你给我打印出来吧。"

"好,稍等。"悠纪操作鼠标。

二宫从文件柜里取出地图册。这是一九八〇年出版的大阪市地图。现在的宗右卫门町以北的住所标记为"东心斋桥二丁目"，但地图上还有千年町、玉屋町、笠屋町这些旧地名。千年町南北长两百米，东西长七十米，比想象的要狭小。

"阿启，要是在餐饮协会找不到真锅惠美的信息，你给我来电话，我想和你一起去打听。"悠纪用面巾纸擦掉头上的粪。

"打听……？"

"千年町的小酒馆最多也就二三百家吧。我们一家一家地打听是不是认识真锅惠美或者真锅玲美这个人。"二宫想都没想过，悠纪的想法走在二宫的前头。

"不过，你要请我在蓬皮多莱吃意大利菜，预约八点。"

"好，明白。我来预约。"蓬皮多莱场地大，预约大概没问题。

悠纪按时八点来到蓬皮多莱，翻开餐酒单和菜谱，点了一瓶布拉卡列红葡萄酒和晚餐套餐，二宫点了啤酒。

"悠纪对日本酒和葡萄酒很在行啊。"

"其实应该由陪同的阿启来点。"

"我什么也不懂，上来什么就喝什么。"

"这样的嘴令人羡慕。"

"听不出你是在赞扬我。"

"餐饮协会那边查得怎么样？"

"这五年里没有真锅惠美或者真锅玲美这个会员。"

千年町加入协会的小酒馆有四十八家，没有加入的大概不到一百家。"在三个事务所都拿到了店名地图，上面的小酒馆除外，也许今天一个晚上就能转完。"

"我们分头打听，这样效率高。"

"虽然效率高，但我还是想和你一起转。"

"这么说是想和我在一起吗？"

"噢，是啊。"

"阿启你这个人，时常挺有意思啊。"悠纪双手托腮，微笑着。二宫心想她要不是表妹的话……旁边的餐桌也坐着一对青年男女，那男的悄悄瞟着悠纪。嘿，不许随便看！

"今天是蓬皮多莱吃意大利菜，下周在新地的勒格兰奇吃法国菜，太奢侈了。"

"等等……吃法国菜怎么回事？"

"一个青年实业家请我吃啊。"

"为什么啊……"

"我的学生的朋友，搞游戏软件开发的。"

"他多大年龄？"

"三十九吧。"

"算了吧，算了吧。都三十九了，还什么青年？不会是落魄的游戏迷吧？"

"他不是和你同岁吗？"

"我不是青年，是一个成熟的大叔啊。"

啤酒和葡萄酒上来了。悠纪说她品尝一口葡萄酒，觉得味道还不错。要是味道不怎么样，是否就白送呢？

凉菜也来了。两人干了杯。啤酒很好喝，二宫发现自己有两天没喝酒了。

二宫喝了三杯啤酒和三百七十五毫升一瓶的葡萄酒，悠纪喝了七百五十毫升的一瓶葡萄酒，九点半以后离开蓬皮多莱，一结算是三万七千日元。

从叠屋町走到千年町，在便利店前面摊开地图。

"由南往北吧,首先是这座楼房。"

走进大厅,进入眼前的叫作"南十字星"的小酒馆。

"对不起,打听一下,认识叫作真锅玲美或者真锅惠美的女老板吗?"

浓妆艳抹的女老板回答道:"真锅……不认识。"

"谢谢,打扰了。"

再进入旁边的"四月",没有收获;又到旁边的"理惠"……

一个小时大概转了二十家,接着在"爆米花"小酒馆里遇见认识的老板。

"哎呀,二宫先生,好久不见啊。"

"哦,您是哪一位……"

"真是的,忘记了?"

"啊,新歌舞伎座后面的……"二宫想不起那家同性恋酒吧的名字。

"五年前就到这儿来了,还给你发过信呢。"

"好像是收到过。"

"请坐,请坐。这位同伴也请坐。"

因为没有别的客人,不好就这么离去,于是二宫和悠纪并排坐在柜台前面。

"这位真漂亮,叫什么名字呢?"

"悠纪。"

"噢,悠纪……就像宝冢的女演员。"

"谢谢。"

"喝什么?"

悠纪指着酒架说道:"我要加冰波摩威士忌。"

"我也加冰。双份①。"悠纪喝的话,二宫也喝。喝一杯离开差不多了吧。

老板把冰块和烈酒后的淡味饮料放在柜台上。二宫端起杯子放在嘴边,艾莱岛麦芽酒具有大海的芳香。

---

① 双份,指一杯两盎司(约六十毫升)量的威士忌。

7

玛奇在岸边洗澡,"玛奇在哪里？玛奇在哪里？"地叫着。玛奇,危险！会被海浪卷走的……"这可不行,这可不行！"就在玛奇即将被海水溺亡的时候,二宫醒了过来。玛奇正在鸟笼里梳理翅膀。

二宫在事务所里。"哦,是做梦啊……"他起来走到厨房喝点水,觉得脑袋迷迷糊糊。

墙壁上的挂钟指着上午六点。又是记忆丧失,失去了在"爆米花"小酒馆里开始喝酒以后的记忆。是悠纪送自己回来的吗？

"悠纪,来了。走了,走了。"玛奇想出来,二宫在事务所,它想和二宫玩耍。

"玛奇,再睡一会儿,才六点。"他又躺在长沙发上。鸟笼放在桌子上。

二宫闭上眼睛,一动不动,却没有睡着,酒精仿佛从体内往上冒,衬衫也沾染着烟草的味道。

二宫打消睡觉的念头,起来把玛奇从鸟笼里放出来。玛奇在事务所里转圈飞翔,啵啵啵地唱着歌。

二宫脱下衬衫和袜子,在厨房里洗。更换的衬衫有几件扔在衣柜里。他烧开水泡方便面吃。

打开电视看体育节目。昨天阪神输了。自己虽然不是阪神的球迷，但如果巨人赢了，还是觉得没意思。他把玛奇放在膝盖上看电视，不知不觉又睡了过去。

手机响了，按一下接听键。

"是二宫先生吗？我是多田。"

"啊，早安。"

"没有及时联系，对不起。桑原的手术很顺利。"

"这就好。"

"虽然气胸不厉害，但肺部积血。医生说需要安静休息，等待慢慢吸收。"

"警察方面怎么样？"

"浪速警署地域课的刑警来过。"真由美和桑原一口咬定是夫妻争吵引起的意外伤害，警察也只是例行公事那样询问一遍就走了。

"幸亏是地域课的，要是暴力团对策课的刑警，也许非要弄成案件不可。"对付刑警也是很头痛的，他们大概不会轻易相信这两人说的话。

"你等等，桑原和你说话。"

"他在旁边吗？"

"嘿，你在干吗呢？"传来沙哑的声音。

"听到电话响就醒过来了。"

"大白天的，你这游手好闲的家伙。"

"昨晚喝多了。"

"你这小子，我都快死了，你还大吃大喝。"

"昨天去千年町探听来着。"

"什么？你去探听？"

"小清水不是说了吗？玲美在千年町经营小酒馆一直到去年年底。她真名叫真锅惠美。付给中川十万，才得到这个信息。"

"你见中川了？"

"你的事一个字也没说。"二宫说给中川投下了抓住小清水就给五十万的诱饵，但是他没有咬钩。

"求那种无赖办事，心里不痛快。"

"那十万日元，我已经垫付了。"

"烦人！你自己掏腰包吧。"

"我今天还去千年町。"

"去不去随你的便。"

"什么时候出院？"

"不知道。我是重病号。"

"重病号不能打电话吧？"

"就想听你的声音。"

"要是岛田问起来怎么回答？"

"对二哥什么也别说，我自己来说。"

"宝马怎么办？我放到'糖果Ⅱ'吧。"

"洗车，再把油加满。"说罢，挂断电话。

什么啊！这个样子了还臭摆谱。索性把他的一半肺切除了，那才好呢，能变得老实一点。

"玛奇，阿启去吃饭了。"拖着一双凉鞋走出事务所。

二宫在美国村的面馆吃了炒饭便餐，付过七百八十日元，口袋里只剩下两张一千日元的钞票。昨晚"蓬皮多莱"的意大利菜和"爆米花"的洋酒,把自己弄成了穷光蛋。

"又是身无分文啊……"银行户头里已经没钱,今晚即使去千年町,连喝一杯啤酒的钱也没有。

无路可走了,只好去大正。——二宫走到四桥街,坐上出租车。

大正区三轩家——老母亲正在门前给花盆浇水。

"哎呀,启之来了,又怎么啦?"母亲抬起头,用手背擦着额头上的汗珠。

"我都不好意思开口……"

"缺钱了?"

"是。"

"多少?"

"要是能借给我二十万就太好了。"

"我攒的私房钱,有三十万。"

"二十万就行。对不起了。"

"别这么说,儿子有事求母亲很自然的。"母亲伸直身子,捶捶腰,问道,"午饭吃了吗?"

"刚才吃过拉面了。"

"噢……"

"不,要是老妈吃的话,我陪着。我还没吃饱呢……"

"我给你做你爱吃的萝卜和油豆腐的大酱汤。"母亲微笑着走进屋里。母亲对自己这个好吃懒做、没有出息的儿子一直就是这样亲切温柔。

炒鸡蛋、沙丁鱼干、萝卜泥、大酱汤、腌白菜、白米饭。母亲给自己冲咖啡。

"最近工作怎么样?"

"变少了。就是因为那个条例。"二宫指的是《大阪府清除暴力团条例》,"这是大势所趋吧。现在依靠黑道吃不上饭了。"

"事务所的租金还付得起吗?"

"马马虎虎吧。"

"要是不够,你就说话。"

"所以现在就来求你了。"

"真是的啊。"母亲把杯子放在桌子上,倒入咖啡,然后走进安放着佛龛的房间,又走出来,"给,这些钱。我也没装在信封里……"

看上去这厚度不止二十万,得有三十万。

"对不起,太感恩了。"

母亲根本不问为什么要这些钱,派什么用场,每次都是这样默不作声地借给自己。虽然自己也想有大笔进项时还给母亲,但每到那个时候就把母亲忘得一干二净。

"这活脱脱一个不孝之子啊……"

"嗯?你说什么?"

"没有,自言自语。"二宫喝一口咖啡,味道微苦。

二宫给佛龛烧一炷香后,躺在榻榻米上,结果睡着了。醒来的时候已是傍晚,母亲不在家里,大概买东西去了。

现在去千年町还太早,于是打开电视,没有像样的节目。为什么净是些原本说相声的艺人在电视里抛头露面?大概制作费相当便宜吧。

小清水说《冰凝之月》的制作费集资两三个亿,真实的情况又是如何呢?泷泽组借给小清水多少钱也不知道,岛田和桑原被骗走一千五百万那是确实无误。

二宫在餐厅里喝着凉下来的咖啡、吸烟的时候,忽然想起通天阁的金本。金本说不认识玲美,那是撒谎。桑原也对金本说过"你跟小清水这么熟悉,居然没见过玲美,这就不正常了"。对,金本一定知道玲美。

二宫走出大正的家,没法锁门,不过母亲应该很快就回来。他走到环行线的大正站,坐上出租车。

在新世界通天阁本通下车,走进"茶房光"大楼,到了三楼,敲了敲"金本总业"的铁门,走进事务所。

"对不起,金本先生在吗?"

"怎么又是你?"上一次见过的那个小流氓模样的家伙坐在办公桌前,"社长不在。"那家伙看着二宫的身后,发现这一次桑原没来。

"今天就我一个人。"

"你走!烦人。"那家伙态度厌恶地挥了挥手。

"我走的话,桑原就来。如果你觉得这样好,我马上就走。"

对方立即改变主意:"你有什么事?"

"就一件事想向金本先生打听一下,问完就走。"和小流氓打交道,稍一疏忽,就弄得心情很不愉快,但这是手腕的较量,二宫对此充满自信。

"你叫什么名字?"

"二宫。二宫企划的二宫,建筑咨询公司。"

"没带什么怪东西吧?"

"怪东西?"

"刀子啊凶器什么的。"

"我是白道,连蟑螂都不杀。"

"是吗。"那家伙不耐烦地嘈一下嘴,拿起电话,按内线,"来了一个名叫二宫的人,就是上一次和桑原一起来的那个……对,就一个人。……好,明白。"

他放下电话,说道:"社长上来,你坐在那儿吧。"

"谢了。"二宫坐在沙发上。

不大一会儿,金本进来,坐在二宫面前:"喂,你还真纠缠不休,我不是说了吗,什么也不知道。"金本傲慢地跷着二郎腿,可上一次被桑原勒着脖子在地上爬行真是一副猥琐的狼狈相。

"小清水的情妇玲美在千年町经营小酒馆,请你把这个酒馆的名字告诉我。"

"就这个吗?"

"就这个,其他什么也不问。"

"那个黑道呢?"

"你是说桑原吗?你要是把小酒馆的店名告诉我,他也不来了。"

"真的吗?"

"真的。"

"'MARI'。"

"MARI……?"

"这个汉字不好写,就是女孩子们玩的那个东西。"

"啊,是'鞠'吧?"

"我就去过一次,是小清水带我去的。"

"这个'鞠'的店名换了吗?"

"这我不知道,一楼是一家袖珍饺子店。"

"知道了。袖珍饺子店的那座楼房。"说罢,二宫站起来。

"你以后别来了。"

"我也这么想。"

二宫走出事务所,听见身后传来金本"喂,撒盐①……"的声音。

坐出租车到千年町,从"爆米花"往北,走不多远,有一座杂居楼房,一楼是袖珍饺子店。二宫抬头看一长溜的店铺招牌,其中没有小酒馆"鞠",八楼以下各层都有三四家小酒馆。

乘电梯到二楼,走进一家名叫"ZEERON"的小酒馆,女老板正在柜台里面调酒,见有人进来,抬头说道:"我们七点开始营业。"

"对不起,我不是来喝酒的。打听一下,这座楼里有名叫'鞠'的酒馆吗?"

"对不起,我不知道。"

"是吗……"二宫道声谢,走出来。接着走进旁边的"纱和"打听,一个感觉在这一行当干了五十年的女老板说原先这家店在七楼,但不知道现在店名叫什么。

二宫来到七楼,小酒馆"SUN"的招牌还很新,他推开贴着金星斑纹不锈钢的门扉。

"欢迎光临。"——短发、水灵的眼睛,亲切和蔼地打招呼。店内很明亮,有柜台和两张桌席,作为小酒馆算是相当宽敞的。

"是坐柜台,还是……"

"不,我不是来喝酒的,只是想打听一件事:你认识真锅玲美吗?"

---

① 撒盐,日本风俗,撒盐为了祛除邪气。

"嗯,认识啊。是我们老板的朋友。"

"你不是老板啊?"

"我是在这里帮忙的。"她说老板八点左右来。

"老板叫什么名字?"

"恭子。"

"哦,那我等她。上啤酒吧。"二宫拉过椅子,坐在柜台前。

"第一次来我们这儿吗?"她把杯子放在纸垫上,倒上啤酒。

"我是来找'鞠'的。以前是玲美经营。"

"我来这里才三个月。"她摇摇头,"从五月开始,我就周末来帮忙。"

"我叫二宫。你呢?"

"明美。请多关照。"

仔细一看,还是一个可爱的姑娘,小脸蛋,嘴巴清秀,简单的亮灰色夹克衫十分合身得体。

"明美你也喝点。"

"谢谢。"明美也给自己倒一杯啤酒,两人干杯。这啤酒十分清凉。

"明美多大了?"

"你看我多大?"

"二十岁……不,二十一吧。"二宫觉得看上去她应该不到三十岁。

"哪里啊,说得太年轻了。"明美笑道,"我二十六岁。"

"噢,漂亮的姑娘显得年轻。"

"那二宫先生呢?"

"三十九。"二宫觉得刚才自己问得多余,问了对方的年龄,对方就会问自己的年龄。

"持重。"

"谢了。"二宫觉得不便询问这"持重"的含义,便把烟含在嘴里。明美为他点烟。

"明美,你怎么认识玲美的?"

"她来这里喝酒的时候。"

"什么时候?"

"六月吧……梅雨季节的时候。"

"和谁一起来的?"

"就她一个。和我们老板聊得可高兴了,两人是好朋友。"

"玲美说了些什么?比如工作上的事,或者去什么地方……"

"嗯……说什么来着呢,我听过就忘了……"明美一边把果仁放在盘子里,一边说道,"说起来,玲美还给老板来过电话。"

"最近吗?"

"对。上一周,玲美说要去澳门。"

"澳门?"

"老板还对她说,不要去赌博,那绝对会输。"

"这么说,她现在是在澳门?"

"我不知道……也可能是香港。从香港乘船就可以去澳门吧。"

"玲美喜欢赌博?"二宫拿起一粒杏仁。

"好像是。"明美点点头,"年轻的时候,和老板一起去首尔……那叫什么来着……"

"华克山庄。"

"对,华克山庄。听说老板输了,玲美赢了。"

好极了!对!——玲美现在就在澳门。小清水肯定和她在一起。

二宫想知道玲美下榻的饭店,这必须见到恭子。恭子大概对二宫保持警惕,或许还会向玲美通风报信说二宫到这里来过。这样的话,小清水又会逃掉。

"对不起,明美,我走了。"二宫把杯里的啤酒喝干。

"哦,老板八点要来的。"

"这是酒钱。"二宫从口袋里掏出两万日元,放在柜台上。

"太多了,这……"

"希望你不要对老板说起我的事。"

"噢,好的……"

看到明美点头,二宫走出"SUN"。

下到一楼,正掀开布帘走进去想吃袖珍饺子、喝啤酒,手机响了。是悠纪。

"阿启,你在哪里?"

"千年町。"二宫边说话边往外走,"什么啊,今天还指望你陪我一起打听呢。"

悠纪说上课刚结束。

"悠纪,你饿了吧?"

"嗯,肚子饿得咕噜咕噜叫。"

"吃袖珍饺吗?"

"不吃。"

"那你想吃什么?"

"想吃鱼。"

"知道了。到'银斋'吃海鳗吧。"

"阿启,你怎么啦?又是'爆米花',又是'银斋',本来就穷得叮当响。"

"破产之前,想和你吃好吃的东西。"

"痛快率性呀。我想陪你。"

"我先回事务所看一眼玛奇,八点在银斋见面。"

"今天是星期六,不把玛奇带回家吗?"

"我打算明天还去事务所,玛奇还是喜欢事务所。"说罢,挂断电话,向御堂街走去。

在"银斋"吃过饭,两人又去经常光顾的酒吧和小酒馆连喝三家,十二点各自回家。二宫回到大正区千岛的"里弗赛德高地住宅"的二楼五号室。这座住宅楼名为"高地住宅",实际上就是预制板结构的单元楼。他住的地方只有一间房,从后面的阳台可以俯视褐色浑浊的木津川。一到夏天,河面上扑哧扑哧冒泡,水藻散发出发霉的臭味。就这样的条件,月租还要七万日元,住这儿主要是因为旁边有一块空地可以停车,而且离大正桥的母亲家以及西心斋桥的事务所都很近。在这里居住已经八年,家具逐渐增加,所以也懒得搬家。如果有人和自己同居,大概会搬到一个更宽敞的地方,但这是有这个"人"以后再考虑的事情。

踩着铁楼梯上去,一进房间,就感觉到蒸笼般的闷热,凝滞的空气缠裹全身。他脱掉衣服,只剩下一条短裤,盘腿坐在电风扇前,灌下发泡酒。

小清水在澳门……二宫考虑是否应该去澳门。如果去的话越快越好,不然小清水又会转移地方。这种惊弓之鸟从本能上会经常变换巢穴。

可是,如果去澳门,能找得到小清水吗?大概可以。澳门是个小地方,虽然饭店很多,但只要询问前台,就会知道有没有名叫小清水的日本人在这家饭店住宿。

一个人,我一个人去澳门吗?果然还是得叫上桑原吗……

真是太蠢了。就算抓到小清水也没什么好处。就算威胁小清水,到头来也只能拿回五十万日元的出资款。

虽然那个瘟神缠在身边令人厌烦郁闷,但只要能忍受的话,自己就不必掏钱。如果煽动一下桑原,这个爱耍帅的家伙会掏钱,那样的话,机票、饭店的住宿费都能让他支付。如果桑原从小清水那儿把钱要回来,会分给自己一二百万。桑原是为了虚荣而活着的头脑简单的家伙,没有二宫那种小里小气的吝啬性格。关键是要和他交涉,去澳门之前最好先把给自己的赏金定下来。

就这么办!那小子是木偶人,我是操纵者。

虽然泷泽组会纠缠上来,但一旦感觉危险,逃跑就是了。他已经让泷泽组的村居明白自己的身后站着搜查四课。

今后事件的发展很有意思。

醉醺醺的脑袋盘算着一获千金的策略。还是热,满是酒精的汗水淋漓流淌。他一边观看 BS 频道的足球实况转播,一边开始喝第二瓶发泡酒。

八月二十六日早晨,二宫前往大桥医院。四楼十三号病房,桑原是住单间病房。

"早啊。我来看你啦。"

桑原脸色苍白,面颊消瘦,刮了胡子。

"什么早啊,耍嘴皮卖乖,来看我,连个花都不带来。"

"我就没想这么周到,对不起了。"拉过一把圆椅子坐在桑原身边。

"烟,给我烟。"

"这是病房。而且你的肺都已经穿孔了。"

"我开窗吸,你在那儿给我盯着外面。"

"这么想吸烟,索性到外面不好吗?"医院的后面是停车场,旁边是儿童公园。

"我是病号,走不动。"

"那就别干让护士发火的事啊。"

"你个浑小子,不听我的话吗?"桑原按一下遥控器的按钮,病床的背靠竖起来。他站起来穿拖鞋。

"这是真由美给挑选的吧?"

"什么?"

"睡衣啊。"桑原穿着草莓图案的睡衣。

"你小子来找不痛快的吧。"

"走吧!到外面去。"

二宫走出病房,桑原跟在后面,不像平时走路那样横冲直撞,而是迈着小步,脚力虚弱。肺损伤毕竟是重伤。

两人并排坐在儿童公园的长凳上,巨大的银杏树下,没有一丝风,空气潮湿闷热。

"好了,给我烟。"

"好,好。"两人都叼着香烟,二宫给桑原点烟,说道:"什么时候出院?"

"大概明后天吧。"桑原说肺里的血块已经被吸收。他津津有味地吸着香烟。

"我知道小清水在哪里了。"

"哪儿?"

"澳门。玲美大概和他在一起。"二宫把昨天探听的经过说了一遍。

桑原默默听完后,问道:"怎么不问清楚哪一家饭店?"

"要是恭子给玲美通风报信,小清水又会逃跑。"

"你这猪脑也开始灵活起来了。"

"又是见中川,又是跑千年町,花了不少存款呢。"

"别说得好像花多少钱似的,那都是小钱。"

"我有一个要求,要是抓到小清水,给我一百万日元,可以吗?"

"不能从二哥那儿要吗?他可是以你的名义出资五十万。"

"那是另外的赏金。你给我一百万赏金。"

"烦人!你干什么了!肺穿孔的是我。"

"找到小清水的是我。"

"不是还没抓到吗?"

"抓到小清水,只是把钱要回来就算了吗?应该还有更多的外快啊。"

"那当然。仅仅一千五百万就忍下这口气,那我的名声就全完了。"

"到时候请你给我一百万。我现在连事务所的租金都付不起了。"

"真他妈烦人!这么想要钱啊?"

"给我一百万。我一辈子都感你的恩。"

"好了,好了。给你就是了。"

"说真的啊。"

"我有说话不算话过吗?"

"也只有桑原先生你对金钱看得淡泊。"二宫凭着三寸之舌极尽吹捧之能事,这小子单纯。趁着桑原没有改变主意,说道:"那澳门怎么办?"

"当然要去啊。订机票去!"

"单程,一张?"

"我一个病人去澳门能干什么?想让我死在那儿啊。"

"那机票钱呢?"

"你能出吗?"

"把我倒过来,也掉不下几个钱来。"

"去我的房间把银行卡拿来,就到那儿的便利店取款。"桑原从睡衣的口袋里掏出钥匙,说道,"电视机下面的抽屉里,有钥匙孔的那个。"

"订明天还是后天的飞机?"

"笨蛋,订不了今天的吗?"

"要是今天的飞机,可能只有头等舱。"

"你傻啊,澳门这么近,谁坐头等舱啊。"

"那就经济舱。"

"别啰唆,快去把卡拿来!"桑原补充一句:把烟和打火机搁在这儿!

8

二宫从桑原那里拿到二十万日元后回到事务所。

从关西机场飞往澳门的直达航班每天只有十六点三十分一班,买不到当天的机票。从大阪飞往香港的每天有七个航班,二宫预约了十六点二十五分起飞的香港航空六一七班次的公务舱,单程约十五万日元,可以在机场付款。

给悠纪打电话拜托她照顾玛奇。

"你要去澳门,该不会桑原也一起去吧?"

"没办法,因为他出钱。"

"别玩轮盘输得精光。输光了,也不能再向桑原借钱。"

"不要紧的,我心里有数。"

"阿启,你这人靠不住。"

"想要什么礼物?"

"香水吧,柑橘系列的。"

"知道了。玛奇交给你了。"

二宫挂断电话,躺在沙发上。玛奇飞落在他的胸上。

"玛奇,午睡吧。阿启困了。"

"波波在哪里?波波在哪里?"

"不是在这儿吗?"

"悠纪,喜欢喜欢。"玛奇鸣叫着。

  关西国际机场国际航线出发大厅。桑原坐在香港航空柜台附近的长椅上,黑底绣着松鹤图案的丝绸衬衫,斜纹棉布裤,身边一个LV硬行李箱。

"行李不少嘛。"

"你就这么个背包够吗?"

"这叫背囊。"

"瞧这穷酸样儿。"

"这衬衫是夏威夷衫吗?"

"留袖①改做的。"

"随时都可以举行葬礼。"

"笨蛋！留袖是婚礼穿的。"

"男的不穿留袖吧。"

"二宫,别瞎扯了。快去给我买票。"

"两个人要三十万,还差十万日元。"

"你怎么买这么贵的啊。"桑原从钱包里拿出十万日元,"没有经济舱吗?"

"当天的没有。"

"饭店呢?"

"到那儿以后再订也可以啊。"

"你办事真没谱。"

"这是我的作风,随机应变,变化多端,出奇制胜。"

  二宫拿着钱和写着预约号的纸张到柜台办理登机手续,然

---

① 留袖,女性和服。分为黑留袖和色留袖。黑留袖为已婚女性最正式的礼装,在两胸前、两袖、背后有五个家纹。未婚女性不能穿黑留袖。

后二人进入休息室，喝着兑水威士忌，等待登机。

二十时五分，抵达香港国际机场。在机场问讯处寻找澳门的饭店，预约了金丽华酒店的两间双人间。坐出租车到香港岛客运码头，乘坐喷射飞航渡轮。几乎满员，看上去多为度假旅游的乘客，大概今晚在澳门的赌场度过吧。

在金丽华酒店办理入住手续的时候，顺便打听了是否有名叫小清水隆夫和真锅惠美的日本人在这里下榻或预约，服务员立即查询，告知说既没有入住，也没有预约。服务员说澳门的饭店，包括便宜的旅馆在内，大约有百家，对岸的氹仔岛好像也有二十多家。

"一百家，这么多啊。"

"从有赌场的大饭店开始查找，小清水带着巨款，玲美又好赌。"

"你怎么知道？"

"千年町小酒馆的女招待说的，玲美以前在华克山庄赌赢过。"向小清水建议逃到澳门的也许正是玲美。

"你现在很能干嘛。"

"我这猪脑袋也灵活起来了。"二宫接过一张观光地图，在服务员的引导下走向电梯。

把行李放在房间里后，走出饭店。按照地图的标记，到客运码头一带的兰桂坊、金龙酒店、皇家金堡酒店、莱斯酒店的前台打听小清水和玲美是否入住，没有收获。接着到澳门金沙酒店打听，走进赌场，宽敞，高大，大约有五百多张赌桌，说是有一千台轮盘机。

桑原和二宫在赌场的餐厅里吃着三明治。

"今天走得太多,不找小清水了。"桑原说想赌博。

"轮盘很拿手吗?"

"问黑道这个问题很失礼的,懂吗?"

"那就领教一下你的本领吧。"

"先挣一百万吧。"说罢,走出餐厅,在附近的一张轮盘桌前坐下来。二宫坐在他身边。这张桌子已经坐着十个赌客。

桑原和二宫分别换了十万日元和三万日元的筹码,三十个左右的筹码零散投注,桑原的"一七"押中了。

"开门大吉。"盯着一点下注,能赢三十六倍。

"大概赢十万了吧?"

"还不到两万,扣除掉没押中的筹码。"桑原下注三个二十美元的筹码,六十美元就会变成两千一百六十美元,兑换成日元,大约是两万两千日元。

"港币值多少钱?"

"大约十日元。"

"只是美元的八分之一啊。"

桑原大概是轮盘的初学者,从他根本不看画面显示的数字而随意下注的做法就能看出来。

"一开始不要押大注,还是先押小的,看情况再做判断。"

"烦人!用不着你说,我明白。"桑原拿过赢的钱,又立即开始下注。

二宫工作顺利挣钱多的那时候,经常去鳗谷的轮盘黑店。与花纸牌、掷色子的赌场不同,轮盘黑店赌客多,赌资大,他曾见过百家乐赌桌有过每支一百万日元赌注的博弈。下这笔赌注的是一个看似土地开发商的年轻人,但是,一千多万的筹码很快就输得精光,他的面部肌肉剧烈扭曲。虽说是土地开发商,一千万日元也是大钱。他开出支票要向庄家换筹码,但遭到拒绝,只好带着两个赌场的人回去取钱。像这样的家伙大概向警察密告赌博黑店了吧。过不久警察就来搜查,鳗谷的赌博黑店后来全消失了。

桑原继续赌,半个小时筹码就输光了,又拿出十万日元放在桌子上。二宫小打小闹,还只输掉一万日元。

"轮盘赌有基本技巧吗?"

"说是追赢不追输,但往往押不上。"

轮盘赌的抽头很厉害。珠子进入从"零"到"三十六"的三十七个沟道,盯住一点的下注如果押中的话,赔率是三十六倍。三十七分之三十六,也就是说,每一次输赢,客人必须付给庄家百分之二点七的头钱。

"澳门的轮盘赌还算好的,拉斯维加斯的轮盘赌因为有'零'和'零零',所以每次要被庄家抽走百分之五点三的头钱。"

轮盘赌输赢很快就见分晓,珠子一个小时转三十次,如果每次都要抽走百分之二点七的头钱,一个小时就要抽走百分之五十七。所以,轮盘赌当赢家极为困难。

"你这哪是白道啊,对赌博了如指掌。"

"我是通过学习得来的,付出了多少学费啊。"

经常出入赌场那个时期财务状况好,也去过西成附近的猜骰子赌场,输了十万二十万,但可以通过平时的工作挣钱补上,也没有向母亲借钱。然而,现在二宫投注的筹码却是母亲的私房钱。

"怎么发呆啊?不赌了吗?"被桑原这么一说,二宫把筹码放到前两次出来的"二十六"的内围——十七、二十、二十六、二十八、三十。随着一声"落注离手",珠子旋转,然后嘭的一声碰在凸起上落进一道细沟里——三十。

二宫押中了,三万日元的筹码已经变成十多万日元,而桑原的筹码只剩下孤注。

"那小子会不会故意避开我下注的地方落珠啊?"

"你是说荷官能够暗中操作珠子吗?"

"是啊。"

"本事极其高强的荷官在胜负关头操作珠子落入'零'格,这倒是很有意思的神话,但不可能发生。珠子打入轮盘跳转就会改变轨道。"

"可是这帮家伙都是职业玩家,就是靠转动珠子吃饭的。"

"如果我是这种传说中的本领高强的荷官,能够按照自己的意愿操作珠子,那我就和你合作。我是荷官,你是玩家。事先决定一个暗号,比如'下一个是一',你就把筹码放在一的周围。这样我们两人就会大发横财。"

"噢,这样啊。你说得对。"

"庄家不是和玩家争输赢,而是让玩家之间争输赢,他只是靠抽头挣钱。"

这就是赌博的铁则。无论是猜牌还是花纸牌,庄家只收取赌场上流动赌资的头钱。"你看看这张赌桌,一注二十万日元的筹码。二十万的百分之二点七是五千四百日元。这五千四百日元的头钱在一个小时里获取三十次。这小小的一张赌桌,一个小时获取的毛利是十六万两千日元。新地的最高档赌场都达不到这个水平。"

"这个道理你知道得这么清楚,怎么还玩轮盘啊?"

"所以傻啊,明明知道会输,还偏要玩。"二宫不知道在赌场和轮盘黑店输了多少钱,有五百万吗,可能有一千万吧,"说起来，就是毁灭的美学。"

"人生即将毁灭的人说这种话还是有说服力的。"

桑原没有下注，观望了一阵，说道："赌场里没有能赢的项目吗？"

"没有玩家赢钱的游戏，要说偶尔能赢钱的，那就是二十一点或者百家乐吧。二十一点靠的是概率，百家乐要是出现'长龙'，玩家就能赢钱。"

"长龙……？"

"就是庄家或者闲家中的某一方出现连胜。"

"这庄家和闲家是什么意思？"

"名称而已，没有特别的意思。你把它想象为'花纸牌'中的'前''后'①就行。"

"花纸牌不是你这个赌徒的谋生职业吗？"

桑原把剩下的筹码全部押在红色号码上，输了。二宫把少量的筹码换成两个五千美元的筹码，然后离开了赌桌。

二人走到舞台前面的柜台前喝白兰地，震耳欲聋的摇滚乐音响和众多舞女的现场表演非常豪华壮观。能够这么近距离地观看正规的舞蹈表演，这种真正的赌场真不错。

"不能国家当庄家开设这样豪华气魄的赌场吗？"桑原说在发达国家中只有日本没有赌场。

"但日本有弹珠房这种博彩业，那些老年人、大妈们走路就能到达的赌博场所，除了日本以外，别的国家还没有吧。"

"弹珠房是警察、黑道和黑心议员的钱袋子，不能贸然插手，不然麻烦就大了。"

---

① 花纸牌是日本的一种赌博，庄家先把三张纸牌放在自己面前，称为"前"，再把三张纸牌放在"前"的前面，因距离庄家较远，称为"后"。

"某个地方的知事即使提出赌场构想也不能开设吗?"

"知事也不是傻子,没有真心要插手这个钱袋子的胆量。"桑原一副扬扬得意的表情,说道,"我要是知事,就和警察联手,用税金开设赌场,挣的钱双方平分。"

桑原当知事——二宫不禁失笑。只有挨揍后被强行拖到投票站的人才投他的票。

"现在怎么办?是百家乐,还是二十一点?"

"困了,腰也痛。我回去了。"

"还是不要勉强,你是病人。"

"今天先把钱放在这里,明天赚回来一百万。"桑原喝干杯里的白兰地,站起来走出赌场,衣服上刺绣的鹤格外显眼。

电话响了。没理它,却一直响个不停,二宫翻个身子,伸手抓起床头柜上的电话。

"喂……"

"早上好,贱人二宫。"

"啊,你好。"

"还没起床啊?你想睡到什么时候?"

"什么啊,我以为是谁呢。"

"都十一点了,睡得跟猪一样。"

"都这时间了啊。"

"吃饭。到我房间来!"

"不能马上过去。我要淋浴,要梳理头发,还要考虑今天穿什么样的衣服。"

"你不只有T恤和斜纹棉布裤吗?还净是鹦鹉粪。"

"你知道得很清楚嘛。"

137

"五分钟以内过来！不然我去叫你。"

"是的是的，我去。"

二宫吸完一支烟，穿上凌乱扔在地上的衣服，走出门外，敲了敲斜对面的房门。门锁打开，二宫走进去，临窗的圆桌上摆放着早餐的点心。

"送餐来的？"

"懒得到外面去。"

"看样子很好吃啊。"二宫坐到桌前，打开"澳门啤酒"倒进杯子里，从盘子里拿起春卷、饺子和小笼包。

"昨晚赌到几点？"

"凌晨六点左右。回来的时候麻雀都开始叫了。"

"输了多少？"

"你不能问我赢了多少吗？"二宫吃着饺子，是虾饺。

"你这样的外行还会赢吗？"桑原喝着啤酒。

"不是有两个五千美元的筹码吗？没了。"

"就三万的本金没赔进去？"

"说得对。"

"就三万一直在赌场里待到早上啊。"

"不像你，一个小时二十万。"

"什么意思？嗯？"

"没、没别的意思。"二宫吃着小笼包。这也是虾馅儿。

"吃过饭，你去各家赌场转转。"

"今天我本来就这么打算的。"

"假日酒店、康莱德酒店、大仓酒店、皇冠度假酒店、MGM、君悦酒店……你去这些大酒店打听小清水和玲美是否在里面住。"

"那你呢？"

"我留在饭店里养精蓄锐。"

果然不出所料，桑原把这些麻烦的事情全都推给自己。之所以让自己过来吃早餐，就是为了这个目的。

"要是发现小清水的信息，立即给我来电话。"

"你手机号码和日本国内一样的吗？"

"这还用问吗？你什么时候都是个乡巴佬。"

混蛋！有什么了不起的！睡眠不足还要到外面转，能支撑得住吗？

"吃吧！吃得饱饱的，今天去找小清水。"桑原靠在椅子上灌啤酒。

二宫吃完点心，回到房间，本想睡一觉，但桑原跟到走廊上，没有法子，只好拿着手机和香烟走出饭店。

从金丽华酒店往西，转了利澳酒店、维景酒店、置地广场酒店、帝濠酒店、假日酒店、总统酒店、星际酒店、财神酒店、永利酒店，已经筋疲力尽。他来到永利酒店的赌场，坐在二十一点桌边，喝着免费提供的橘子汁。毕竟是白天，赌场里空空荡荡。

他换了一万日元的筹码，下注五百美元，突然来了方块 A 和梅花 J，五百美元变成一千二百五十美元。

这个好运气！——二宫没有把筹码收回来，直接继续下注，荷官爆点，又变成了两千五百美元。接着，二宫略为犹豫一下，没有抽回筹码，继续下注，他手里的牌是 K 和十，共二十点，而荷官是十八点，二宫又赢了。五百美元倏忽之间变成了五千美元。

二宫心情极其愉快，用筹码换成现金，拿出三百美元买了一支雪茄,走进咖啡店。哈瓦那雪茄的味道美极了,花了整整一个半小时吸完,三点过后走出永利酒店,给桑原打电话。

"我是二宫。转了十家饭店,没有他的信息。"

"现在在哪儿?"

"地图上写着'友谊大马路'。"这是澳门的主干道,"现在我打算再转五六家,不过我觉得小清水在氹仔岛。"

"你说什么?"

"氹仔岛上有世界第一的赌场饭店,叫作'威尼斯人度假酒店'。这饭店大得不得了,大概是藏身的好去处。"

"威尼斯人……我也去看看吧。"

"好,四点在葡京酒店的大厅见面,可以吗?"

"知道了。葡京酒店。"

挂断电话后,二宫在富豪酒店、英皇娱乐酒店、新丽华酒店、京都酒店转了一圈。

四点时,桑原出现在葡京酒店的大厅,身穿织有唐老鸭图案的夏令针织套衫。

"带了不少替换的衣服嘛。"

"昨天那件衬衫拿去洗了。"

"那件留袖,挺合身的。"

"不是留袖,是夏威夷衫。"

"唐老鸭也很好看。"

"是吗?那我明天穿米老鼠的。"这小子一被夸奖,就飘飘然起来,所以很有意思。

"是坐船去氹仔岛吗?"

"前面有桥,叫澳氹大桥。"桑原看着地图走出大厅。

坐出租车过澳氹大桥,进入威尼斯人度假酒店,奇大无比,按照日文简介的说明,三千间客房全部都是套间,最高级的维雅套房有一百七十多平方米,也就是二宫所居住的单元楼房间的四倍。赌场里有轮盘机六千台,游戏桌八百张,要去前台也需要饭店的内部地图。

桑原在前台向服务生询问:"我想找我的朋友……"

服务生亲切地说道:"叫什么名字?"

"你是日本人?"

"是的。"

"小清水隆夫和真锅惠美。应该在这个饭店住宿。"

"请稍等。"他敲打电脑键盘查找,"……小清水和真锅二位客人将于明天入住。"

"欸,这样啊……"

"他们说要在本饭店下榻吗?"

"我想一定是。因为他们是上个星期离开日本的。"

"那他们现在大概住在香港,很多客人在香港和澳门两边住宿。"

"小清水先生预计住到哪一天?"

"下个月四日,预订了一个星期。"

"好,谢谢你啊。这么热情。"

"不客气。"服务生微笑着说,"如果有留言的话,可以放在我这儿。"

"明天我还来。"桑原说罢,离开前台,"混球!没想到会在香港。"

"终于把小清水逮住了。"

"怎么处理这老家伙呢?"

"绑起来把他的脑袋塞进马桶里。"

"太心慈手软了。要让他口吐鲜血,把他的手指一根根掰断。这老家伙耍弄了二哥和我。"桑原紧蹙眉头,露出黑道残暴狠毒的凶相。

"玲美怎么办?"

"把她剥光,双腿掰裂。"

"太可怜了。"

"有什么可怜的!在男人背后出主意的不就是女人吗?"

"是这样吗?"

"算了,不说了。今天你仔细制定行动方案。"

"既然这么决定了,还是去吃点什么吧。"

"你这个家伙就知道吃。"

"饿了。我跑了几十家饭店。"

"偶尔你也掏钱请我吃饭啊。"

"要是吃汉堡包,我掏得起。"

"滚!"

二人走上餐厅楼层,进入粤菜馆,喝着啤酒和绍兴酒,吃着海鲜,红烧鳖鱼翅和嫩煎鲈鱼的味道鲜美爽口。

"昨天我知道了轮盘是赢不了的,二十一点怎么样?"

"二十一点没有抽头……不过,如果玩家比庄家先爆点,其实这就是抽头。"

"抽牌有技巧吗?"

"有。庄家打开二到六的牌时,玩家不能要第三张牌。"庄家翻开七到十的牌时,玩家要根据自己手中的牌判断是否要牌。

"按照这样的技巧操作能赢吗?"

"绝对要输。即使庄家和玩家都爆点,玩家的筹码也要被收走。"

"百家乐怎么样?"

"闲家赢了的时候,免佣。庄家赢了的时候抽走百分之五的头钱。"

"这样的话,只要把赌注押在闲家上不就行了吗?"

"谁都会这么想,但从统计的数字来看,还是庄家赢得多。百分之一点二或者百分之一点三,庄家比闲家有利。"

"如果一直对闲家下注,能切断抽头吗?"

"比起轮盘的百分之二点七,头钱还是少。要说闲家能赢的话,还是百家乐。"

"知道了。你玩百家乐挣了一百万吧?"

"先'看',看到明白其中的关键要害。"

二宫虽然这么说,但桑原还是觉得自己不适合赌博。因为尽管贪钱,但对赌输并不怎么感觉懊恼。赌博缺少韧性就赢不了。如此一说,桑原也就和二宫一样知道玩轮盘的赌客没有赢家,一开始就放弃了。

"再喝点可以吗?"

"随你的便。"二宫又要了一瓶绍兴酒。

吃过粤菜,桑原去 SPA 水疗做按摩,二宫则来到轮盘赌场。这赌场极大,有两三个足球场那么大,感觉游戏桌有八百多张。赌客熙熙攘攘,不知道从哪里冒出来的这么多人。

二宫在通道上走着,时常能听到日语、韩语。百分之八十的赌客是中国人,其他好像是外国人。

二宫在 VIP 区附近的二十一点桌边坐下来,七个座位上已经坐着四个人。最低注码是五百美元,最高注码是两万五千美元。

"请下注。"二宫押上一枚五百美元的筹码。

女庄家从发牌机中每次随意抽取一张牌,分发给五个闲家。二宫看一眼发给自己的两张牌,是 Q 和七共十七点。庄家的明牌是四。大家一看,都停牌。

庄家把放在明牌下面的暗牌翻过来,是七。

不好!庄家是四和七共十一点。

庄家抽第三张牌,是 K,二十一点。庄家大把赢钱。

没什么,才第一次较量……接着,二宫下注一千美元。分发到手的牌是四和六,庄家的明牌是二。

双倍下注。二宫追加一千美元的注码,拿到的牌是十,变成二十一点。

庄家是二和 J,十二点,第三张牌是四,加起来是十六,所以没有停手。抽的第四张牌是九,爆点了。

二宫一边收回两千美元,一边分析刚才的牌局:庄家二和 J,抽到四,又抽到九,所以爆点了。如果有一个闲家要到的牌是四,庄家入九,又会成为二十一点。

庄家趋势衰败,第一局二十一点,第二局爆点,而且抽牌不好。

二宫把赢来的两千美元直接下注,拿到的牌是九和九,共十八点。

庄家的明牌是七,暗牌很有可能是十(因为从 A 到 K 的十三张牌中,十、J、Q、K 这四张是十点)。

二宫把九和九分牌(点数相同的两张牌可以分离),追加两千美元筹码。这是巨大的一搏,身不由己,欲罢不能。

右边的九,来了一张 Q,停牌,十九应该很不错。

左边的九,来了一张五,稍稍犹豫之后,决定也停牌。

庄家翻开暗牌,七和六,共十三点。没有爆点。庄家抽取第三张牌,是七,变成二十点。

二宫快气死了,抱着脑袋:"真是见鬼!"

二宫左边的九和五如果能拿到七,那就变成二十一点,庄家的七和六可能抽到一张花牌,那就爆点了。

二宫认准庄家的点数是十七,所以自己右边的九和Q可以赢,这样即使左边的九和五输了,两相持平。这么一想,心理气势就开始减弱。

如果没有右边的九和Q,只有左边的九和五,那怎么办?对,二宫会要牌。赌博最忌讳的是缺少气势,不能忘记随时都要保持进攻的姿态。

不要后悔,不能乱了自己的阵脚。犹豫不决,举棋不定只能削弱心理上的定势,失去观察判断赌场走势的冷静。

关键的是下一次的注码,是想收回刚才输掉的四千美元呢,还是急流勇退走人。二宫迟疑不决,思来想去,最后决定下注两千美元。自己手中的牌数是K和J共二十点,而庄家的明牌是K。

难道庄家也是二十点吗?两张牌点数二十的概率是百分之九点五。

庄家翻开暗牌,是K和A,二十一点。又是大赢家。

"糟糕透了!"

庄家似乎进入最强盛的上升期。——庄家开始以四、七和K赢取第一局,于是闲家锐气减弱,纷纷减少下注的筹码,在总量缩小的情况下,庄家以二、J、四和九爆点。闲家见此,信心大增,接下来下注的筹码明显增加,于是庄家以七、六和七的二十点大胜。闲家虽然输掉,但刚才庄家在大胜之后爆点的记忆很深,便打算翻身,押下更大的赌注。这个时候,庄家操作出最后的二十一点,把所有的闲家打得全盘皆输。

庄家一旦时来运转,挡都挡不住。

没有办法,让脑子冷静一下。——二宫离开赌桌。

二宫走到开放式咖啡间喝着咖啡的时候,桑原走了过来。

"找你来着,没见你赌博,去哪儿了?"

"惨了。被二十一点打得爬不起来了。"

"输了多少?"

"四千五百美元吧。"

"不就是四万日元多一点吗?"

"对我这个穷人来说,四万日元就是大钱。"

"可悲的家伙,你就是一个一文不值的穷光蛋。"

"我要说,这个混蛋轮盘,见鬼去吧!"

"随你的便,爱怎么说就怎么说。"桑原叫来服务生,要了一杯冰咖啡。

"真稀罕,你不喝啤酒啊?"

"这里最能让人的判断变迟钝的就是酒。"

"今天要决一胜负吗?"

"特地坐飞机过来,不赢个二三百万……"

"本金多少?"

"烦人!有时间窥视别人的钱包,先管好自己,少管闲事少拉稀。"

"你说话总是这么深刻。"

"不深刻的话我不说。"桑原从口袋里掏出雪茄,用牙签在吸嘴上扎个洞。这是用黄色和黑色的纸裹卷的"科伊巴"雪茄。

"我白天也吸了一支哈瓦那,三百美元的蒙特克里斯托。"

"噢,是吗?"

"雪茄好味道。"

"味道好才吸。"

二宫以为桑原会给自己一支,但他毫无此意。

"能给我一支吗?"

"为什么啊?"

"别问什么原因,我可不好说。"

"烦人!"桑原又掏出一支科伊巴。二宫接过来,在吸嘴上扎一个洞,点烟。

二人足足花费一个小时享受哈瓦那产的最高级雪茄。

快九点的时候,二宫和桑原并排坐在开放式咖啡间附近的小型百家乐赌桌旁。身穿红色马甲、系着蝴蝶结的女庄家根本不瞧这边一眼,机械地发牌,操作筹码。闲家是二和六的"赢八",庄家是A和三的四,闲家赢了。一看液晶板署名,差不多进行了十局,庄家和闲家交错输赢。这种散乱的情况很难下注。

"百家乐是什么语?西班牙语吗?"

"意大利语,意思是'零'。"

游戏的基本规则很简单,就是将分给庄家和闲家的两三张牌的合计点数进行比较,尾数最接近九为赢家。是否要第三张牌有严密的规则,闲家别无选择。

"刚开始先试试看,押最小的筹码,怎么样?"

二宫给闲家下注五百美元,但喜欢摆谱的桑原给闲家下注三千美元。

闲家的牌是 A 和二,共三点。庄家是四和 J,共四点。闲家抽的第三张牌是四,庄家抽的是九。闲家赢了。出手很顺,二宫赢了五百美元,桑原赢了三千美元。

　　"闲家三连胜。"二宫在闲家的范围内下注五百美元。桑原直接下注六千美元。

　　闲家又赢了,"赢九"的大胜。

　　"百家乐很快就见胜负。"

　　"关键是'九'。"二宫感觉下一局庄家要赢,便不下注,桑原没有把一万两千美元抽回来,直接押给了闲家。

　　"一开始这么强势,行吗?"

　　"现在不是闲家顺风吗?"

　　"可能吧,可是……"

　　"赌博和打架一样,全凭气势。缩着尾巴赢不了。"桑原在一万两千美元的筹码上增加两万美元。

　　好,二宫心里祈祷这一局庄家必胜。

　　落注离手。庄家分牌。闲家是 J 和八的赢八,庄家是 A 和六,闲家赢了。桑原的筹码变成六万四千美元,但还是放在那里,没有抽取。

　　"嗯……也许是我多嘴,闲家已经五连胜了。"

　　"那怎么样?"

　　"这注码押一半怎么样?"

　　"笨蛋!五连胜以后就是六连胜。"

　　桑原这么一说,二宫也心动,打算顺便沾桑原好运的光,给闲家押上了三千美元的注码。

　　落注离手。闲家是三和三停牌,庄家是 K 和六停牌,双方平手。

"嗨……"二宫叹一口气,说道,"不行,开始走下坡路了。"连胜之后的平手肯定是下坡路,下一局就是庄家获胜。

桑原略一考虑,减少注码,押给闲家三万美元。

"我也改变。"二宫把三千美元移到庄家的区域里。

赌桌上的七个赌客中有六个把筹码转移到庄家一方,只有桑原一个人依然押在闲家。赌桌上放着近五万美元的筹码。

分牌,不出所料,闲家果然是 Q 和 J,尾数为零。庄家是三和四停牌。庄家发给桑原第三张牌,暗牌。

桑原随手翻牌看一眼,然后牌面朝上扔在桌面上——八。

噢……大家惊呼起来。桑原独赢。

二宫咬牙切齿地懊悔自己为什么把筹码切换到庄家一边。

庄家说:"恭喜您!"桑原把一千美元的筹码扔给他。

"真的太厉害了,不愧是鬼岛的桃太郎。"

二宫咽着唾液,靠近桑原身边,问道:"下面押哪里?"

桑原摇头:"不知道。"

"怎么……"

"因为不知道,所以不知道。"

桑原抽走筹码,观望不下注。二宫也不下注。

桌上的筹码一下子大为减少,不到五千美元。

闲家的牌是 Q 和 K,庄家是五和九。桑原旁边的中年男人拿到第三张牌,像要撕破纸牌似的翻过来——花牌的 Q。

"庄家终于来了。这也是真正的'百家乐'。"当三张花牌同花时,称之为"真正的百家乐"。

桑原说道:"连胜已经结束。"

"怎么办?"

"你在这儿输了多少?"

"嗯……差不多两千美元。"

"那祝贺你。"

桑原面前是堆积如山的筹码。

二宫说:"你数一数,下面去哪里?"

"我金盆洗手。这张桌子是最后一张赌桌。"桑原把筹码换成高面值的筹码,站起来,朝 VIP 室走去。

赢了就跑……二宫啧了一声,也离开赌桌。

9

给庄家下注一万美元。翻开……

闲家是 A 和 A，二点。庄家是 A 和 K，一点。都是三张决胜负。闲家拿到的牌是花牌 J，瞬间感觉自己要赢，但庄家的牌也是花牌 Q。

糟了！爆了……从椅子上滚落到地上，惊醒过来。

"是做梦啊……"而且是噩梦。既然做梦，至少要做一个赢十万美元的美梦啊。

床头柜上电话响了，把压在身上的枕头扔开，拿起话筒。

"早安。小混蛋二宫。"

"好了好了，什么事？"

"还不起来吗？十点了。"

"再让我睡一会儿吧，哪怕两个小时……"

"五分钟以内过来！不过来我就过去揪你。"

"又叫餐了吗？"

"这是什么话！是谁付的钱啊？"

"知道了。我去就是了。"

和昨天早上一样的安排，但到桑原的房间一看，今天不是点心，而是英国式早餐。

"几点回来的?"

"离开'威尼斯人'是八点多。"

"我对你改变看法了,你这家伙真有赌博依赖症。"

"谢谢。"二宫喝着橘子汁,用手抓着培根,使劲嚼着,味道不错。

"输了多少?"

"后来把本赢回来了。到天快亮的时候,运气就来了。"二宫说总共赢了六千美元,"你怎么样?"

"我回来了。"

"没继续赌吗?"

"一个长得像模特儿一样的苗条姑娘过来搭讪,就把她带回饭店了。"

这么说来,是有几十个肩挎小包、穿着超短裙的姑娘在赌场大厅里转悠,一个个都像模特儿,大腿都很漂亮。

"顺便问一下,夜度资多少?"二宫使劲嗅着房间里的气味,大概心理因素的作用,觉得有淡淡的香水味。

"给了三千。"

"一炮吗?"

"你这小子怎么这么下流啊!"

自己召妓,反过来说别人下流,简直荒唐透顶。

"最终赢了多少?"二宫嚼着吐司。

"大概九万吧。"

"九十万日元……"二宫一听,心情很不舒畅,嘴里说道,"不是说要赢一二百万日元吗?"

"我又没说一个晚上赢这么多。"

"小清水和玲美今天到'威尼斯人'。"

"那我们也住到那边去。"

"所有的房间都是套间。"二宫吃着炒蛋。

"没办法,只好也让你住。"

"不会和你住一个套间吧?"

"笨蛋,到这儿不是来玩的。"

"那怎么行动?"

"一会儿考虑。"桑原说吃过早饭回房间收拾行李。

午后到氹仔岛,走到"威尼斯人"的前台,昨天询问的那个日本人在里面,大概还记得桑原和二宫,对他们面露微笑。

二宫问道:"小清水隆夫先生和真锅惠美女士办理入住手续了吗?"

"刚才他们来过,但退房了。"

"退房?怎么回事?"

"我告诉他说昨天有两个人来找小清水先生……"

"什么……"

"他一听,就慌慌张张地退房了。……我是不是多嘴了?"

"有什么多嘴不多嘴的!"桑原说,"别以为什么都说就好。"

服务生低头道歉:"对不起。"

"你说刚才,是什么时候?"

"大概十分钟之前。"

"糟了!跑了!"桑原喷了一声,"从澳门到日本的直飞航班是几点?"

"飞成田的九点三十分,飞关西国际机场的十一点。"

"就这两班吗?"

"对。是的。"

听完服务生的回答,走出饭店,奔向出租车候车处,办完退房手续的十几个人在排队。

"分头进行。你行李少,坐出租车到澳门市内,然后去澳门轮渡码头找小清水和玲美。"

桑原说他先在氹仔岛的其他饭店寻找,然后去澳门城内的饭店寻找。

"要是他们不在澳门轮渡码头,那怎么办?"

"直奔香港机场!无论如何必须抓到小清水。"

"那么大的机场能找到吗?"

"你怎么说胡话呢?用气势找到他。"

"气势……"

"你有干劲吗?"

"当然有。"

"瞧你发呆的样子,一点儿干劲都没有。"桑原推着二宫的后背坐进出租车。

出租车过了澳氹大桥,奔往澳门市内的轮渡码头。候船大厅里没有小清水和玲美的身影。二宫买了一张最早的前往九龙的船票,办完出境手续,进入大厅,乘客几乎都已经进站。二宫跑步上了栈桥,进入喷射飞航。

小清水和玲美都认识二宫,考虑到他们或许在船内,二宫从背包里拿出方巾包在头上,稍做化装。

经济舱几乎满员,二宫在过道上慢慢走着搜寻小清水和玲美,没有发现。然后到上层甲板的高级舱,空位很多,他看见右后方的座位上有一男一女的脑袋。男的戴着巴拿马帽。女的染着茶色的头发。

他们是……二宫躲在椅背后面,看不见他们的面孔,也听不见他们的声音。二宫向左边挪动,从后面悄悄接近。这下可以看见男人的侧面,玳瑁框的眼镜,白胡子……正是小清水无疑!

二宫下到经济舱,按下手机的快捷拨号:"我是二宫。"

"怎么样?找到了吗?"

"小清水和玲美正在轮渡上。"

"哦,是吗?"

"大约三十分钟后到达九龙。"

"好,我坐下一班船去九龙。"

"他们要是从九龙去香港的机场,怎么办?"

"他们原先打算今天住在'威尼斯人',所以身上没有机票。"

"那倒是。"

"总而言之,你给我死死盯住,决不能跟丢了。"

"明白。再联系。"二宫按下通话结束键。

喷射飞航抵达九龙半岛的中国客运码头。二宫混在乘客里紧追小清水和玲美不放。小清水拖着黑色硬式行李箱,玲美则是粉红大行李箱,出站后向出租车场走去。

二宫缩短与他们的距离,用方巾遮蔽额头,略微低头跟在后面。

二人站着等出租车,二宫隔着一对年轻恋人站在后面。他们二人似乎并没有留心周围的动静。

出租车开过来,他们坐了进去。二宫前面的那一对恋人也坐进另一辆出租车。二宫一坐上出租车,便手指前面对司机说道:"跟上那辆黄色的出租车,那是我的朋友。"

司机大概明白二宫的意思,点头说"OK"。从码头开车十分钟,小清水他们的车子进入面向六车道宽阔马路的饭店。

"在这儿停车。"二宫在饭店前面让司机停车,问道,"这是什么饭店?"

"九龙宜必思酒店。"

"噢,好的。九龙宜必思酒店……多少钱?"

"我不知道。"

"不、不。我是说车费多少?"

司机说"十五",二宫付给他二十美元。走下出租车,进入饭店,看见小清水和玲美正在前台办理入住手续。

二宫躲在柱子后面,看他们已经办完手续,行李员把行李箱放在行李车里带他们上客房。二宫确认无误后,用手机和桑原联系。

"我是二宫,你在哪里?"

"澳门的轮渡码头,在登船。"

"小清水和玲美已经在九龙的饭店办好入住手续,叫'九龙宜必思酒店'。"

"这家饭店在什么地方?"

"我也不知道。没带香港地图。"

"你查看一下地图,再给我打电话。"

"知道饭店就行了吧。"

"几号房间?"

"还没问。"

"打听好,等着。我到九龙以后给你去电话。"

"明白。"挂断电话,心想什么玩意儿,这么傲慢……

三点过后,桑原拖着行李箱出现在饭店大厅。二宫在开放式咖啡间向他招手。桑原满脸不悦地进来。

"你为什么在这儿？会被小清水发现的。"

"我不是化装了吗？"

"瞧你这化装，格外显眼。什么破包袱皮……"

"你懂什么？这叫方巾。"

"小清水在几号房间？"桑原把行李箱放在身边，坐下来。

"二○一四。我一直在这里监视，他们没出去。"

"等小清水一个人的时候，真想狠揍一通。"桑原说要是玲美在一起的话，她会大闹起来的。

"可是，他们会分头活动吗？"

"女人想逛街，想浏览商店橱窗，想吃甜点什么的。"

"那就一直在这儿监视玲美是否出去吗？"

"你监视吧。我去办入住手续就来。"

"订两个房间。"

"烦人！自己的房间自己订。"

"这怎么……"

"你不是赢了六千美元吗？"

"可我之前输得更多。"

"外行赌博就这样。"桑原拖着行李箱走出咖啡间，但怎么等也不回来。这小子，在房间里睡大觉呢……

二宫提着背包走出咖啡间，从前台要了一份香港市区地图，确定"九龙宜必思酒店"的位置在西九龙走廊沿线的北河街。

二宫拿着地图走出饭店，道路两侧比较新的建筑物鳞次栉比，繁华的主干道与大阪的西心斋桥美国村颇为相似，但行人众多。正在装修的楼房的脚手架不是钢管，而是竹子，令人吃惊。

从北河街向大南街、汝州街走去，心想要是有市场或是赌场一定很有意思,但到处都与美国村差不多,没有特色。感觉走累了,顺便走进街面的餐馆,要了锯缘青蟹和炒面。一边等菜,一边喝啤酒。

好不容易来一趟香港,有没有什么地方可看的呢?翻开地图,都是汉语和英语,几乎看不懂。市街的北面是丘陵地带,有狮子山郊野公园和金山郊野公园,但不想去。地图上没有标记动物园和水族馆。

点的菜来了。锯缘青蟹味道一般,炒面太油腻,后来追加的蔬菜汤也只是咸味,不好喝。肚子一饱便发困。还是睡吧,二宫回到饭店,订了房间,钻进被窝里。

手机响了。二宫按下接听键。

"现在在哪里?"

"房间里。饭店的房间。"

"睡了?"

"不能总在咖啡间待着,就订了房间。"二宫一看手表,五点二十分。

"小清水和玲美呢?"

"我监视的时候,没看见他们。"

"你什么时候离开咖啡间的?"

"刚刚离开。"其实是两小时以前。

"没办法。去吃饭吗?"

"行啊。"其实什么也不想吃,还想睡觉。

"五分钟后会合,二楼有一家日本料理店,叫'水无月'。"

"万一碰上小清水,不好吧?"

"不要紧。到时候再说。"

"既然你这么说,那就不要紧,可……"

"穿着夹克衫去!"挂断电话。

这家伙还是这么自以为是,说一不二。二宫小便以后,走出房间。

桑原坐在"水无月"的小单间里,榻榻米像是日本货,但桌子是红漆镶嵌螺钿的中国风格。

"你在几号房?"

"一六二二。"这是最便宜的标间。

"我是三一〇五。"

"套间吗?"

"没钱奢侈。"

"不是赚了九万美元吗?"

"要是今天晚上在澳门,就赚个二三十万。"

"佩服之至,真的很厉害。"其实二宫心里很不服气。桑原赢钱完全凭运气,轮盘的抽头也不知道,连百家乐的赌法都不清楚。

"随便吃什么都行,我请客。"

"谢谢。"于是二宫先要冷酒,翻开菜谱,从贵的按顺序往下点鲍鱼、金枪鱼、海胆、对虾的生鱼片,算是与刚才的锯缘青蟹换换口味。

"你带了多少现金啊?"

"一百万。"他说还带了信用卡。

"申请信用卡的审查通过了?"从税法上说,黑道属于无业人员,也无法得到纳税证明。

"我是卡拉OK的老板啊。"

"可所有者的名义是真由美吧。"

"这种事用不着你操心。只要银行存折上有存款就可以办理信用卡。"

"我也想要信用卡。"

"跟你的身份不相称,没有也罢。"

"问一个深入一点的问题,'糖果Ⅰ'怎么关门了?"

"那是出让给别人了。因为不挣钱。"

"有贷款吗?"

"应该有吧。经营者都有贷款。"

"卖掉'糖果Ⅰ',贷款还清了?"

"二宫,你到底想问什么?"

"呀,我看你的钱总是不够用。"说罢,摇摇脑袋,"不过,昨天百家乐的赌法真的很豪爽。"

"好好听着!赌博就是把握场面的变化。如果认为现在自己走运,就要极力进取;如果认为不走运,就要立即收手。不懂得这种收放张弛的家伙,就像你那样窝窝囊囊地坐着,输个精赤溜光。"桑原自鸣得意地自吹自擂,其实这种常识,无人不知。

"我一直坚持到早晨,才把本捞回来。"

"你那坚持其实就是欲望。你是大阪最贪得无厌的家伙。"

"你得给我一百万日元,只要找到小清水。"

"没完没了的,我说了给就会给的。"

冷酒上来了。二宫给自己斟酒。桑原也给自己倒酒。

两人各喝了一瓶清酒,吃过生鱼片和寿司,走出"水无月",来到一楼,进入咖啡间喝啤酒。

"别喝得来劲儿,喝醉了。要是玲美一个人下来,还要上去揍他呢。"

"去二○一四吗?"

"狠揍小清水。傍晚进进出出的人多,正好下手。"

"可如果小清水和玲美一起出去吃饭,那怎么办?"

"那就等他们吃饭回来。"

"要是半夜还不回来呢?"

"明天。明天白天揍他。"

"小清水也够可怜的。他大概没想到这么可怕的家伙和自己住在同一个饭店里。"

"有什么可怜的,那不是他自作自受吗?"

"别下手太狠。"要是把小清水打成重伤,二宫就成了共犯。

"你这是什么话? 这事与你无关吗?"

"刚才不是说了吗,我只要得到一百万日元,这就行了。"二宫再一次叮咛,拿起香烟叼在嘴里的时候,眼角看见巴拿马帽,小清水和玲美从门口走进大厅。

"怎么回事? 他们不是已经出去了吗?"桑原瞪着眼睛,"你真的一直在这儿监视吗?"

"奇了怪了,他们什么时候出去的?"

小清水和玲美穿过大厅,向电梯走去。

"好,收拾他们去!"桑原拿着付款单向服务生招手。

"现在真的要去吗?"

"烦! 现在就去揍他。"

"明天不行吗? 你不是说等玲美出去的时候再揍他吗?"

"没把你吓得尿流出来吧?"

"要是玲美叫起来,事情就闹大了。"

"真烦人! 别废话!"桑原在付款单上签字后交给服务生。

二人来到二十层,站在二〇一四房门前。

桑原说道:"我打倒小清水,你把玲美按倒,掐住她的脖子。"

"我下不了这手。"

"下不了手还想要钱?"桑原低吼一句,然后敲门。

里面有人回应。桑原说:"我是客房领班,有您的信。"

略过片刻,房门打开了。就在这个瞬间,桑原的拳头就出去了,只听扑哧一声,桑原推门而入,二宫也跟着进去。

小清水倒在地上,桑原从他的身上跨过去,走到里面。玲美坐在床上,抬头一见桑原,满脸惊愕。

"老实点,不许叫!"桑原指着她的鼻尖,"打女人不是我的风格。"

玲美使劲点头,嘴角颤抖。小清水痛苦地呻吟,鼻子流着血。桑原一把抓住他的后脖子,拖到床边,扔在地上。

"起来!"桑原踢着他的肚子。小清水呛住了,张嘴把红色带泡沫的唾液吐在地毯上。

"拿毛巾来!"

二宫从浴室拿来毛巾,扔给小清水。但他只是蜷缩着身子呻吟。桑原拿起圆桌上的遥控器,打开电视,放大音量。

桑原问玲美:"你们什么时候来香港的?"

玲美吓得说不出话来。

"不回答吗?什么时候来香港的?"

玲美小声说道:"……上个星期。上星期六。"

"是小清水说的吗?逃到香港去。"

"逃……?"

"远走高飞啊。"

"不是。他是说出国旅行。"

"拿着《冰凝之月》集资的钱……"

"这个……我不知道。"

"别装蒜！喂,艺人学校的校长突然把工作扔在一边,带着情人出国旅行,你不觉得奇怪吗？其实你什么都知道,和小清水一起逃跑的。"

"……"玲美低下脑袋。

"集资多少？"

"……"没有回答。

桑原抓着玲美的头发,把她的头仰起来,拳头对着脸部："你是敬酒不吃吃罚酒,你打算让这么漂亮的脸蛋肿得像破灯笼一样吧,让你的门牙全部折断,一辈子用假牙。女人要是面部骨折,怎么整形也恢复不了原来的样子哦。"

玲美突然叫起来："救命啊！"

咚的一声,桑原对着她的鼻梁猛击一拳。玲美一翻白眼,晕倒过去。

二宫说道："桑原……"

"混蛋！你也想挨揍吗？"

桑原拾起毛巾盖在玲美的鼻子上,鼻血一点点渗出来。二宫搬起玲美的脚放在床上,裙子掀了上去,露出白色的内裤。

桑原拿起桌子上的圆珠笔,蹲在小清水身边。小清水还在呻吟。

"不能总睡着啊。"桑原把圆珠笔插进他的耳朵里,小清水扭头想要躲开。

"别动！不然耳膜要被捅破的。"

小清水有气无力地说道:"饶了我吧……"

"是生是死就看你了,要是不想在脑子里钻个窟窿,就老老实实回答。"

"求你了,别这样……"

"集资多少?"

"八千……八千二百万。"

"钱呢?"

"银行,存入账户里了。"

"现金带了多少?"

"两百万。"

"在哪里?"

"我的箱子里。"

"喂。"桑原看着二宫。二宫环视房间,没有箱子。打开衣柜,里面放着两个大行李箱,左边是粉红色,右边是黑色的。

二宫把黑色的行李箱拿出来,放在桌子上。数码锁锁着。

桑原问:"号码多少?"

"九六九六。"

打开行李箱,上面的袋子里放有信封,其中有一沓扎着封带的钞票,还有几十张一万日元的钞票。

"点一下。"二宫点数一下,是一百七十八万日元。

"怎么回事?怎么还剩这么多?"

"住宿费、饭费都是刷卡。"

"骗谁呢?你是逃跑,要是刷卡,不是一下子就暴露了吗?"桑原把圆珠笔插进去,小清水的脑袋顶着床脚,无法逃避。

二宫在行李箱里搜找,只有替换的衣服、旅行用具、处方药这些东西,没有钱。二宫又从衣柜里提出粉红色的行李箱,同样锁着数码锁。

桑原问小清水："多少号？"

"不知道。"

"混球！"圆珠笔再次深深插进去，小清水一副扭曲忍受的面孔，带着哭腔说道："九六七八。"

二宫打开箱子，把里面的东西统统扔在地上，发现箱底放着信封，里面有两捆扎着封带的钞票，还有二十张一万日元的钞票。两个箱子的钱数合起来是三百九十八万日元。

"你带着五百万逃跑了。"桑原在小清水的耳边说道，"已经用了一百万，没错吧？"

小清水默不作声。桑原说中了。

"岛田二哥给你的户头汇入一千五百万，能一文不差地还给他吗？"

"当然还钱。是我不对。"

"八千二百万。哪家银行？"

"三协银行的阿倍野支店。"

"存折、印章和银行卡呢？"

"茨木、茨木的家里。"

"说具体点！"

"厨房的水池子下面，门打开，有排水管。黑色的塑料袋塞在排水管后面。"

"藏的真是好地方。"

"没骗你，真的。饶了我吧。"

"我给日本打电话，让兄弟去你的茨木家里。怎么进家门？"

"门柱后面有一盆干枯的丝兰，钥匙放在花盆下面。"

"如果厨房水池子下面没有塑料袋,我就用这圆珠笔戳死你,听懂了吗?"

"懂了。是烧是煮随你的便。"

"没想到你这老家伙这么听话。"桑原笑起来,对二宫说道,"把他们的衣服撕成绳子,捆起来。"

二宫走进浴室,把刮脸刀的刀片拆下来,割开小清水替换用的裤子和玲美的牛仔裤,系起来当绳子。将已经苏醒过来、但毫无反抗力的玲美的双手捆在身后,双脚也捆住,往嘴里塞了东西。她的鼻子肿起来,脸形变样了。

桑原说:"你也一样。"

小清水乖乖地张开嘴,二宫把牛仔裤系一个结,塞进他的嘴里,然后将他的手脚捆绑起来,扔在地上。

桑原拿起床头柜的电话,看着手机上的号码,说道:"请接国际电话,日本……〇九〇一四二八……"

略等片刻,他与对方通话:"是我。有一件事办一下:你去找个东西,去一趟茨木郡。名神高速的茨木出口的南面,供水站前面的住宅区……你用笔记好……哦,对。水塔旁边有一块生锈的示意图。到小清水家里……"桑原把花盆底下的钥匙、水池子、黑色塑料袋等等告诉对方后,说道,"我在香港。别告诉任何人。对,过一个半小时我再给你去电话。"说完,放下电话。

"谁啊?"

"节雄。"

"啊,还是他。"

二宫认识节雄。他是桑原为数不多的盟弟之一,住在都岛的破单元楼里,靠复制、贩卖色情DVD吃饭。

"他不是没有车吗？"

"说是向别人借。"

"还有一个半小时……"从都岛到茨木大约需要四十五分钟。

二宫从冰箱里取出两听罐装啤酒，坐在桌子旁边的沙发上。桑原也坐下来吸烟。

玲美咳嗽着，扭动着身子，快要从床上掉下来了。二宫走过去，抱着她的膝盖挪进床里。玲美用哀伤的目光看着二宫。

一个半小时后，桑原打电话："是我。怎么样了？……哦，是吗……余额多少？入账的最后日期几号？八月二十二日？一个星期前啊……存折上有交易中心的号码吧？给他们打电话，问一下现在的余额。语音自动回复设置……对。我再给你去电话。"桑原放下电话。

"够慎重的啊。"

"这小子是骗子。"桑原瞧着小清水，"不能轻信他说的账面金额。"

"二十二日的余额是多少？"

"七千一百三十万。"桑原心情愉快，"二哥的出资部分有多少犒劳我啊……"

"我有一个请求……"

"什么啊？"

"我的出资部分，现在就还给我，好吗？"

"真拿你没办法。"桑原从桌子上拿起一沓扎着封带的钞票放在二宫面前。

"谢谢。"二宫把一捆钞票放进口袋里。当着小清水和玲美的面这样做虽然有点不好意思，但必须趁着桑原没有改变主意之前确保自己的利益。有这一百万日元的收入，还是令人高兴的。

10

十分钟后,桑原又打电话:"是我。余额知道了吗?……什么?什么时候?……二十四日?一次性七千万?……转账户头是哪里?现金?……知道了。就这样。存折和印章你先拿着!"

桑原放下电话,走到小清水身边,朝着他的侧腹就是一脚:"混账老家伙,余额不是只剩下一百三十万吗?"

小清水表情痛苦地呻吟。

"你也太小瞧二蝶会的桑原先生了。以为存折的数字就能骗过我的眼睛吗?"

小清水扭动身子想躲开,桑原朝着他的脖子狠狠踢去,小清水的身体后仰,一下子蹦起来。床上的玲美大概觉察出小清水正在挨揍,转过身去,背对这边。桑原跪在地毯上,拾起圆珠笔,对着小清水的脸:"我把你嘴里的东西拿下来,要叫要喊随你便,不过那时就要把你的眼珠挖下来。"

不能说话的小清水不停点头,脸上鲜血流淌,鼻翼发紫,肿了起来。桑原把小清水塞在嘴里的布团取下来。小清水大口喘气呕吐,地毯上满是混含着鲜血的胃液。

桑原低声问道:"从银行提取的七千万去哪里了?"

小清水想说话，但发不出声音。

"没听见吗？问你呢，去哪儿了？"

小清水流着口水说道："……被拿走了。钱被取走了。"

"你说什么？听不懂！"

"七千万被泷泽组拿走了。"

"混蛋，不明白。到底怎么回事？"

"我没撒谎。二十四日提出来的七千万都交给泷泽组了。"

二十四日，星期五下午，小清水被泷泽组的两个组员带到淀屋桥的三协银行大阪本店，从"《冰凝之月》制作委员会"的户头提取了七千万。泷泽组将其中的五百万交给小清水，让他逃跑，说"哪儿都行，跑到国外去吧"，于是他第二天和玲美一起飞往香港。

"等等，你二十四日拿着存折和印章取钱，为什么存折上没有记录七千万钱款的去向？"

"事先破坏存折上的磁条，这样插进ATM后无法读取，得反复操作。把这个情况告诉银行职员，就办了一个新存折。"

"你够有能耐的。把前一个存折的余额留下来作为诈骗的工具吧？"

"我没有诈骗的想法，是真的想拍电影。"

"呵呵，这张嘴什么都可以随便说。"桑原冷笑道，"去银行的那两个泷泽组组员叫什么名字？"

"初见和竹中。"小清水说初见是泷泽组盟弟的头目。

"泷泽组持有你开出的票据，面额一千万的十五张。你到底借了多少钱？"

"一亿五千万……"

"蠢货，像你这样活不了几天的老家伙，黑道金融能借给你这么多钱吗?"

"……"小清水闭口不言,那表情显然是在盘算怎么蒙混过关。

"多少钱?不说是吗?"

"七千万。"

"喔……"就在这个瞬间,桑原又是一拳下去。圆珠笔戳进小清水的大腿,他大叫起来,桑原一把捂住他的嘴。

"痛吗?哼!你撒谎吧,让你全身变成蜂窝。"

"四千万。我向泷泽组借了四千万。"

"数字对不上,泷泽手里的票据是假的吗?"桑原把圆珠笔从小清水的大腿里拔出来,鲜血滴落下来。

"在初见的威胁下,我开出了空白票据。"

"详细说,要说得让我相信。"

"前年夏天,我制作了一部V电影,叫作《雀鬼七番胜负》,是赌博内容的,七十五分钟。结果惨败,制作费四千五百万,赤字三千万。"小清水说,作品亏损的时候,由于合同规定必须给出资者百分之二十的补偿,所以小清水借钱近两千万。银行和信用金库不能继续提供新的贷款,小清水将手里的所有现金全部掏出来以后,向几家商工信贷①借款一千万日元,但只能勉强还息,无法减少本金:"借了还,还了借,恶性循环。一年以后,债务高达两千万,真是到了走投无路的时候,'TAS'的老板给我介绍了'街金'。"

"就是那个新世界的金本不动产吗?"

"金本给我介绍的是阿倍野的一家叫作'米涅尔瓦'的街

---

① 商工信贷,亦称事业者金融。向个人商店、中小企业的经营者提供短期高息贷款的金融业者。无须担保,但需要连带保证人。

金。所有的贷款都由'米涅尔瓦'办理。"

"街金一般都有黑道背景,你知道'米涅尔瓦'是泷泽组的企业吗?"

"后来知道的。知道以后就没向他们借钱。"

"别说这漂亮话,溺水者连一根稻草都不会放过。"

"就一年里我向'米涅尔瓦'借了四千万。怎么还?束手无策的时候,初见告诉我:拍电影。"

"就是《冰凝之月》吗?"

"是的。"

"你是被泷泽追着屁股到处跑吗?本来不想拍电影,可结果把二哥和我全骗了。"

"不是。我真的想拍《冰凝之月》。不然的话,也不会叫人写剧本。"

"你通过《冰凝之月》集资八千二百万吧,都怎么花的?"

"偿还了人情上的一千万债务,剩下的七千二百万,刚才已经说过了。"

"五百万是你逃跑的资金,剩下的全部都给了泷泽吗?"

"对,我没有撒谎。"

"有意思,你这个老东西还在胡说八道。"桑原一只手捂住小清水的嘴巴,另一只手将圆珠笔戳进他的左大腿。小清水呻吟着,眼珠翻白,"老家伙,下一次就是你的胳膊,顺便把手指掰断。"

"我……我没有撒谎。"

"借了黑道的四千万,居然还能给情妇租公寓,茨木的房子也没有卖掉。这是怎么回事?嗯?"

"……"

"泷泽持有你开出的票据。你从泷泽那里真正借了多少钱？"

"一千八百万……不，加上利息，两千七百万。"

"你从账户上提走七千万，给了泷泽两千七百万，拿到澳门五百万。剩下的三千八百万去哪儿了？"

"不是两千七百万，泷泽组拿走的是三千万。"

小清水说在三协银行大阪本店的接待室里，在银行职员的见证下，把三千万日元交给初见，自己拿到借条和收据："和初见在银行分手，从此和泷泽组断绝关系。"

"那剩下的三千五百万在哪里？"

"存在大同银行北滨支店。"

"是拿现金去的吗？"

"从淀屋桥到北滨就几步路。"

"大同银行的存折呢？"

"……"

桑原拔出圆珠笔，对他晃了晃。

"存折和印章放在银行的租借保险箱里。北滨支店的。"

"保险箱的钥匙呢？"

"在公寓。昭和町格蕾丝桃池公寓一〇七号室。"

"具体点！"

"餐厅的碗橱背面，用胶布把钥匙粘在上面。"

"哦，你怎么还在编故事？"桑原把圆珠笔戳进他的右胳膊。小清水又呻吟起来。

"你说和泷泽断绝关系了？黑道上的人不是占了你的昭和町公寓，在那儿等着你吗？……你逃跑了，泷泽就追到你老窝里了。"

"说实话,我飞香港是初见的意思。他说让我在外面待三四个月,等钱收回来以后再回去。"

"收钱?这是怎么回事?"

"初见让我开空白票据,不知道他们在上面填了多少数字。他打算利用这些票据向'《冰凝之月》制作委员会'刮取钱财。"

"我们的二哥也汇了一千五百万啊。"

"那是一半。出资合同上写的是三千万。"

"你还打算弄钱啊?"

"开出票据的不是我个人,而是'《冰凝之月》制作委员会'这个合伙组织。……当这个组织的成员拖延出资的时候,就有支付利息和损害赔偿的义务。"

"你小子像是谈论别人家的事似的。"

"我是制片人,拍摄过好几部电影,这些基本法律知识还是有的。"

"黑道的人在昭和町的公寓里,是怎么回事?"

"你去过了吗?"

"真小瞧我了,我把那两条黑狗打得爬不起来。"桑原没说自己被砍,前天才出院。

"泷泽的人待在那屋子里只是装门面,要是你这样的同行来的时候,就装作债权人也在搜寻我的样子。"小清水说把房门钥匙交给泷泽组就是自己没有对桑原撒谎的证据。

"你带着一个女人在外面三四个月,只有五百万,这显然不够啊。"

"这边物价便宜,节约一点,可以将就。"

"笑话!我可不相信这是住在'威尼斯人'的套间里、还赌博的家伙说的话。"桑原从小清水的裤子后口袋拿出钱包,把里面的东西都掏出来放在地毯上,其中有十几万日元、约一万港币、三张信用卡,还有驾照和录像带租借店的会员卡。

"怎么没有大同银行的现金卡?"

"没办。有信用卡就足够了。"

"哼,叫你胡说!"桑原将戳进胳膊的圆珠笔拔出来,用绳子把小清水的嘴捆住,然后站起来,走到床边,对躺着的玲美说道,"有话问你,要是叫喊,你的脸就不是你的脸了,明白了吧?"说罢,把塞在她嘴里的东西取出来。玲美大口大口地喘气。

"听见刚才老家伙说的话了吧?他说的是真话?"

"是真话。"玲美有气无力地点头。

"是初见那个黑道让老家伙远走高飞的?"

"这我不清楚。"玲美说小清水打算出外旅行,自己只是跟着他来。

"打算什么时候回日本?"

"没听他说。"

"老家伙把三千五百万存在大同银行吗?"

"是的。"玲美面无表情。

"老家伙把公寓的门钥匙交给泷泽,却又把租借保险箱的钥匙藏在黑道所在的房间里,这不奇怪吗?"

"我不知道这件事。"

"你就喜欢这个秃头老家伙吗?"

玲美略停片刻,回答道:"是的……"

"为什么要跟着他?他说要让你当演员吗?"

"不是。"玲美瞪着桑原。

桑原回头对二宫说:"喂,把这女人的钱包拿来!"

二宫从放在桌上的玲美的手提包里取出路易威登的钱包递

给桑原,里面有三万日元和两千港币,还有十张卡。

桑原从中找出两张银行的现金卡:"邮储银行、共和银行……这里面有多少钱?"

"没看。"玲美说大约二十万日元。

"是吗……"桑原查看卡,拿出一张黑色的卡伸到玲美面前,"这是什么?"

玲美转过头去。

"这家伙有意思……"桑原笑起来,"'威尼斯人'的轮盘卡。"

二宫问道:"这是什么?"

"他们把赌场当银行用。"

"不明白什么意思。"

"角野那老头子。大约十五年前,我是老头子的跟包,一起到澳门来。"

二宫听说过这件事。二蝶会的前任组长角野达雄好赌,经常出入川坂会系统的赌场,也曾跑到华克山庄、澳门狂赌。

"老头子在葡京酒店办好入住手续后,立即就去赌场,把护照和五百万现金放在前台,拿到一张轮盘卡。"

"这是存款吗?"

"这叫'预付款'。一大笔钱放在赌场,就可以用卡赌。"

"角野先生是 VIP 吗?"

"他在葡京酒店有户头,只要给东京的经办人打一个电话,就会送来头等舱机票,入住豪华套间,吃喝随意。"

"森山先生不赌吗?"森山是现任的二蝶会组长。

"那个老头子把钱看作命根子,哪有赌博的能耐啊。"桑原语带轻蔑。二宫真想把他的话告诉森山。

"把赌场当银行是怎么回事?"

"预付款啊。存放在赌场的金钱没有上限。"桑原说,正因为如此,有的组长在拉斯维加斯的赌场开设账户用于洗钱,"这张卡很旧。看看老家伙的护照,应该不是第一次来澳门。"

二宫从黑色行李箱里取出小清水的护照,签发日期是二〇〇七年,有效期是二〇一七年,翻到签证页,二〇〇八年二月和二〇一〇年九月来过澳门。

"是的,来过两次澳门。"

"这家伙就是演员,会演戏。"

桑原看着玲美,问道:"在'威尼斯人'的前台听到我们消息了吧?有两个日本人找过你们……"

玲美轻轻点点头。

"于是你们就急急忙忙去赌场,把钱存在赌场里,然后返回澳门城内,乘坐喷射飞航来香港。我说的没错吧?"

玲美点点头。

"在'威尼斯人'的赌场存了多少?"

玲美说:"一千万日元。"

"三千五百万吧?"

"真的是一千万。"

"那还有两千五百万呢?"

"我想是放在租借保险箱里。"

"你没撒谎?"

"租借保险箱的钥匙就是在刚才他说的地方。"

"昭和町公寓的碗柜?"

"他让我藏的。我用胶带粘上的。"

"这个臭老家伙对你还挺信任的。"

"虽然我知道租借保险箱的钥匙,但他没告诉我是哪家银行哪里的支店。"

"是吗……"桑原笑道,"你是个好女人。"

"我要冷敷一下鼻子。"

"不好意思,对你粗暴了点。"桑原拾起毛巾,对二宫说"冰块"。二宫从冰箱里拿出冰块,连袋子一起递给桑原。桑原用毛巾包裹冰块,轻轻按在玲美的鼻子上。

威尼斯人。

二宫坐在百家乐赌桌前,把轮盘卡递给庄家:"信用筹码。"

"多少?"

"十万。"

庄家把卡交给主管。主管把卡插在终端机上,输入数字,从终端机上出来一张薄薄的收条。

庄家把收据放在二宫面前,让他签字。他签上"小清水隆夫"的名字。二宫按照小清水护照上的签名,反复练习模仿过他的字迹。庄家拿过收据,瞥了一眼金额和签名,将一万美元的筹码九枚和一千美元的筹码十枚,连同轮盘卡滑到二宫面前。

二宫长吐一口气。这是他第一次使用轮盘卡,曾想签名还可以模仿,要是对方要求出示护照,该怎么办?没想到这么简单就能拿到筹码。一二十万美元的筹码对轮盘赌来说,大概跟鼻屎一样不值钱。

"请下注。"

二宫看了一眼液晶板,庄家是"○○××○×××○○○×○×○",八胜七败,不相上下。

二宫押庄家五千美元,闲家"赢九"获胜。接着还是押庄家五千美元,庄家是 Q 和七,停牌,闲家是 J 和三,为五点,闲家连胜。

这可不行,一下子一万美元就赔进去了。桑原监视着小清水和玲美,他对二宫说你去赌场,最大限度可以输掉五万美元。但如果照这个样子下去,三十分钟就全盘皆输。二宫必须把九百五十万日元带回九龙宜必思酒店去。

不能泄气。——二宫把一万美元的筹码押在庄家的格子里。闲家是九和四,庄家是 K 和 A,双方都是三张定输赢。

闲家的暗牌发给一个中国中年妇女,这个大妈捏着牌的边缘搓拧,七或者八都可以。她把拧折的牌扔出去,是二。九、四和二为五。

庄家抽的牌是五,K、A 和五为六。庄家终于赢了,虽然被抽走百分之五的头钱,但二宫的筹码大体扯平了。

二宫拿着筹码离开赌桌,走向兑换柜台,把筹码换成港币。然后走到另一张百家乐赌桌,用轮盘卡换了二十万美元的筹码。赌了大约三十分钟,小额输赢,最后输了一万两千美元,又回到兑换柜台。他反复三次同样的操作,口袋里大致有七十万港币。

兑换现金过于频繁显得不太正常,于是他买一支雪茄走进开放式咖啡间,与从身边走过的超短裙、挎小包的姑娘对视一眼,对方莞尔一笑。

她用生硬的日语问道:"是休息吗?"

二宫亲切和蔼地回答:"休息一会儿。"这个女人不错,皮肤白皙,眼睛清秀,身材苗条,手脚秀长,与鼻子没有肿胀起来的玲美很相似,"你也喝点什么?"

"可以吗?"

"噢,可以啊。"

女人走进来,双脚靠拢,浅身坐下。

"我喝咖啡,你呢?"

"请给我可乐。"

她的用词很得体,比玲美年轻,大概在澳门挣钱寄回大陆补贴家用。二宫向服务生点了咖啡和可乐。

她问道:"是在这饭店里住宿吗?"

"不,香港的宜必思酒店。"

"今晚回去吗?"

"嗯……怎么说呢……输了。"

"不要紧的,会赢的。"

"想赢,可是……"二宫想在雪茄吸嘴扎个洞,但没有牙签,用牙齿一咬,吸嘴处散开了。女人见状,拔下自己的发卡。

"谢谢。你真机灵。"

"很少有人吸雪茄。"

"你叫什么名字?"二宫用发卡在雪茄吸嘴扎个洞。

"艾琳。法语叫伊莲娜。"

"连法语也会说?"

"不会。会一点日语、英语和韩语。"艾琳把一只脚放在另一只脚上,穿着鲜红的高跟漆皮鞋。

这个女人的价码多少呢?二宫犹豫着问还是不问。把她带出赌场的话,又没有房间,她大概有合同饭店,不过自己口袋里有七十万现金,去一家陌生的饭店,总觉得有危险。

咖啡和可乐来了。二宫吸着雪茄,喝着不加牛奶和糖的黑咖啡。

"艾琳刚才用日语问我'是休息吗',你知道我是日本人?"

"知道你是日本人。"

"和中国人、韩国人哪儿不一样?"

"日本人态度很亲切。"二宫一听,心情感觉不错,是啊,自己很亲切,可就是没有女人缘。

艾琳喝了一点可乐,说道:"我们走吧。"

"去哪儿……"

"到我家里去,就在这附近。"

"这不好吧。"

"为什么?"

"没钱。"

"你刚才不是兑换了吗?"

"你看见了?"

艾琳微笑着:"看见了。"

这就更危险了,感觉到时候会突然冒出个可怕的大汉子,要是桑原那无所谓,可自己……

"对不起,我老婆正等着我呢。"

"哦……"艾琳满脸不悦地走出咖啡间。

一看表,零点已过。二宫坐在二十一点赌桌前,用轮盘卡兑换了二十万美元的筹码。他没有即刻参赌,而是先观察。庄家的局是十九、十八,第三局爆点,可能正在走下坡路。

二宫从一万美元开始下注,发来的牌是 A 和九,庄家的明牌是五。

"双倍下注。"二宫毫不犹豫地说着,追加一万美元的赌注。A 和九是二十,但如果 A 是一,就可以算十,那么庄家的明牌显然力量很弱。

要的牌是 J。A 和九加上 J,二宫的点数成了二十。庄家的暗牌是八,五和八加 Q,庄家输了。

二宫获得了两万美元的筹码,将一百美元的筹码给了庄家。

现在庄家实力弱小。这就该走了……其实想起来,自己是用别人的钱赌输赢,赢了,钱是自己的;输了,五万美元以内不用补偿。

"请下注。"

三万美元的筹码滑到格子里,红桃 K 和梅花 K,又是二十。庄家是 Q 和九,共十九。恭喜您! 赢了三万美元,把三枚一百美元的筹码给了庄家。

好了。我凭借自己的智慧挣钱,目标是两百万,一年的事务所租金。二宫把三万美元放在那儿,等着轮盘卡。

五点回到九龙宜必思酒店,敲了敲二〇一四的房门,房门即刻打开。

"这么晚才回来。"桑原不高兴的脸色,"赌了吧。"

"是啊,就是为了这个才去的。"

二宫走进屋里,玲美在床上睡觉,小清水也躺在床边不动弹。小清水脸上没有血迹,大概是桑原擦掉的,大腿和胳膊上被圆珠笔戳的伤口好像瘀血了。

"钱呢?"

"在这儿。"二宫从夹克衫的两边口袋把钱掏出来,放在桌子上说,"九百五十万。"

"差了五十万啊。"

"输了。"

"其实是赢了吧?"

"要是赢了,我不至于这么垂头丧气啊。"二宫说输了一百二十万,其中自己的钱七十万,填补进去的钱五十万。

"好啦,你没携款逃跑就该受表扬了。"桑原打着哈欠,说道,"收拾行李。我已经让前台预订了七点半的印度航空的机票。"

"头等舱还是公务舱?"

"笨蛋!公务舱。"桑原说本想订经济舱,没有订到。

"我回自己的房间,想冲个澡。"

"随你的便。"

"遇到一个名叫艾琳的可爱的姑娘,没能带过来。"

"女人还是在日本买!别降低日本人的品位!"

"品位……"说话不过脑子,二宫真想把这家伙的脑袋劈开搅拌一下他的脑浆。

"快点准备。五点半退房。"

"我有一个请求。"

"什么事?"

"能顺便把我的房费也给结了吗?"

"我是你的钱袋子啊?"

"你给我的一百万日元都输光了。"二宫说现在勉强还剩下三十万日元。

"多了不起啊,我代表澳门总督给你颁发奖状。"

"那个……房费的事……"

"知道了知道了,我给你付就是了。"桑原厌烦地对他挥了挥手。二宫走出二〇一四房间,轻飘飘地在走廊上走着,赌博全盘皆输的心情并不坏。

11

十一点五十分,印度航空三一四航班抵达关西国际机场。从赌场带回来的九百五十万日元和没收小清水的钱款都塞在二宫的背包里过海关,但海关关员根本就没有打开。

两人在大厅会合。桑原问:"怎么样?"

"顺利通过。"

"因为你形象好,一副穷酸样儿。"

"你被查了?"

"行李箱打开,翻了个底朝天。"

不查才怪呢,如果不检查这种凶神恶煞般长相的家伙的行李箱,那是海关关员的失职。

"把钱给我!"

"就在这儿吗?"周围都是人。

"对啊。喝啤酒吗?"桑原朝电梯走去,到了三楼餐厅,走进没有禁烟告示的茶馆,要了啤酒。

"把钱拿出来!"

"好。"二宫从背包里拿出纸包,放在桌子上,"是这样……这话有点不好说……"

"怎么啦?又是向我要钱吗?"

"是这样……我这次去澳门是向母亲借的五十万。"

"那又怎么样?"

"赌输了,现在空空如也。"

"我不是给你一百万了吗?"

"都输进去了。"

"可喜可贺。"

"老母亲靠退休金过日子,从辛辛苦苦攒起来的不多的储蓄中拿出五十万借给我。"

"没见过你这么差劲的,饭桶、废物!绝对不能让自己的老娘喝西北风。"

"那是那是。还有五十万的出场费也要给我啊。"二宫低头恳求,虽然明知是在演戏,但说好听的话、态度谦恭对自己没坏处,"我知道自己赌博不在行,但是要把轮盘卡兑换成现金,不能不进行高层次的对决。我不像你能做到赌博痛快、洗手干脆。"

"这我懂,用不着你唠唠叨叨。"

"不是你说的'我监视这两个家伙,你去赌场'吗?"

"你心太软,就怕你上小清水花言巧语的当,把他们放走。"

"出场费给我吧,至少我想把向母亲借的钱还给她。"

"又是威胁又是耍赖,你真会演戏。"桑原紧皱眉头,从纸袋里拿出一捆钱,数出五十张,扔在桌子上。

"对不起,这样子我就可以孝顺母亲了。"二宫把钱放进口袋,一副满不在乎的样子。

"把钱给母亲,让她去泡温泉,这叫孝顺母亲。欠母亲的钱,还债不能叫孝顺。"桑原把纸袋放进行李箱,九百万和三百九十八万,收回了大约一千三百万,还要加上在"威尼斯人"赢的九十万。

喝完啤酒,吸完一支烟,走出茶馆,下到一楼。
"辛苦了。"二宫背上背包,说道,"回蜗居睡觉去。"
"谁说可以回去了?"
"嗯……"
"你说曾经带中川去过小清水的格蕾丝桃池公寓吧?"
"是,去过。"当时就那个名叫村居的职业摔跤手在里面。
"中川的手机号多少?"
"不知道。"
"给府警打电话问他!"
"不会告诉我吧。"
"给那家伙的老巢打电话!"
"你找中川有事吗?"
"二宫,有这时间啰哩巴唆的,快打电话!"
二宫给阪町小酒馆"博达"打电话,响了十几次才接通。
"是博达吗?"
"是。"
"我是二宫企划的二宫。"
"呀,二宫先生啊。"发困的声音。大概老板正在睡觉。
"能把中川先生的手机号告诉我吗?有事找他。"
"他不让告诉别人的。他还是个刑警呢……"
"老板你不是认识我吗?我绝不会给你添麻烦的。"
老板很痛快地说道:"〇九〇七四八〇七九××。"
二宫复述一遍,桑原把电话号码记在护照上。
二宫挂断电话后,桑原给中川打电话:"喂,我是桑原,二蝶兴业的桑原……从博达问来的。要这么不乐意，就堵住他们的嘴……工作，出五万。……你前些日子不是去了吗？昭和町的公寓。把泷泽的小无赖给我赶出去……知道了，知道了，十万……两点，别迟到。"

桑原按下通话结束键，把手机还给二宫，说道："走，天王寺茶馆。"

"干什么啊？你说清楚。"

"玲美的公寓。我一去，就会一干到底。"

"你不是给中川十万吗？就让他把村居赶出去。"

"不止村居一个人，有两三个。"

"我和中川去的时候，就他一个。"

"你这家伙的脑子真的很迟钝。老家伙不会给泷泽去电话吗？说桑原可能要过去。"

"是吗……"二宫觉得桑原说得有道理。

"老家伙今天回来，不赶紧办妥，租借保险箱的钥匙就拿不到手。"

是啊，小清水和玲美解开绳子，应该赶到香港国际机场了，他们比二宫晚两个小时抵达关西国际机场。

"一切都在你的预料之中，不愧是职业的。"二宫不敢说"职业黑道"，那样要挨揍的。

"素质不一样。素质，哪像你这种稀松的猪脑袋。"

"哦，是啊。"二宫心里骂街，要是刚才早点溜走就好了，反正五十万日元已经到手。

"还磨磨蹭蹭干什么？"桑原说要先把行李箱寄走，向宅急送快递点走去。

两点。中川坐在我孙子街临街的茶馆里,然后坐上桑原的出租车,一起奔向昭和町。因为顾忌司机,桑原和中川都没有说话。他们在格蕾丝桃池公寓前下车。

中川说:"给钱。"

"预付吗?"桑原从钱包里抽出十张钞票递给中川,"我在附近等着。你把那些小流氓赶走。"

"你不去吗?"

"我是黑道。你是刑警,带着黑道的人去不合适吧。"

"喂,桑原,你到底打什么坏主意啊?"

"嗨,一两个小流氓,我一个人完全可以对付,问题是事情过后很麻烦。泷泽是本家嫡系。"

"二蝶会的桑原也有害怕的东西啊。"

"怕钱,怕女人,顺便再说一句,怕警察。"

"嘿,瞧你说的。"中川转向二宫,"那你一起去,算是代表桑原。"

"我……我可是白道的。"

"不去吗?这可是刑警叫你去的。"

二宫的后背被桑原推了一把,趔趄向前,不得已只好把背包放在地上。

进入公寓,二宫让中川走在前面,来到一〇七房门前。和上一次一样,中川把耳朵贴在房门上,低声说"有人……",然后敲门。略等片刻,门开了。

"怎么又来了?"探出脑袋的是村居,左脸颊上贴着创可贴。

中川说道:"清除命令。你们出去!"

"胡说!命令文件呢?"

"嘿,还挺狂妄的。"

"你走吧!"

"妨碍执行公务罪,要逮捕的哦。"

"你白痴吗!"

"跟谁说话呢?嘿!"中川抓住房门,村居想关门,中川的鞋被夹住了,"四课刑警带走黑道无须理由。……你抗拒了,这就够了。"

"你……"

中川挑衅道:"怎么样?敢来吗?"

这时,屋里传来一个声音:"好了,你退下!"接着,房门打开,出来一个四十岁上下的络腮胡子。身穿黑色短衬衫,黑裤,叼着香烟。

"您是……"

"四课的中川。要看警察证吗?"

"不,不用了。听说上周来过。"

"清除命令。有人通报暴力团占据一〇七号房间。"

"哦,通报……"络腮胡子吐出一口烟。

"你叫什么名字?"

"比嘉。"

"泷泽组的比嘉吧?回去查查记录。"

"我是'带饭盒的',不愿意发生纠纷。"

所谓"带饭盒的",指的是被判有期徒刑的缓期执行者。

"因为什么事?"

"违反出资法,伪造、使用有价证券。可我没干过这些事。"比嘉冷冷一笑,对村居说道,"还不收拾东西!离开这儿。"

村居退到里面。

中川说道:"我要进去看看。"

"里面没什么东西,没什么好看的。"

"有家伙吗?"

"哪有啊,这玩笑我可担待不起,刀具、兴奋剂什么都没有。"

"那好,给你五分钟时间。"

"谢了。对不起。"比嘉对中川低头,接着对村居吼道,"还不快收拾啊!"

比嘉和村居提着手提包出门离去,中川和二宫进入房间,起居室和餐厅比上一次更加凌乱,三个纸箱里都扔着便利店买来的饭盒以及盒装方便面的容器,空啤酒罐堆成一堆,桌子上放着两根金属球棒。

中川打开冰箱,拿出啤酒,坐在起居室椅子上喝啤酒。

二宫给桑原打电话:"我是二宫。村居和比嘉刚才在这屋子里,现在夹着尾巴走了。"

"中川呢?"

"在屋子里喝啤酒。"

"讨厌的家伙,让他赶快回去!"

"你在哪里?"

"我孙子街的茶馆。"

"你不是说就在附近等吗?"

"要是撞上村居怎么办?就在路上打起来吗?我可是刚病好。"

"你快点来。"

打过电话,二宫也拿着啤酒坐在中川面前。

中川嘟囔道:"是找东西吗?"

"什么啊？"

"这屋子里大概有你们要找的东西吧？桑原急着要把黑道赶走。"

"真锅惠美和小清水隆夫不知跑到哪儿去了,想找找有什么线索没有。"

"还不知道他们的行踪吗？"

"老实说,没有线索。"

"他们是坐车跑的吗？"

"不好说啊。"

"要是知道车牌号,那就简单了。通过N系统可以抓到。"

"高速和国道上都有那玩意儿吧,每个车道上都装着几个摄像头。"

"把车牌号提供给N系统的管辖中心查询,马上就会有答复,这辆车在几月几日几点几分从几号线通过。"中川说还可以拿到拍下来的驾驶员的照片。

"这不是关系到市民的隐私吗？"

"你犯罪的时候也要注意哦,首先要把偷来的别人的车牌换到自己的车上。"

"真不像警察说的话。"

"你把N系统告诉桑原。"

"需要查询费吧？"

"大概要吧。N系统防范严密。"中川喝完啤酒,站起来,"……二十万哟。"然后转身走出屋子。

左等右等总不见桑原来,这混蛋到底在干什么,二宫给他打电话:"我是二宫,在等你呢。"

"中川什么时候走的?"

"四十分钟前。"

"是吗。好,那我去。"

什么玩意儿!就在二宫发泄不满的时候,忽然意识到这是桑原故意磨时间,等着中川离开。

比嘉和村居走了,但不知道是否回到组里。二宫心里打鼓,要是他们藏在公寓附近,等中川离开以后,再返回一〇七室。这时候就自己一个人,被村居打得死去活来,让自己招供事情的经过……

自己这么做,不就是飞蛾扑火吗?二宫感觉后脊梁发冷,自己居然还这么心情舒坦地喝啤酒。

他锁上房门,挂上门链,走到后面的阳台上,确定逃跑的路线,只要跳下去,到路上,往右跑就是邻居的树篱。树篱的树木稀疏,很容易翻过去。二宫叹一口气坐在阳台上。

二十分钟后,有人敲门。二宫走到门口,从猫眼往外看。是桑原。

"这么晚才来啊。"二宫让他进来,上锁,挂门链。

"钥匙呢?把这屋子的钥匙给我。"

"在那儿呢。"钥匙放在鞋柜上。这是比嘉交给中川的。桑原把钥匙放进口袋里。

"怎么这么晚才来啊?"

"在茶馆看周刊杂志来着。"桑原说《周刊大众》《朝日艺能》刊载了很有意思的报道。

"中川不在,我害怕得要命。"

桑原没有反应,指着餐厅的碗柜问道:"找了吗?保险箱的钥匙。"

"没找。"

"工作要主动点!"桑原也不脱鞋,就走进餐厅,"来,帮忙!"两人合力把碗柜往前挪动,探头看背面。别说钥匙,连胶布粘贴的痕迹都没有。

桑原坐在餐厅里,满怀愤怒地说道:"被小清水和玲美骗了。"

"被揍得那么惨,居然还撒谎……"从某种意义上说令人佩服。

"找!把保险箱的钥匙找出来!"

"我吗?"

"你不找谁找啊?"桑原继续吸烟。

"可是,我觉得找不出来。"

"看看水池下面,排水管的后面。"

二宫打开水池下面的门,伸手到排水管后面:"什么都没有。"

"把整个房间翻个个儿,找到钥匙给奖励。"

"多少?"

"三万。"

"好大一笔钱。"

二宫把锅、笸箩、盆子、塑料米柜、洗涤剂、刷碗海绵、装有土豆和洋葱的纸箱统统搬出来。土豆已经发芽,洋葱软乎乎开始腐烂,用盆子在米柜里翻找,没有发现钥匙。

"别的地方也找找。"

"两人一起找效率会更高一些吧。"

"你在机场从我这里拿走了多少钱?"

"五十万日元。"

"那还不老老实实地干活吗?"桑原走进起居室,打开电视机,把沙发扶手当枕头,躺下来。

二宫把碗柜里的盘子、盆、杯子等拿出来放在桌子上,雕花玻璃杯里有一条蟑螂的脚。

冰箱里的东西统统搬出来,干瘪蔫巴的洋白菜、萝卜、胡萝卜;喝剩的牛奶、橘子汁等都倒掉,把容器压瘪;沙司、柑橘调味汁、烤肉调料也都扔掉,然后把冰箱拉出来,查看背后,也没有钥匙。吊厨和抽油烟机也都仔细查找。

"桑原……"

"什么事?"

"我想是不是小清水根本就没有保险箱……"

"我不这么认为。正因为这屋子里藏着钥匙,那个老家伙才故意让泷泽的人占据这儿的。"

"可小清水不是说了吗?泷泽组只是装作债权人也在搜寻他的样子……"

"装样子需要黑道的两个人吗?这一点就值得怀疑。"

"这么说,小清水把保险箱的事告诉泷泽了?"

"骗子把自己藏钱的地方告诉黑道,结果会怎么样?还不是被拔得一毛不剩。"

"小清水和泷泽不是一伙的吗?"

"不是同伙。那个老家伙不过是被泷泽组的初见操纵的木偶而已。"

二宫心想也许桑原说得有道理,小清水只是木偶,泷泽组在背后操纵,便说道:"那个玲美也够倒霉的,跟着小清水刚去旅游,就被你狠揍一通。"

"二宫,有时间发牢骚说怪话,不如继续找。"桑原吐着烟圈。

"照这个样子,要弄到半夜。"二宫对寻找这个有没有都无法确认的东西深感厌烦。

桑原拿出手机:"是节雄吗？是我。你来帮个忙。……昭和町,我孙子街有一座圣约翰教堂,从那儿左拐……格蕾丝桃池,带阳台的两层楼公寓,一〇七号室。……把在茨木找到的存折和印章带来。记住,一〇七号室。"

桑原挂断电话,说道:"节雄要来。"

"那太好了。"其实没什么好不好的,节雄和桑原一样,都是暴力团成员。

二宫掀开电饭锅的盖子,里面的米饭已经发干,变成茶色。电暖瓶里没有水,把电炉翻过来,一只巴掌大的白额高脚蛛逃走了。

"桑原,你喜欢蜘蛛吗?"

"蜘蛛？没什么喜欢不喜欢的。"

"要是家里有几只白额高脚蛛,好像半年之内就能把蟑螂消灭干净。"

"你说什么啊?"

"白额高脚蛛是蟑螂的天敌。"

"你净说些没用的话。"

"我歇一会儿可以吗？想去小便。"

"顺便把厕所查一遍。"

"好的。"二宫走进厕所,坐在便器上吸烟。好困。他靠着水箱闭上眼睛。

五点过后,节雄来了,把从茨木的小清水家里拿来的三协银行阿倍野支店的存折和印章交给桑原。桑原接过来,说道:"找找保险箱的钥匙!应该放在什么地方。"

节雄问道:"什么钥匙?"

"大同银行的出租保险箱,大概有北滨支店的号码牌。"桑原说餐厅和厨房已经找过了。

节雄脱下绣有图案的夹克衫,走到二宫身边。他戴着阪神老虎棒球队的球帽,黑色的斜纹T恤皱皱巴巴,五只脚趾分开的劳动袜。

节雄说道:"好久没见,工作还好吗?"

"稀稀拉拉的。"

"你也去香港了吧?"

"啊,还去了澳门。"

"赌了?"

"陪着桑原先生。"

"我哥赌博很厉害吧?"

"气势凌厉,那种赌法学不了。"

桑原吼道:"嘿,别闲聊了,快干活!"

"我找哪儿?"节雄眯着眼睛环视室内。

"节雄你近视吗?"

"视力差不多零点二、零点三吧。"

"不戴眼镜开车过来的?"

"这跟视力无关。我本来就是无照驾驶。"他说去年秋天驾照停止使用期间还继续开车,结果驾照被吊销了,"可别酒驾。"

桑原又吼起来:"嘿,你们聊得有完没完啊。"

二宫对节雄说道："你在起居室找，行吗？我去盥洗室和浴室。"

"好，知道了。"

节雄走进起居室，二宫走进盥洗室，开始查看镜子背后，牙刷、刮脸刀、药品、毛巾……统统拿出来。所有的容器都仔仔细细地查看，天花板的检查口也卸下来查看里面。

二宫掀开洗衣机的盖子，里面还有已经脱水的衣裤，吊带式女背心和内裤两件，二宫把粉红色的内裤拿出来放在鼻尖闻了一下，只有洗衣粉的气味。烘干机和洗衣筐里没东西。

二宫脱掉衣服，走进浴室，点燃煤气，拧开淋浴的水龙头，等水温升高时，开始洗头。

当他浑身清爽地走出浴室时，看见桑原站在面前，慌忙遮掩前面。

"谁叫你洗澡的？嗯？"

"就冲一下。"

"淋浴和洗澡不是一样吗。"

"身上黏糊糊的，影响社会环境。"他说已经查找了盥洗室和浴室。

"有钥匙吗？"

"不可能有。快找吧。"

桑原走出盥洗室。二宫拿起自己的短裤，一股酸臭味，灵机一动，穿上那条粉红色的内裤，有一种美妙的特殊感觉。于是他在外面套上斜纹棉布裤，穿着短袖衫，走到起居室。所有的沙发都翻倒过来，餐具柜里的东西散乱在地板上，没有下脚之地。

"就像刮过一场台风。"二宫对盘腿坐在电视机前面的桑原说道,"节雄呢?"

"在寝室。"

"那我去阳台看看。"二宫打开落地窗,走到外面,在空调的室外机旁边感到喷发出来的热风。夕阳照射下,又开始出汗。他查看过室外机的背后和盆栽后,回到屋里,走进寝室。

节雄坐在梳妆台前面,棒球帽戴在脑后,正聚精会神地看着镜子。干什么呢?二宫走近前一看,节雄正用睫毛夹修饰眼睫毛。

"你还有这种情趣啊?"

"不知不觉间……"

节雄扔下睫毛夹,拉开旁边柜子的抽屉,里面堆满了乳罩、内裤。二宫心想节雄也闻过玲美的内衣裤气味了吗?

两人合力挪动床铺,把它靠墙立起来。灰尘弥漫。床底下只有一个破面巾纸盒。

节雄问道:"真的有这把保险箱的钥匙吗?"

"怎么说呢……"

"我们不会在寻找原本就没有的东西吧?"

"听说是用胶带粘在碗柜背面。"

"要不要再找一遍碗柜?"

"没用。已经彻底找遍了。"

"我也找得很彻底。"节雄看着大壁橱,"这里面放着几百部盒式录像带和 DVD。"

"你听桑原说过吗? 小清水是电影制片人。"

"这我知道。二哥还给电影出资了。"

"金额呢?"

"不知道。"

"一千五百万。"

"那二哥也会心疼吧。"

"盒式录像带和DVD搜过了吗?"

"不可能都搜一遍吧,多麻烦啊。"

二宫一听,走进大壁橱,架子上摞着纸箱,他把其中一个拿下来,打开一看,里面装着满满的盒式录像带和DVD。《浪华游侠传》《浪华游侠传续篇·把命交给你》《龙宴》《靶子》《雀鬼七番胜负》……这是小清水制作的电影和V电影。二宫把盒式录像带一个个从纸箱里拿出来,这可没个头,只好放弃。他从大壁橱里出来。

二宫说:"这要是一处不漏地彻查一遍,得到明天早晨。"

"我无所谓,反正闲着。"

节雄双手的手指上套着七八个戒指,手腕上戴着两只手表。二宫倚在墙上吸烟。节雄在梳妆台上的化妆品里面搜找。

二宫问道:"这阵子买卖好吗?"

"不行。小电影完全卖不动。"

"现在电脑上都能看到不打马赛克的,非常清晰,还免费。"

"所以买卖全完了。"他说街头的录像带店铺倒闭一大片,"你也不行吧?"

"也许靠疏通调解吃饭的时代已经结束了。"

"你还比我好,有一块二宫企划的招牌。"

"也就是招牌而已……"只是在业界多少有一些关系,偶尔有介绍建筑商或者装修、改建的中介业务,但本行的建筑咨询一个也没有,二宫问节雄:"桑原先生为什么关闭'糖果Ⅰ'呢?"

"桑原哥好像也不好过,也拖欠组的会费,极少去事务所。"

"会费一个月多少?"

"桑原哥没有自己的组,差不多十万吧。"

会费,这笔上缴的钱就是二蝶会这个代纹的使用费。二蝶会也要向本家缴纳会费,才能使用神户川坂会的代纹。

"经济这么不景气,桑原先生还有清理倒闭企业这条生财之道。"

"企业倒闭的确有所增加,但是由于那个条例的颁布,黑道不能像以前那样只手遮天了。"

"就是那个清除暴力团条例吗?"

"名片上不能印代纹,在债权人会议上露个面都有人报告警察,就是不让黑道吃饭,喘口气都不行。"节雄的语气带着无奈和死心,"我本想学习桑原哥那样清理倒闭企业,可是不行,不论怎么折腾,就是进不来钱。"

"桑原先生也是欠一屁股债吗?"

"不知道,桑原哥是没钱也能花钱的主儿,所以真实的情况不知道。"

二宫听了节雄的这一番话,心里挺高兴,也许桑原早晚要消失,那就终于可以和这个瘟神断绝一切关系。

吸了两支烟,走出寝室。桑原躺在电视机前。

节雄说:"没找到钥匙。"

"饿了,吃寿司吧。"桑原枕着手臂,打着哈欠,"厨房里有装筷子的纸袋吧,寿司店的筷子袋。"

二宫一听,走到厨房,从垃圾箱里捡起筷子袋,回到起居室。

"要点什么?"

"随你们的便。"

"那好,特级什锦寿司三份加上红酱汤,可以吧?"他按照筷子袋上的电话号码叫餐,送到格蕾丝桃池公寓一○七号室。

"喂,你这是怎么回事?"桑原看着节雄的左手。

节雄不好意思地说道:"呀,刚好看见梳妆镜里面有这个东西。"

"不要当小偷,把手表放回去!"

"对不起,我只是想戴着试试看。"

"拿来我看看。"

"是。"节雄把手表摘下来递给桑原。

"哦,昆仑表,这个是劳力士。"桑原把昆仑表放进口袋里。

二宫笑起来,桑原嘴里叫别人不要当小偷,自己却……不过话说回来,自己身上也穿着玲美的内裤。

节雄问道:"怎么办? 吃过寿司,还继续找吗?"

"算了,已经烦了。"桑原站起来,嘴里说着"钥匙,保险箱的钥匙",手里拿着钥匙摇晃着。

"啊? 在哪儿找到的?"

"电视柜的抽屉里。"

"我已经找过了呀。"

"DVD 盒没找吧?"桑原轻轻转动一下脖子,"在《极恶非道》的盒子里面。"

"可我们还搜寻整个屋子……"

"保险箱不一定只有一个,我心想也许还会找出别的存折、印章什么的。"

"果然还是哥哥考虑周到。"

节雄打心眼里佩服,但二宫觉得桑原完全是耍弄自己,既然找到了钥匙,怎么不早说呢!

"吃过寿司就撤。我病刚好,到处跑太累了。"桑原把劳力士扔给节雄,"拿到当铺去!劳力士日志型大概能当一二十万。"

节雄高兴地说道:"谢谢啦。来了就有所获。"

"明天是星期四吧,银行营业。"

"要打开保险箱吗?"

桑原不是对节雄,而是对二宫说道:"十点。上午十点到北滨来!"

二宫垂头丧气:"我现在也很忙,事务所一直没顾得上管,工作积攒很多……"

"不管你怎么说,你都不能从我这儿逃跑,嗯?"

"银行这样的地方你一个人去就行吧。"

"我是黑道,你是白道。"

"你打扮成白道的样子去不就行吗?头发三七分,穿着素朴的西服……"

"谁在这儿胡说八道啊!"桑原摸着从眉毛到太阳穴之间的伤疤,"我这张脸就是暴力团的代纹。"

"嗯,这我不否认,可……"

"九点。淀屋桥。开我的车子来!穿上西服。"桑原还说加满油,把车洗干净,"喂,听见了吗?"

"听见了。"

"除了从我这儿拿钱,没别的能耐。该干的事还不干吗?"桑原又躺下去,按下 DVD 放映机的遥控器按钮,屏幕上出现北野武去牙科医院痛揍石桥莲司的场面。

桑原心情大好,说道:"这部片子拍得真好,你们不看吗?"

吃过餐馆送来的寿司,不到八点时离开格蕾丝桃池公寓。

二宫给悠纪打手机："是我，启之。从香港回来了。"

"澳门呢？"

"去了。赢了一点。"

"你能在轮盘赌中赢钱，不敢相信。"

"我有时也很强势的啊……想见玛奇。"

"玛奇很好，整天就在我这个当妈的身边玩。玛奇真的好可爱。"

悠纪的家在福岛区的玉川，也养着拉布拉多巡回犬"啦啦"和豚鼠"茉茉"。她问道："在澳门找到那个玲美了吗？"

"嗯，找到了。和小清水在一起。"

"阿启，你好厉害。就像国际刑警一样。"

"什么啊？那是……"

"国际刑事警察。"

"悠纪你在哪儿？是在'棉花'吗？"

"嗯。刚上完课。"

"那好，一起吃饭吗？想把礼物给你。"

"好，那你来接我。"

"三十分钟以后到。"二宫挂断电话，虽然已经吃过寿司，但还能喝酒。和悠纪一起喝酒再美不过了。

二宫在我孙子街的化妆品店买了柑橘系列的科隆香水，让店员包装后系上绸带，然后坐出租车前往西心斋桥，心想还是不要对悠纪说起桑原狠揍玲美的事。

12

八月三十日,二宫开着宝马740i前往淀屋桥。桑原站在地铁口前面,明灰色的西服,蓝色牧师衬衫,系着领带,戴着如同《超人》里的克拉克·肯特那样的黑框眼镜。

桑原坐进车里,手指摸着仪表盘:"没洗车吧?"

"洗了啊,也加满油了。"

"车内不打扫干净那叫洗车吗?"

"对不起,没注意到。"

"你的西服呢?"

"没带着。"二宫穿着白衬衫和深蓝色的夹克衫。

"不是要去大同银行吗?"

车子在土佐堀街往东,停在北滨一丁目的大同银行北滨支店的停车场,二宫打开车门。桑原说:"等一等。"然后解下自己的领带,递给二宫,"系上!"

二宫接过织纹领带,说道:"还是'赫尔墨'……"

"没见过世面,那是爱马仕。"

爱马仕谁不知道啊,二宫心想这家伙根本不懂诙谐。他系好领带,拿过桑原递给他的保险箱钥匙和印章,两人分别走进支店里。二宫把钥匙给接待的女职员看一眼,说要打开保险箱。

"是您本人吗?"

"是的。小清水隆夫。"

二宫准确说出保险箱号码,女职员毫不怀疑地拿来"保险箱开启关闭登记表"。二宫在柜台上填写必要事项,"茨木市郡七-二-五四小清水隆夫",然后盖章。

女职员拿着登记表走到柜台里面,好像没有确认来人是否就是本人。桑原坐在门口附近的座位上。

女职员出来说"请到这边来",带二宫上二楼,拿出钥匙卡感应一下,保险库门打开了。进去以后,只见左右两边墙面密密麻麻并排着不锈钢的箱柜。

女职员把钥匙插进〇九四八箱柜的右侧钥匙孔,二宫插进左侧钥匙卡,然后同时转动钥匙,保险箱咔嚓一声稍稍往前跳出来。

"请吧。办完事后,请叫我一声。"说罢,女职员到别的房间去了。

二宫把保险箱拉出来,放在桌子上,打开箱盖。里面有大同银行的存折,一看存款余额,是两千五百万,存款日期是八月二十四日。

真棒!这下子又可以向桑原要钱了,至少一百万。不,五十万就行。因为岛田给二宫出资是五十万。

二宫把存折放进口袋,叫来女职员,把保险箱关好,走出保险库,来到大厅里,对桑原使个眼色,走出支店。

一坐进车里,桑原也坐进来,问道:"有吗?"

"就是这个。"二宫把存折递过去。

桑原首先确认一下存折上"小清水隆夫"的姓名,然后看看存款余额,微微一笑:"好,干得好!"

"那……"

"什么?"桑原瞪着眼睛,"又是要钱吧?"

"把消费税那部分给我行吗?两千五百万的百分之五。"

"亏你说得出口。你就是一个见钱眼开的家伙。"

"我想把岛田先生替我出资的钱还给他。"

桑原用手扇乎耳朵:"二宫,我没听见。"

"我求求你了。"二宫卑恭地低头。为了拿到钱,他什么都不在乎,磕多少头都可以。

"等钱拿到手以后,你再玩这套把戏吧。存折只是账面上的数字。"

"钱取出来以后,能给我百分之五吗?"

"给你十万,今天的跑腿费。"

"太便宜了!"

"你在愚弄我吗?"

"不……"

"你问问哪个地方哪个人进一趟保险库就挣到十万。要是算计时工资的话,不就是一百万吗?"

"还有取钱的业务没做呢。"

"是吗,那就好。"桑原的神情变得严肃起来了,这可危险。如果再继续刺激他,很可能会被打去医院,二宫改变话题,"就在这里取钱吗?"

"噢,就这么办。"

"取出巨额存款的时候,会询问密码。"

"九六九六。"

"没错吗?"这是小清水旅行箱的开锁密码。

"你去'威尼斯人'赌场的时候,我问小清水和玲美的。"

"做事真周到。"

"和你这种蚊香一样轻飘飘的脑子能一样吗?"桑原转动着手指,"你去取钱吧!"

哼!神气什么?十万日元就对自己这样颐指气使。二宫拿着存折和印章进入支店,取一张排队叫号纸条,在取款单上填写、盖章,等候大约五分钟,把取款单和存折递给柜台窗口。

办事员问道:"是本人吗?"

"我是小清水。"

"麻烦您输入密码。"办事员把终端机放在柜台上。二宫输入密码后,办事员说:"请坐在椅子上等候。"

二宫拿过塑料牌,坐在椅子上。忽然发现桑原坐在自己身后。不大一会儿,办事员在窗口呼叫"小清水先生……"

"对不起,密码不对……"

"嗯,应该是九六九六啊。"可能刚才按错了,重新输入一遍,还是不对。

"您忘记密码了吧?"

"好像是……"二宫只能这么回答,"余额和印章都没有错吗?"

"没有错。"

"这样的话,那就请把钱取出来吧。今天必须支付出去。"

办事员有点抱歉地说道:"对不起,根据本行规定,现金超过五十万日元,必须输入密码。否则无法取款。"

"是吗……"二宫知道这种情况怎么恳求也没用,便拿着存折和印章走出大厅。桑原追上来。

"你怎么回事?就这么沮丧地跑出来了?"

"跑也好不跑也好,密码不对,不是也没办法吗?"

"九六九六啊。"

"输了两遍。"

"那个老家伙……"桑原低吼一声,"拿我开涮!"

二宫觉得好笑,即使把这两千五百万日元取出来,分给自己的也只有十万。他不想看见桑原的笑脸。"有存折和印章,不是每天可以取五十万吗?"每天取款的限额是五十万,即使到大阪别的支店,也只能取这么多。

"这我知道。"桑原咂了一下嘴巴,"取出五十万来!"

二宫又进入支店,取出五十万,回到停车场,把钱交给桑原。桑原却是一副装聋作哑的表情。

"那……你刚才说给我十万日元跑腿费……"

"你是从哪个星球来的?"

"什么……"

"去死吧!最好被泷泽绑架。"说罢,扔过来一万日元。

从大同银行北滨支店前往三协银行土佐堀支店,用昨天节雄交来的存折取出最高额度五十万日元。余额八十万。这次的跑腿费也是一万日元。

"总之基本上办好了。"

"噢……"桑原点点头。

"那我可以回事务所了吗?"

"回去吧。再见。"

"很多事都麻烦你了……让你把我带到澳门……"二宫嘴上这么说,却没有丝毫感谢的心情,"回去开始工作。"

"你这样吃喝玩乐的人还有工作吗?不错嘛。"

"要是岛田先生来电话,我怎么说?"

"什么也别说！我今天就去见二哥。你把嘴封上。"

"知道了,好吧……"二宫下了车。桑原把车子开走。二宫终于解放了。

他一边在土佐堀街上走着一边计算着收支情况。——为搜寻玲美,在千年町吃喝花费大约十万日元,付给中川六万日元,把存款掏空了。向母亲借了三十万日元去澳门,在金沙输了三万日元,在永利赢了大约五万,在威尼斯人的百家乐赢了六万元,然后从桑原那里拿到一百万日元。第二天在威尼斯人的二十一点输掉一百二十万日元,但其中自己的钱是七十万日元。在关西国际机场的茶馆从桑原那里拿到五十万日元,今天拿到两万跑腿费。

算来算去,究竟剩下多少？小时候上过算盘学塾,一个月就不去了。心算极差。不过,经过反复多次的加减计算,算出获利大约七十万。

对了,昨天和悠纪喝酒,回到千岛的住所后,脑袋醉醺醺的,把口袋里的钱掏出来点数一下,不到七十万,只有六十四五万,但总体上收支平衡。今天早上,从一沓钱里拿出五万,剩下的藏在电风扇底下,然后才出门。桑原虽是一个三角形尖尾巴的魔鬼,只要适当地煽动一下,金钱就会从他的屁股噼里啪啦掉下来。七十万的临时收入,仔细一想,感觉还是可以接受的。

二宫一路思来想去,不觉来到淀屋桥,便给姑姑英子打电话。

"这里是渡边家。"

"你好。我是启之。"

"哎呀,阿启啊。玛奇在我这里呢。"耳机里传来玛奇的叫声,那是《玛丽有只小绵羊》。

"我在淀屋桥,现在去把玛奇拿回来可以吗?"

"嗯,可以啊。阿启,吃午饭了吗?"

"还没有。"

"吃稻庭乌冬面吧。收到了很多中元节礼。"

"好。我现在就去。"二宫举手招呼出租车。

姑姑已经把乌冬面焯好,等着二宫的到来,加了辣味萝卜丝和自己调制的调味汁,再配上豆腐和甜料酒味十足的煎鸡蛋。

"总让你破费请悠纪吃饭。"

"哪里哪里,要说感谢应该是我感谢她,又帮我工作,又替我照看玛奇。"乌冬面筋道,辣味萝卜丝爽口。

"她有男朋友吗?"

"这……说不好,我也不问这个。"

"前一阵子朋友结婚,她去参加婚礼,到早上才回来。你姑父惯着她,由着她性子来。可她也不说是不是就想一个人过日子。"

"在这家里挺自由自在的嘛。"

"她喜欢喝酒吗?"

"她酒量绝对比我厉害。我是醉得昏天黑地,悠纪喝多少脑子都清醒。"

"阿启你可不知道。悠纪早晨回家的时候,从门口到自己的房间,这一路上扔着手提包、上衣、牛仔裤、袜子,连成一串。有时候甚至还扔着乳罩。"

二宫一听,心想自己要是跟在她身后该多好,至少想给她洗乳罩。

"阿启你多大了?"

"三十九。"豆腐的味道也不错。

"没有看好的人吗？"

"我打交道的净是坏人。"

"我有一个熟人，她女儿在船场的布料批发店工作。要不要见个面？"

"多大？"

"三十八。好像找谁都可以。"

"谁都可以的话，就推给我了？"

"不是这个意思。"姑姑慌忙摇头，"人长得很漂亮，皮肤很白，眼睛水灵灵的。"姑姑站起来，把对方的庚帖拿过来给二宫看。看来她早有准备。

二宫看了看庚贴上的照片。皮肤很白。眼睛水灵灵的。和肩宽一比感觉脸很大。

"她个儿矮吧？"

"和我差不多。"这样的话，也就一百五十公分上下。

"脖子短。"

"有点儿胖。"

二宫心想不是"有点儿"，而是"很"胖："你把我的情况告诉她，行吗？酒鬼，赌鬼，没有存款。没有朋友，但是有借债。今年很可能会失业。"

"真的吗？"

"这世道，连事务所的租金都快交不起了。"

"是吗……"姑姑把庚帖收起来，似乎失去了让双方见面的兴趣。二宫把乌冬面和煎鸡蛋、豆腐吃个精光，吸了一支烟，用一块布把鸟笼罩住，这样玛奇才会安静下来，然后抱着鸟笼，离开姑姑的公寓。

回到西心斋桥。二宫一走进事务所,电话就响起来。

"这里是二宫企划。"

"启坊,是我。"岛田打来的电话,"午饭吃了吗?"

"刚吃完回来。"

"那就喝点啤酒。能到南街来吗?"

"南街哪里?"

"这样吧,日航饭店的酒吧,在二楼。"岛田说两点见面。

二宫答应后,放下电话。岛田和自己见面,究竟有什么事呢?桑原见过岛田了吗?他取下鸟笼的罩布,"玛奇要去,你来了,你来了"——二宫打开鸟笼,玛奇在事务所里飞来飞去,停在他头顶上,开始唱《伦敦铁桥垮下来》。二宫在沙发上坐下来,靠着扶手。

"玛奇,好像岛田有事要问我。我该怎么办?"

玛奇回答:"啾啾……啾……"

"我一直受到岛田的关照,不能对他敷衍搪塞。"

玛奇飞下来停在膝盖上,抬头一动不动地看着二宫的脸,这是要求二宫抚摸它的动作。二宫用手指抚摸玛奇的脑袋,玛奇眯着眼睛发出舒服的鸣叫。

到了日航饭店的酒吧,岛田坐在圈围着钢琴的柜台前,一见二宫,稍稍举起手来。二宫坐到他身边。

"对不起啊,把你叫出来。"

"没事儿,走路五六分钟就到了。"

"喝点什么?"

"苏格兰威士忌加冰块。"

"百龄坛可以吧？"岛田举手叫来女侍者，点了加冰块苏格兰威士忌、兑水威士忌、坚果和奶酪。

二宫问道："您一个人来的吗？"

"坐车来的。"岛田说司机在停车场等着。他身穿深灰色双排扣西服，浅灰色牧师衬衫，深蓝色领带。岛田的服装和桑原的一样，都是花大钱量身定做的高档西服，但穿在身上给人的感觉截然不同。岛田如同上市大企业的高管。

"是这么回事，桑原到我的事务所来了。"

"啊，是吗？……什么时候？"

"今天上午。桑原把钱拿来了，一千万。"

"这么多钱？"

"他说在香港抓住了小清水，把他所有的钱都没收了，九百万，加上自己掏的一百万。我问他事情的经过，他说和启坊一起去了澳门。我不知道这件事……"

"对不起。昨天刚回来，桑原先生说由他向您直接汇报，所以我没有说。"

"我不是责怪你。我是想知道事情的来龙去脉。"

"桑原先生没有说吗？"

"他说剩下的五百万没有拿过来之前，详情不便相告，只是一再表示'给若头添了麻烦'。那个人脾气固执，问什么也不回答，放下钱就走了。"

"我理解桑原先生的心情。他说可能给您造成了麻烦，这是他真实的想法。"

"怎么说呢？"

"在香港的饭店里把小清水狠揍了一顿。"二宫略为犹豫，但还是觉得对岛田不能撒谎，"小清水带着他的情人玲美，也把她揍了一通,取走了轮盘卡,我去澳门把轮盘卡兑换成现金。"

"小清水把钱存在轮盘卡里了?"

"把赌场卡当银行用。"

这时,加冰块的威士忌和兑水威士忌上来了,坚果和奶酪也摆上桌子。

"不好意思。"二宫喝一口加冰块的苏格兰威士忌,继续说道,"去香港之前,桑原先生在玲美居住的昭和町的公寓里和泷泽组的人打了一架。"

"打了一架?"

"对方是两个人,牧内和村居。桑原先生被砍伤,肺部穿洞,在凑町的急救医院动了手术,住院四五天。所以没有和您联系。"二宫在这里撒了小小的谎。

"这些你都知道?"

"我知道桑原先生把小清水和玲美打伤,还知道他和泷泽打架。他说不能给您添麻烦,不让我把事情告诉您。"

"真拿这个家伙没办法。"岛田的表情缓和下来。

"对不起,我是共犯。"二宫立正低头道歉。

"启坊你用不着道歉。你明白这种事会对自己的工作造成损失。"

"小清水说这都是泷泽组的预谋策划。组长泷泽给您看的票据是从小清水那里拿走的空白票据。"二宫说是泷泽组的骨干初见在背后操纵小清水。

"初见?听说过这个名字。"岛田喝着兑水威士忌,"摇摇晃晃,像螳螂一样的瘦子,五十上下。"

"我没见过,只是听小清水这么说。"

"在与真凑会的争斗中,初见杀了一个人,大概三年前出来的,成了泷泽组的助理。"岛田说记得在川坂会的"义理挂"①会上交换过名片。

"桑原先生在与真凑会的斗争中也被判刑了。"

"桑原是六年半,初见是将近二十年吃牢饭。"

"那是磨炼出来的汉子。"

"启坊,你不要涉足太深了,要是和桑原结成一伙,将来没有好果子。"

二宫不是自己愿意和桑原勾结在一起,而是怎么甩也甩不开,桑原老是死皮赖脸地缠着自己,于是便说:"请您对桑原先生说一声,不要把二宫拉进去。"

"啊,我去说。"

"还有一件事,就是刚才的话是听我说的……"

"我不会说。"

"谢谢。桑原先生对我说任何事,我都难以拒绝。"二宫把卡芒贝尔软干酪放在咸饼干上吃下去,又喝了冰块苏格兰威士忌。

桑原好像给了岛田一千万日元,但账目不对,他在香港收回一千三百万日元,今天又在大同银行和三协银行各拿到五十万日元。桑原大概想用一千万日元抵销岛田出资的一千五百万日元。因为他觉得岛田对金钱看得很淡,五百万日元的损失应该不放在眼里。

桑原从明天开始每天都会从大同银行取出五十万,四十九天就能把两千五百万日元全部取出来。

---

① 义理挂,日本全国暴力团通用的语言。指暴力团举行继承名分、结缘、法会、刑满释放的庆祝会等活动。应邀参加该活动的其他暴力团于义理需要,必须出席并送上贺仪。

坦率地说，二宫对桑原真的很羡慕，手里只要有存折和印章，日收入就有五十万日元。

但是，小清水难道就没有阻止钱被取走的方法吗？他会眼睁睁地看着自己账户里的钱每天减少而无动于衷吗？肯定又会发生重大事件。这次不论桑原怎么叫唤，自己决不再理他。

幸亏自己有钱，真想带着玛奇，关闭手机，不和任何人联系，开车去几处温泉好好享受。二宫觉得心情舒畅，就拿藏在电风扇下面的钱尽情地休息玩乐吧。

"启坊，今晚去喝酒吗？"岛田说，"发现新地有一家不错的店面。"

"好啊。这两三年都没去过有漂亮女人的店。"

"我先回组里一趟。七点见面。"岛田说到北新地大街的"湖村"去吃怀石料理。

13

有人敲门。二宫从沙发上站起来,回答道"来了",外面传来"是我"的声音:"我是桑原。"

玛奇在鸟笼里叫道"糟了"。

二宫后悔自己刚才应声,但现在不能装作不在事务所里的样子。他站起来开门。桑原走进来。

"大白天的,又在睡觉。"桑原走到水池边,打开冰箱,拿出发泡酒,"你冰箱里也搁点啤酒啊。"

"你来有什么事?"

"你替我去取钱。"桑原把大同银行的存折和三协银行的存折、印章放在桌子上,"各取五十万。"

"你自己不能去取吗?不要什么事都找我。"

"我不适合去银行。"桑原坐在沙发上,喝着发泡酒,对玛奇说道,"来,叫一个。"

"这鸟在陌生人面前不叫。"

"鸟还会分人?"

"这是鹦哥,可聪明了。"

"你不是也很聪明吗?是亏是赚算起来可是日本第一。"

"你是来挖苦我的吧。"

"我不是说让你替我去取钱吗?"桑原说手续费五万日元。
"五万……那我去。"
"我在这儿等着。"桑原头枕沙发扶手躺下来。

二宫拿着存折和印章走出事务所,今天又是大热天。美国村的三角公园里,两个梳着"脏辫"的年轻人在玩说唱,穿着一模一样的T恤和乞丐裤。二宫听不出说唱水平的高低。

二宫走进御堂街三协银行周防町支店,取了一张排队叫号纸条,但前头有十六个人,很多顾客在等候。他在"提款申请书"的金额数目栏里填上五十万日元,又分别写上日期和"小清水隆夫"的名字,盖章后,询问大厅接待的银行职员要等多长时间,对方抱歉地说今天是月末的星期五,人多。二宫排队等着,没有坐下。杂志架上净是些女性杂志,也不想去读。

桑原这小子净给我找这样的麻烦事,难道自己就不能来取钱吗?哪家支店都可以。——就在他这样想的时候,忽然一个疑问冒上心头:桑原为什么从守口特地跑到西心斋桥呢?

如果自己不愿意上银行,可以让真由美去啊,那就没必要付五万日元的手续费了。这事情很蹊跷,有点怪,莫不是让自己当"车手"?银行诈骗中最危险的角色就是到银行、便利店的ATM机取钱的"车手"。听说"车手"取一次钱能得到几万日元。

二宫走出支店,给悠纪的手机打电话,响了五次才接听。
"什么事啊,阿启。现在有空?"
"没空,是有一件事想请教你。你的学生里面有在银行工作的吗?"悠纪说有几个。
二宫说:"你能给他打电话咨询一下吗?……我要是遗失了存折和印章,向银行挂失。银行会怎么处理?"

"大概就停止办理账户的业务吧。要是被人捡到就有危险。"

"要是我捡到别人的存折去银行取钱,会怎么样?要是这存折已经被挂失,银行会对我说明吗?"

"这个……我不知道。我没丢过存折和现金卡。"

"不好意思,你帮我问问。我等着。"

二宫挂断电话,想吸烟,但御堂街禁止在马路上吸烟,要是违禁吸烟,一旦被发现要处罚款,于是他走进周防町街的咖啡馆,要了一杯冰咖啡,点燃香烟。

二十分钟后,悠纪打来电话:"阿启,我问了在畿和银行工作的学生。"

"谢谢。辛苦了。"

"首先,不是遗失登记,而是挂失。如果有人拿着已经挂失的存折到银行来的话,会告诉他说这个存折已经失效,好像不会详细说明。"她说拿着存折和印章来银行的一般不是外人,多是亲人。比较典型的情况是儿子把父亲的存折拿走,于是父亲向银行挂失。

"还有一种情况是失窃挂失。"

"失窃挂失?"

"家里没人,存折被偷,受害者向银行提交的不是挂失报告,而是失窃报告。如果小偷拿着存折来银行取钱,银行职员输入账号时,会出现'这是失窃存折'的警告提示。职员一看到这个,会按下警报按钮,两三分钟内警察就会出现。"

"这可不是闹着玩的。"

"阿启,是不是桑原又叫你干什么了?"悠纪的感觉十分敏锐,"别干了。再也不能和那家伙纠缠在一起了。"

"知道。我和桑原断绝关系了。"

"你现在在哪儿?听见旁边有人说话。"

"美国村的咖啡馆。"

"玛奇呢?"

"在笼子里睡觉呢。"

"好,一会儿我带着小松菜过去。"

挂断电话,二宫喝着冰咖啡,考虑是否应该直接回事务所。但是,小清水应该没有向银行提交失窃报告,大概没有任何骗子会主动把警察引上门来。昨天还从大同银行和三协银行各取出了五十万日元。

手续费五万日元啊。——很诱人,正需要钱呢。桑原不是银行诈骗的头头,不用害怕在银行窗口被抓。

二宫掐灭烟头,站起来。

他回到周防町支店,重新拿了一张排队叫号纸,前头有十三个人等候,他坐在椅子上翻阅女性杂志。

叫到号后,走到窗口,把存折和提款申请书递上去,说道:"取款之前想确认一下,这张存折有效吧?"

女职员不解地问道:"哦,这是怎么回事?"

"由于一些原因,可能我的兄弟向银行挂失了,所以请你先查一下。"

"哦,好……"职员在机器里输入账号,二宫看不见监视器画面,一会儿,她说道:"是的,这张存折无法使用。"

"昨天还用过。"

"是吗……"

"是今天挂失的吗？"

"是，大概……"女职员态度显得很不自然，目光往里面瞟。

二宫感觉不妙，低声说道："那请把存折还给我。"

"我再查一遍。"

"不用了，还给我！"说着，一把从她手里抓过存折，疾步走出银行，一口气跑到周防町，回头看后面，没人追上来。他走到八幡町，穿过南炭屋町，故意走弯弯曲曲的路线回到福寿大楼的事务所，那个黑道混蛋正在睡觉。

"回来得这么晚啊？"

"账户被封了。"

"什么？"

"小清水今天从澳门回来，就立即向银行提出存折失窃报告。我在三协银行差一点被抓。"二宫还心有余悸，"我以为骗子不敢招引警察上门，太小看他们了，犯了大错误。"

"存折失窃报告是银行说的吗？"

"没有直接说，但我感觉气氛不对，窗口办事员那个样子……"二宫有气无力地一屁股坐在写字台的椅子上，"总之，三协银行的账户被封了。大同银行的存折能不能用，还是你自己去吧。"

"照你这么说，大同也不行了。"桑原站起来，"干得漂亮啊，这糟老头……"

"把我当作'车手'使唤很不妙的。"

"你傻吗，我们俩现在是拴在一根绳子上的蚂蚱。"

"是吗……"

"你要是被警察逮住，有的没的事你都会乱说一气，把什么事都推给我。"他说得对,这小子非常了解自己的性格,"把存折给我!"

二宫把两张存折和印章递给桑原。桑原把存折扔在烟灰缸里,点燃打火机要烧掉,就在打火机接近存折的时候,他忽然改变主意,熄灭打火机:"把它卖了。"

"卖?卖给谁?"

"初见。让泷泽的初见收回去。"

"什么乱七八糟的。"

"有什么乱七八糟的。操纵小清水的是初见。"

"初见杀过人。"二宫说这事是听岛田说的,初见是一个五十岁的瘦男人。

"那又怎么样?你以为我会吓得失禁啊。"

"只有你不会。"的确如此,这个人天不怕地不怕,缺少伦理观、罪恶感、恐惧感。

桑原按下手机键:"节雄啊,是我。去茨木。对,就是茨木的小清水那地方。监视他的家,要是老家伙回来,你电话告诉我。……二十四小时,不睡也要监视,明白了吗?"桑原放下电话,对二宫说,"走!"

"别……我不去了……"

"烦人!你开车!"桑原把车钥匙扔给二宫。

在桑原的指示下,二宫开车来到昭和町的格蕾丝桃池公寓,在附近的自助投币式停车场停车,然后跟着桑原进入公寓。桑原把耳朵贴在一〇七号室的房门上。

二宫低声问道:"有声音吗?"

"没听见……"桑原轻轻转动门把,"锁上了。"

"你不是有钥匙吗?"

桑原从口袋里掏出钥匙,又把耳朵贴在房门上:"嘘,有说话声。有人。"

"是小清水吗?是玲美吗?"

"不是。男的。"

"一个人?"

"你傻啊,一个人自言自语不是吸毒者就是妄想症者。"

"是泷泽的人吗?"

"说不好……"

"上一次被中川赶走了。"

"会不会带着家伙、凶器什么的?"

"为什么还会是泷泽的人?"

"小清水和玲美回来了,大概是来护卫的吧。"

"还是那两个人吗?"

"说不好……"

"把中川叫来吗?"

"闭嘴!别啰啰唆唆的。"桑原蹑手蹑脚地离开,当他回来的时候,手里拿着一个生锈的自行车把,"冲进去!"

"我也冲吗?"

"除了你还有谁?"

"算了吧,还是给中川打电话。"

"你是男人吧,还不下决心?"

"没有这个决心。"二宫心里对自己与这个家伙认识真的是懊悔不已。

桑原把钥匙插进去,拉开房门,里面挂着门链,他用自行车把猛力一撞,门链断开,蹦跳起来,房门打开了。

两个男人坐在起居室里,一个是不久前见过的比嘉,另一个是在茨木被桑原打过的半黑半白的矶部。

"噢,是二蝶会的桑原啊。"比嘉微微一笑,"听说你到处惹事。"

"那个老家伙和女人呢?"桑原把二宫推到前面,自己反手关上门。

"什么事?"

"问你呢?小清水在哪儿?"

"不知道。"比嘉嘿嘿笑着。

桑原穿着鞋直接走进起居室。二宫一直待在房门旁边,以便随时逃跑。

"我说桑原啊,二蝶会里讨人嫌的人对泷泽组挑衅,以为这就白白了事了吗?"

"不会白白了事的,我剁下手指头表示道歉。"

"嘿,你的手指头算什么,喂狗狗都不吃。"

"是吗,那你的手指头又怎么样?抠屁眼都嫌脏。"

"你真有意思……"比嘉慢慢站起来,与桑原怒目对视。他个子不高,"趁着现在手脚还健全,赶紧走吧!我和森山直接交涉。"

"好能耐啊!一个不入流的臭流氓对同样代纹的组长敢这样直呼其名吗?"

"等级不一样。泷泽和二蝶的级别。"就在这个瞬间,笑嘻嘻的比嘉的鼻梁被猛击一拳,扑通一声一屁股跌坐地上。矶部站立着,脖子上被自行车把狠击一下,身体往后一仰,连同椅子一起倒下去,面部又被桑原踢了一脚。矶部在地上翻滚,桑原一把掀翻餐具柜,把矶部压在下面。桑原抓着鼻子喷血的比嘉的头发。比嘉膝盖着地,紧紧抓住桑原。

"再说一遍,你和我谁的级别高?"

"混……蛋……"比嘉呻吟着。

桑原用膝盖猛力一撞,比嘉身体向后飞去,脑袋撞在墙壁上。桑原飞脚狠踢比嘉的裤裆,用自行车把击打拼命逃避的比嘉的后背和侧腹,比嘉趴在地上不能动弹。

桑原用盆子灌满水,把比嘉踢得仰躺在地上,把水泼上去。比嘉咳嗽吐血。

桑原问道:"小清水在哪里?"

比嘉左眼肿大,几乎把整只眼睛都罩住了。

"不回答是吗?"桑原用自行车把狠揍比嘉的胳膊。

比嘉发出沉闷的呻吟声,只说了一句:"不知道……"

"喂,别装蒜!"桑原反手拿着自行车把,撬开比嘉的嘴,"说!小清水在哪儿?"

"……"比嘉咬着自行车把摇头。

"老子杀了你!"桑原把自行车把往他嘴里塞。比嘉声音含糊地叫起来,双手狂乱地挥舞。桑原拔出自行车把:"说!小清水在哪儿?"

"不知道。真的不知道。"比嘉又开始呕吐。

"是吧……"桑原抡起自行车把,准备戳进比嘉的嘴里。

"等等……"比嘉用右胳膊遮挡面部,他的左腕好像已经骨折。

"等什么?"

"你不要说是我说的。"

"对你不利的话我不说。"桑原看着压在餐具柜下面的矶部,"就说是这个小流氓招供的。"

"小清水被初见保护起来了。"

"保护……那就还是不知道?"

"他在初见的事务所里。"

"初见有自己的组吗?"

"有两三个年轻人。"

"玲美也在那儿吗?"

"小清水的女人失踪了。"比嘉说就小清水一个人从香港回来。

"初见的事务所在哪儿?"

"尼崎,尼崎的大物町。"

"打电话!"

"电话?"

"给初见事务所打电话,让小清水接电话。"

"我不能打。他们会惩罚我的。"

"比嘉啊,黑道有两种。"桑原用自行车把的尖头顶着他的喉咙,"一种是正派的黑道,另一种是花言巧语的黑道。要是相信花言巧语的黑道所说的话,有几条命搭进去都不够。"桑原从他的夹克衫里找出手机,"给初见的事务所打电话!"

"……"比嘉拿着手机,僵硬不动。

"你还是撒谎了。"

"等等!"比嘉用一只手操作按键,递给桑原,"别提我的名字。"

"这是初见组的电话号码吗?"桑原看着手机屏幕的数字,按下通话键。

"是我,比嘉啊。……小清水在吗?让他接电话!在哪儿?……家里。……赛艇场……神社的后门……知道了。小清水的手机号……〇九〇四四二一八一××。"

桑原对二宫使个眼色,二宫慌忙拿出手机。

"你再说一遍,〇九〇四四二一八一××。"二宫急忙把桑原口述的电话号码输在手机里。

"初见先生在吗?"桑原继续说道,"不,出去就算了。用不着对他说我来电话了。好,就这样。"桑原通完话,把手机放在地板上,用自行车把砸毁。

比嘉有气无力地说道:"你还是说了我的名字。"

"你的嘴不严。"桑原嘻嘻笑着,"这下子没脸见初见了。"

"混蛋……"

"我现在去尼崎。你要是告诉初见组,事情就不好办了,所以嘛……"

"别……我什么都不会说。"比嘉害怕了。

桑原回头对二宫说道:"这家伙怎么办?干掉算了。"

二宫阻止道:"桑原先生,不能这样。"

"那你拿绳子来!"

二宫赶紧找绳子,在水池的抽屉里发现有尼龙绳,便递给桑原。桑原让比嘉趴在地上,双手反绑,膝盖和脚腕也捆上,嘴里塞着裹成一团的擦碗布,再用绳子缠紧。

"还有一头。"桑原和二宫合力把餐具柜抬起来,矶部趴在地上一动不动。桑原把手指放在他的脖子上,还有脉搏。于是也把他和比嘉一样绑起来,从他的口袋里拿出手机砸坏。然后把这两个人背对背地绑在桌脚上,粗大的尼龙绳只剩下一点绳头。

桑原和二宫走出一〇七号室,锁上门。

二人来到停车场，二宫开车，向尼崎驶去。

桑原忽然嘀咕道："和电影还是不一样。"

"什么……"

"虽然把那两个无赖绑起来了，但是没有用消音手枪让他们永远闭嘴，然后由警察来处理尸体，再搜捕犯人。"

"不是没有消音手枪吗，也就没有杀人潜逃这样的场面了。"

"那样的话，你也成共犯了。"桑原笑出声来，却皱着眉头。

"怎么了？"

"伤口开裂了。"他把按在左侧腹的手张开来，上面沾着血。

"空气又漏出来了吗？"

"不知道。没有感觉肺部萎缩。"

"呼吸怎么样？"

"喘着气呢。"

"要不要去岛之内的内藤医院？"

"有那时间吗？去尼崎！"

"尼崎的什么地方？"

"武库川町，赛艇场附近的新式住宅。"桑原说朝着戈库神社走，"'第二戈库庄'，不知道哪个房间。"

"小清水在那儿吗？"

"他在吧。初见事务所的那个人以为我是比嘉。"

"小清水有警卫吗？"

"肯定有。"桑原说初见组把小清水隐藏起来带有监视的性质，"以为在这儿，其实又在那儿，我已经厌烦了这种和黑道打架的事了。"

"那就算了吧。还是到大桥医院住院去怎么样？"

"你想住院吗？住精神病科。"桑原按一下按钮,把座椅放倒,"按导航直奔戈库神社。到了以后叫我。"

"要不要把节雄叫来？我派不上用场。"

"我从来就没觉得你这个人有什么用场。"桑原嘟囔着闭上眼睛。

尼崎市武库川町。宝马停在神社的牌楼前,二宫把桑原叫起来。

"这是哪儿啊？"

"戈库神社。"

"有停车场吗？"

"有。"

"怎么不停在停车场？"

二宫把车子停在停车场。两人下了车。桑原用夹克衫把侧腹的血迹遮掩起来。

"真的不要紧吗？"

"我的身体,你别管。"

桑原从牌楼下面穿过去,穿过神社,从后门出去,马路的斜对面就是木头灰浆的新式住宅,混凝土块的墙壁上挂着褪色的"第二戈库庄"的标示牌。新式住宅是两层建筑,外廊下面有六扇房门。

"一楼和二楼一共十二间屋子吗？"

"小清水这混蛋藏在哪间屋子里呢？"

走到屋前,带天棚的自行车存放处放着十几辆摩托车和自行车,旁边是铁楼梯。二楼的走廊即为一楼的房檐,没有信箱。

"挨家挨户找。估计没住满。"桑原站在楼梯下吸烟。二宫从一楼跟前的房间开始查看门牌。木纹胶合板的房门上贴着用毡尖笔写有住户名字的牌子。二宫看了一遍上下两层的所有姓名牌，从楼梯下来。

"一〇三和一〇五，二〇二和二〇六好像没人住。"

"剩下八个房间……"桑原用手抚摸着下巴，说道，"你去探听屋里有没有人。"

二宫登上二楼，耳朵贴在二〇一号室门上，听不见响声和说话声。二〇三、二〇四号室好像也没有人。接着到一楼也听一遍，回到桑原身边："大概只有二〇五和一〇六有人。"

"好极了。这就行了。"桑原从墙后树篱下面挖出一块水泥砖，把沙土装进夹克衫口袋里。

"二〇五，跟我来！"从铁楼梯走上去。二宫与桑原并排站在二〇五房门前，奇怪的是，二宫竟然没有害怕的感觉。大概已经麻木了吧。

"给小清水打手机。"

二宫把刚才输入手机里的电话号码调出来，按下拨打键，但室内没有手机的响声。二宫停止拨打。

"去一〇六。"二宫跟着桑原下楼，站在一〇六房门前。房门没有安装猫眼。

"打电话。"

"要是小清水接电话怎么办？"

"听声音。你别吱声。"

二宫拨打电话，室内有手机铃响。

"喂。"有人接听，"哪一位？"声音沙哑，是小清水的声音。二宫按下通话结束键，然后对桑原点点头。桑原右手放进夹克衫口袋里，左手拿着水泥砖。

"开门!"二宫转动门把。门锁着。

"敲门!"二宫敲门,里面问道"谁啊?"但不是小清水的声音。

桑原说:"我是比嘉。开门啊。"

"啊,来了。"听见脚步声,开锁声,门打开了,露出一个剃平头的男子的脸。他一见桑原,说道:"是你……"

"又见面了。"就在这一瞬间,桑原右手一扬,沙土摔在平头的脸上,趁着平头趔趄后退的时候,桑原一脚踢开房门,进入房间,砖头朝捂着脸的平头脑门上砸去,扑哧一声沉闷的声响,但平头没有倒下去,而是闭着眼睛朝桑原扑过来。桑原闪开,用膝盖朝着平头的股间猛击,平头弯腰呻吟,脑袋侧面被砖头砸中。平头身体翻腾着脸朝下摔在地上。

小清水躲在里屋,手里拿着手机,像凝固一样站立不动。

"老家伙,好久没见了。"桑原拾起砖头上前,"从香港回来,也不来问候一声啊。"

小清水面部肌肉痉挛。他的鼻子上贴着一块很大的创可贴:"饶了我吧。"

"饶你什么?"

"封死账户不是我的主意,是初见让我这么做的。"

"什么事都是别人干的,骗子的本性改不了啊。"桑原抓着小清水的肩膀让他端坐在自己脚边,说道,"我很后悔。后悔当初没杀了你,忽然间冒出来的慈悲之心,可也没能改变你的坏心眼。"

"虽然账户被封了,但是我可以给钱,让银行重开账户。"

"这个话不用你说我也知道。就因为你,我伤了泷泽的三个黑道,这了结的费用怎么办?"

"钱马上给。把所有的钱统统给你。"

"马上给,说得好听。账户被封以后,重开账户至少需要一周或者十天的时间。你是打算这期间又找什么人保护吧。"桑原一脚踢过去,小清水向后倒去,趴在榻榻米上,拼命求饶:"真的,我付钱。"

"十天以后的钱我不要。"桑原一把抓住他的领口,拽过来,攥紧拳头。

"饶了我,饶了我吧!"小清水痛哭流涕,创可贴被血染红,"一千万,我付一千万。"

"又要蒙骗我!"

"没有蒙骗。我有股票,协信证券……"

"协信证券?什么支店?"

"茨木支店。"小清水说有一个特定账户。

"账户的卡呢?"

"没有卡,但打个电话就可以出售。"

"胡说!证券公司必须确认本人以后才同意出售。"

"只要确认账号就行。"

"账号多少?"

"在这儿我不知道。"

"混蛋!又打算蒙混过关!"

"真的,回到茨木才能知道账号。"

"喂,老家伙,我的盟弟在你家里监视着呢。"

"我和你一起去茨木,卖掉股票,付给你一千万。"小清水哭泣哀求。

桑原一把推开小清水,拿出手机:"是我,没什么情况吧。……现在过去。……要是发现泷泽的人,给我来电话。在尼崎……四五十分钟以后能到。"桑原把手机放进口袋,对小清水说,"站起来!"

小清水摇摇晃晃地站起来。

坐进宝马,二宫开车。桑原和小清水坐在后面,从四十三号国道的西宫口进入名神高速。

"刚才那个平头是在茨木寻衅打架的黑道吧?"

"岛田先生说是久保。"

"矶部、比嘉、久保,谁把我砍伤了?"

"是牧内。"

"早晚要算这笔账的。"

"你说得也太满不在乎了,自己暴打了本家系统里的三个黑道。"

"都是黑道,暴打也就暴打了。要是暴打白道的话,警察就出来了。"

"是这样的吗?"

"是这样的。"

在小清水面前,桑原表现出泰然自若的样子,其实心里大概不是这样。泷泽组的上层组织亥诚组有组员六百人,组长诸井是神户川坂会的若头助理。这个亥诚组的副本部长是泷泽组的组长,所以事情很难处理。二蝶会也是川坂会的嫡系,但组员只有六十人,与组员六百人的亥诚组相比,无论级别、规模都无法同日而语。

桑原或是"破门"或是"绝缘"①,二蝶会的森山是依靠赚钱

---

① "破门"是从组织里放逐、扫地出门的处分,日后有恢复身份的机会。"绝缘"的处分则没有恢复身份的余地。

和钻营爬上来当的组长,根本没法与泷泽斗。虽然若头岛田会庇护桑原,但如果组长森山说"绝缘",岛田也没有办法。绝缘的书面通知发送给全日本所有的暴力团组织,失去川坂代纹的桑原自然就成为泷泽组捕杀的目标。

这个人也会走到这个地步……二宫从后视镜看着桑原。大概因为侧腹疼痛,他不时皱眉咧嘴。想到这么一个狂妄傲慢、颐指气使、人格丧失的暴力团成员从此消失,一种哀怜之情袭上心头,感觉对他应该亲切一点。

手机振动,是悠纪来的电话,于是按下接听键。

"阿启吗?"

"是我。"

"我在二宫企划的事务所里。"

"啊,什么事?"

"刚才给玛奇换水的时候,听见有人拧门把的声音,但没有敲门。我心里害怕,没有出声,听见外面脚步声走远了。从百叶窗看出去,楼前停着一辆皇冠车。怎么办好?"

"不要出去,挂上门链。"

"门链挂上了。"

"三楼有一家名叫'第一'的赝品版画的画廊,你给他们打电话,让他们到五楼的走廊看看有什么情况。那家画廊的店长是我的熟人。"

"你在哪里?"

"现在名神高速上,丰中市。"

"你回事务所的时候一定要多加注意。"

"我不要紧。你看周围要是没有可疑的人,就带着玛奇和店长一起离开。"

"知道了。就这样。"

挂断电话。桑原问道:"怎么啦?黑道的来了?"

"感觉是这样。"

"要是你也被盯上了,就说明你成熟了。"

"那就高兴了。回不去事务所了。"二宫心里堵得慌,担心万一悠纪有什么事该怎么办。

"比嘉和矶部把绳子解开了吗?"桑原啧的一声,"我可能也有点糟糕了。"

"回不了守口了?"

"是啊……"

"有暂时藏身的地方吗?"

桑原烦躁地说道:"二宫,别净顾着瞎说八道的,好好开你的车吧!"

14

茨木市茨木郡。供水罐旁边停着一辆酒红色的铃木奥拓,从后窗可以看见戴着黑色无檐帽的节雄。宝马停在奥拓的紧后面,节雄下车走过来。

桑原放下车窗,问道:"情况怎么样?"

"没有人来捣乱。"

"房间的钥匙呢?"

"我拿着。"

"你先去。"桑原拉着小清水的胳膊下车。二宫也关闭发动机,下车。

走到私家道的尽头,节雄小跑到小清水家门口,打开房门锁。桑原、小清水、节雄、二宫鱼贯而入。因为长久无人出入,屋子里散发着一股潮湿的霉味。

桑原穿着鞋走进去,小清水换穿拖鞋进去,节雄和二宫也换穿拖鞋进去。

桑原问道:"账号在哪里?"

"二楼。"小清水说里面的西式房间有一张桌子,自上而下的第二级抽屉里装着股票资料。

"把整个抽屉拿下来!"

二宫踏着狭窄的楼梯走上去,楼梯发出吱嘎吱嘎的声音,完全是一幢简易房。二楼的挡雨窗关闭着,室内黢黑一团。二宫摸索着打开墙上的电灯开关,然后走进里屋,打开桌子第二级的抽屉。果然如小清水所说,协信证券特定账户年度交易报告、保管证券余额明细表等资料捆成一束放在里面。

二宫抱着抽屉下来,桑原坐在起居室的沙发上,小清水盘腿端坐在他脚边,节雄站在小清水身后。

"账号多少?"

"五四五〇七三。开户店号码是一六二。"

二宫从放在桌子上的抽屉里拿出一张余额明细表,说道:"品种是'天宇通信''旭高尔夫''ELM',六月三十日市面估价金额总计七百二十八万。"

桑原对着小清水怒吼:"这不是不够一千万吗?"

小清水扭曲着脸:"股价下跌了。"

"你究竟还要怎么骗我啊?"

"真的没有。买的时候是一千多万。"

桑原骂骂咧咧道:"老家伙……"然后对二宫说:"全卖了!"

"这……怎么弄?"

"给协信证券的茨木支店打电话。"桑原说告诉对方账号,按时价卖。

"我不懂股票。"二宫从出生到现在从来没有和证券公司打过交道,因为没钱投资。

"现在两点半,午盘到三点。"

"午盘?"

"行了,你就打电话吧。"

二宫按照交易报告上的电话号码打过去,立即接通了。

一个年轻的女子的声音:"这里是协信证券茨木支店。"

"我是小清水,想卖股票。"

"对不起,您有本支店开设的账户吗?"

"账号是五四五〇七三。"

"谢谢。小清水隆夫先生。请问您是本人吗?"

"对,是本人。"

"请说一下您的住址。"

"住址啊……茨木市郡七丁目二番地五十四号。"

"谢谢。打算出售的品种是什么?"

"天宇通信、旭高尔夫、ELM,全部按时价出售。"

"好的。天宇通信二百股、旭高尔夫五股、ELM 两千股,按时价售出。"

"希望以现金支付。"

"不是汇款到银行账户吗?"

"因为存折和印章遗失,现在账户封闭了。"

"好的。今天议定,下周四支付。"

"今天售出,不能当天支付吗?"

"对不起,从售出日开始四个工作日后支付。"

"下周四去茨木支店就可以拿到吗?"

"届时请出示证明是本人的协信卡或者驾照等证件。"

"没有协信卡。我现在住院,让我的侄子去取。"

"如果是代理人,请提交小清水先生的委托书和驾照的复印件。"

"好的。股票今天能售出吗?"

"对。按时价的话,今天就售出。"

"售出以后,请来电话通知一声:〇八〇四六四八四一

××。"

"好的,我是营业课的高桥。"

通话结束。二宫对桑原说道:"有点麻烦,必须等到下周四才能拿到手。"

桑原叼着烟卷:"很正常的啊。股票就是这样。"

"需要委托书和驾照的复印件。"

桑原对小清水说:"写委托书!"

小清水从卡片夹里取出驾照递给桑原。

"老家伙,如果你这次还玩小动作,让我拿不到钱,下一次就要你的命。明白了吧?"

小清水低头说道:"绝对什么都不做。我把股票转让给了桑原先生。"

"你想过没有,初见为什么要保护你?"

"为什么呢?"

"初见把你藏在尼崎的新式住宅里,不是为了保护你,而是害怕被你欺骗的那些人抓到你,你把什么都招供出来。"

"啊……"

"你对他们来说已经没用了,但泷泽在你开出的空白票据上填写了一亿五千万的金额,现在到处敲诈。在他们把这些钱拿到手之前,你逃不出泷泽的魔掌。"

"……"

"你明白自己的处境了吗?你会被杀死的。……不仅仅是我,那些被你欺骗的人都在追捕你。"桑原点燃香烟,小清水沉默不语。桑原继续说道:"《冰凝之月》的出资企业有五家,个人有六人,除了若头之外,还有其他组的人吧?"

小清水轻轻点点头。

"说,还有谁出资了?"

"……那须演出公司。"

"那须演出公司?没听说过。"

"玄地组控制的企业。"

"是鸟饲的玄地组吗?"

"是的。"

二宫也知道玄地组,是神户川坂会的直系,事务所在摄津市鸟饲的新干线车辆所附近,组员应该有五十人左右。

"玄地组通过它的企业出资吗?"

"是这样的。"

"多少钱?"

"两千万。"小清水说收了一半,一千万。

"那须演出是干什么的?"

"表面上是艺人演出公司,实际上是从东南亚招徕女人派到酒吧、酒馆里。"

"是你和那须演出公司谈的?"

"不是,是和玄地组的组长谈的。"小清水说当时玄地组的若头也在场。组长是坂本,若头是德山。

"泷泽也到玄地组那里去要钱了吗?"

"详细情况我不知道。"

"这事有意思。泷泽强势要钱,坂本也不会逆来顺受,会闹起来的。"桑原笑起来,"你的处境越来越危险了。"

"……"小清水神情沮丧,桑原的威胁恐吓收到了效果,"你有地方去吗?"

小清水轻轻摇头:"不知道。"

桑原对节雄说道:"喂,你把这老家伙带走!给他找一家周租公寓,你去保护他。可以吗?"

"我没租过这种周租公寓。"

"汽车旅馆、廉价旅馆都可以。"桑原从钱夹里抽出十张一万日元的钞票交给节雄,"我和泷泽的事情了结之前,别让这老家伙跑了。"

"可这家伙会逃跑的。把他绑起来可以吗?"

"你说什么呢?对老年人不能粗暴对待。"

这句话怎么会是从桑原嘴里吐出来的呢?——二宫笑起来。正是他在香港把小清水揍得头破血流,用圆珠笔戳进手脚。对了,可能小清水的伤还没有痊愈,走路的时候拖着左脚。

"好了,带他走吧!"

节雄让小清水站起来,拉着他的胳膊,走出房间。

"等一等。"二宫对节雄说,"我和你一起走。"

桑原说道:"这事与你无关。"

"有可疑的人来我的事务所了,我有点担心。"不知道悠纪是否带着玛奇离开事务所了,后来她没有来电话。

"拿你没办法,今天就到这里吧。我要去医院。"

"我回事务所。"二宫追着节雄,"顺便坐你的车,带我到市内吧。"

"你开车啊。"节雄把奥拓的车钥匙扔给二宫。

节雄让小清水坐在后排座,用塑料胶带把他的脚腕和膝盖缠裹起来,再系上安全带,自己坐在他身边。二宫开车。

二宫一边在一七一号国道上行驶一边给悠纪打电话。

"喂,是阿启吗?"

"你在哪里?"

"在画廊。"她说提着玛奇的鸟笼来到三楼,看见外面停着皇冠车,所以没出去,"傍晚开始要上课,真不好办呀。"

"再有三四十分钟,我就回到那边。"

"画廊的店长很热心,又给我冲咖啡,又到外面观察动静。"

"好男人吧,但是离了婚,现在带着两个孩子。"

"哦,是吗。"

"就算他极力推荐也别买店里的画哦。不管哪幅都是看着像版画的印刷品。"

红灯！前头停着交通警车。二宫急忙关机,把手机放在膝盖中间。变成绿灯以后,在与前头的警车保持一定距离开始行驶的时候,手机响了。

"对不起,我跟在警车后面。"

"是小清水先生吗？"

"啊,是……"二宫以为是悠纪,原来是协信证券来的电话。

"所持有的股票已经售出,议定金额为六百九十二万日元。"对方说要扣除五万七千五百零六日元的交易手续费。

"好的。下周四以后领取现款。"

"谢谢。"

挂断电话后,二宫给桑原打电话。

"什么事？"

"股票卖出去了。六百九十二万,要扣除大约六万的手续费。"

"还不到七百万吗？"

"时价下跌了吧。"

"嗨,就这样吧。委托书我来做。"

"你去哪家医院？是内藤医院吗？"

"我才不要那个蒙古大夫,去大桥医院。"

"要重新做手术吗?"

"你的口气好像很高兴嘛。"

"绝对没有,为你担心呢。"

"到时候过来探病,带着蝴蝶兰来。"

"是的,是的。一定。"

"告诉节雄,住处定下来后,向我报告。"

可能是心理作用,二宫觉得桑原的声音有气无力。

开到大阪市内,从阪神高速的道顿堀出口下去,二宫停车,下车。由节雄开车。蜷缩在座位上的小清水没有想逃跑的意思。

二宫从道顿堀坐出租车到美国村,在阪神高速的铁桥下面下车,步行到福寿大楼。从电线杆背后看过去,正如悠久所说,福寿大楼斜对面停着一辆皇冠。后面车窗贴着遮光膜,看不见车内的样子。

二宫给悠纪打电话:"是我。现在到了,在皇冠后面。"

"阿启,怎么办?"

"嗯……"二宫在思考,"这样吧,你拿着鸟笼,做好随时出来的准备。过五分十分钟,我再给你打电话。"

"阿启,不要随便对皇冠动手。"

"要做那么可怕的事吗?"

"那怎么办呀?"

"叫警察。警察该对付暴力团啊。"二宫关掉手机,跑到三角公园的警察岗亭。一个年轻的警察站在岗亭外面值班,看样子闲得无聊。

"对不起,可以打扰一下吗?"二宫对警察说道,"我是福寿大楼的承租人,那辆皇冠从一大早就停在大楼前面的路上,一动不动,给大家造成很大的麻烦。请让它走开。"

"几点开始的?"

"已经有六七个小时了。"

"车牌多少?"

"没记下来。"

"司机呢?"

"在车里。"

"那你去警告他吧。"

"可是,看上去不像正派人。我冒冒失失地去警告,弄不好要挨揍的。时不时有人到车旁边,隔着车窗交易什么。说不定是在搞非法交易吧……"说到这个程度,警察就态度认真起来,"你叫什么?"

"我叫二宫。福寿大楼的二宫企划。"二宫递上名片,警察接过去,走进岗亭,与另一个穿制服的警察交谈着。接着,两个人一起出来:"你带我们去。"

"我带可以,但我不能在现场。你们也不要说出我的名字。"

年轻的警察点头说道:"那当然。"

两个警察在前面向福寿大楼走去。二宫感觉自己行使了市民权利,心情很愉快。如果泷泽组的无赖和警察吵起来被抓走,那更痛快。

二宫从十字路口指着皇冠说:"就是那一辆。"

两个警察向皇冠走去,二宫给悠纪打电话。

"喂,是阿启吗?"

"现在你到一楼然后出来。"

"嗯。"

警察敲了敲皇冠的车窗,车窗降下来,露出一个染成茶色头发的男人,警察和他交谈着。

悠纪走出福寿大楼,提着布罩的鸟笼。二宫对她招手,悠纪小跑到他身边。

"走吧!"二宫提着鸟笼,向周防町街走去。

日航饭店后面,二宫跟着悠纪走进"棉花",进入教师休息室。里面有一个高个子的女子,穿着柠檬色的吊带女背心,紧身裤外头套着米色短裤。

"这位是纱希老师,她教新体操,就是健美操。"

"我叫二宫。是悠纪的表哥。"

"我叫岸本。初次见面。"

纱希很漂亮,大概比悠纪年长一点,肤色白皙,眼睛清秀水灵,鼻梁挺直。

"腿很长啊。"

"谢谢。"

"我是恋脚癖。"二宫掀开鸟笼的布罩,"玛奇也问声好。"

纱希说道:"哇,好可爱。"

玛奇站在横木上,左右走动。

"这是鸡尾鹦哥,脸颊是红的。"

"平时一直在一起吗?"

"平时放养,就在事务所里飞来飞去。"二宫说自己在美国村附近开设建筑咨询事务所,"有空的时候欢迎过去坐坐。"

就在二宫打算把名片递给她时,上课铃响了,纱希一看墙上的挂钟,四点二十五分,说了一声"对不起",便走出休息室。

"上课了?"

"健美操。"

"这姑娘是我喜欢的类型。"

"是吗?"悠纪笑起来,"怎么突然冒出恋脚癖来……"

"找个时间三个人一起吃饭吧。"

"纱希有一个伴侣。"悠纪说这个伴侣是私立中学的一个体育教师,是个女的。

"太可惜了,这是社会的重大损失。"

"行了,别操心别人的事了,现在怎么办?事务所回不去了。"

"千岛的家也危险啦。"

"阿启啊,无家可归的孩子。"

"有点心酸啊。"

"把玛奇放在我这儿吧,妈妈喜欢。"

"没法子,我就凑合住商务旅馆吧。"

"桑原是怎么回事啊?把阿启逼得走投无路。"

"那小子自己也回不了守口,被人盯上了。"

"被暴力团盯上了?"

"泷泽组。川坂本家系列的。"

"阿启,远走高飞吧。冲绳啊,宫古岛啊,西表岛啊,要不乘船去台湾吧。"

"你也去吗?冲绳旅游。"

"别说傻话,我每天都要工作。"

"我也基本上有工作。"

"哪儿也找不到你这样漫不经心的人,不可思议呀。"

"我也觉得自己不可思议。"

"总之,玛奇放在我这里。你快躲起来吧。"

"知道了。躲起来。"二宫站起来,"你也小心一点。没得到我的同意,你就不要去事务所了。"

"阿启你也不要再接近桑原了。"

"那我走了。再见。"二宫走出休息室,从教室传来碧昂丝的歌声。他走到御堂街,坐上出租车。——到哪里躲藏呢?他对司机说:"去动物园。"

在地铁动物园前站附近下车,穿过JR大阪环行线的铁架桥,往"酱酱"一条街走去。虽然有的店铺已经关门,但还是人来人往,熙熙攘攘,自己想去的那一家炸猪肉串店铺的门前已经有人排队。他对着手拿旅游地图、穿着超短裤的姑娘送去一个讨好的微笑,那姑娘立刻转向一旁。什么态度啊?喂……最近酱酱一条街净是外来的旅游观光客,没有了情趣。

只好放弃炸猪肉串,走进"昭和老味道食堂",要了煮牛筋和生啤。手机响了,不熟悉的号码。

"喂……"

"二宫吗?我是节雄啊。"这小子比他年龄小,竟然直呼他的名字,"在哪里呢?"

"酱酱一条街。"

"那刚好,我在釜崎。"不知道节雄所说的"刚好"是什么意思,不过釜崎的确就在附近,"你没地方可去吧?"

"有的是地方。"

"我租了钟点房,和老家伙在一起,一个人照顾他太辛苦了,你来帮帮忙吧。"

"我有正儿八经的工作,洗手不干了。"

"泷泽的小流氓不是到事务所来了吗?"

"我让警察把他赶走了。"

"算我求你了,帮帮忙,这是我们俩的交情。"

二宫和节雄的确有交情,大约两年前,与真凑会的组织发生了纠纷,按照桑原的指示,二宫曾躲藏在节雄居住的屋子里,所以对他不能那么刻薄无情:"好,知道了。我过去就是了。……不过,你不要对桑原说我们在一起。"

"噢,不说。对不起啊。"节雄和桑原不一样,为人不错。作为暴力团成员有点过于温情。

"你租的钟点房在什么地方?"

"釜崎银座。从主干道往南进来,就是左边的那一家广场饭店。"

"广场饭店……这名字挺文雅的。"二宫挂断电话,叹一口气。算了,本想在新世界一带找一家便宜的旅馆过夜……

二宫让店员打包十串煮牛筋,吸完一支烟,走出食堂,从酱酱一条街走到飞田商店街,在酒铺买了六听一小箱的啤酒,继续往西走,来到通称"釜崎银座"的联结新今宫站与萩之茶屋大街的宽敞马路。这一带以前曾发生过西成暴动——机动队和工人队伍的攻守作战。聚集在附近的多是五六十岁的人,原先的简陋客栈经过装修,改造成了单元楼住宅或者钟点房,"生活保障申请"的招牌十分醒目。电线杆、雨水沟周围散发着小便的臭味;婴儿车上放着宠物狗,由大妈推着慢悠悠地散步。

"钟点房·广场饭店"是一座六层楼的细长建筑,门前的自助投币式停车场上,酒红色的奥拓停在尽里头。

二宫推开暗绿色的丙烯板门走进去,没有饭店的所谓前厅,左边是鞋柜,右边是小小的前台。一个胖大妈在看电视。

"对不起,请问刚刚住进来的两个人在哪个房间?"

"什么名字?"

二宫说出节雄的姓:"佐佐木。"

大妈翻看登记本:"没有。"

"那小清水呢?"

"哦,六〇一。"

二宫脱鞋,换上拖鞋,走上铺着红色化学纤维地毯的走廊。

"你等一下。"胖大妈叫住二宫,"不能随便上去。"

二宫意识到有人装作前来会客,结果直接不花钱住宿,所以一进门就必须换上拖鞋。

"我也住宿。"

"六楼的话,六〇二空着。"

"好的,六〇二。"一天一千八百日元,二宫预付了三天的房租五千四百日元,拿过门钥匙,把鞋子放进鞋柜里,乘坐旧电梯上到六楼。敲了敲六〇一的房门。

"我是二宫。"

"哦。"里面应答后,打开了房门。

"酱酱一条街没有了风味情趣,炸猪肉串店铺排大队。"二宫走进房间,看到摆着两张单人床。小清水躺在里面的单人床上,对二宫毫不理会。

"吃煮牛筋吗?"二宫把牛筋和啤酒一起递给节雄。

"味道好香啊。"

节雄坐在窗前的圆桌旁,二宫也坐下。窗外也是同样结构的商务旅馆和单间一室公寓,所有的楼顶上都晒着衣服。

"这儿多少?"

"房租吗?"节雄打开煮牛筋的纸包,"带浴室的,五千六百日元。"

"我在隔壁,没浴室吧?"

"淋浴应该有的吧。"节雄吃着煮牛筋,喝着啤酒。

二宫说道:"小清水先生喝啤酒吗?"小清水摇摇头。

"真没劲啊,我和你又没有深仇大恨,怎么不能和好呢?"

二宫这么一说,小清水从床上爬起来。"坐吧。"二宫站起来,让他坐下,拽开拉环把啤酒放在他面前,"被圆珠笔戳伤的伤口化脓了吗?"

"吃了抗生素,但不管事。"小清水抚摸着左大腿,"我有糖尿病。"

"有糖尿病,伤口不容易愈合。"

"我对泷泽那些人也说过,希望能好好治疗。"小清水说自己被关在武库川町的新式住宅里,没法去医院。

"你现在对泷泽组来说,就是一个包袱。桑原也说过,他真的认为他们很可能杀人灭口。是桑原救了你。"

小清水有气无力地说道:"也许吧……"

"至少我们不会把你干掉,这一点你放心。"

"可是他很吓人,做事荒唐。"

"桑原这个人天生就是凭着猛劲蛮干到底,但其实他脑子很清醒,不断地计算着自己的暴行干到什么程度就适可而止。你以后就不要到处逃跑了,老老实实地避过这个风头。"

二宫知道桑原踩了泷泽组这颗地雷,这次对手坏得过分了。二宫的脑海里浮现出桑原脑袋被击中、倒在血泊里的惨象,但当着节雄的面,他不能说。

六听啤酒很快就喝光了,二宫下到一楼,但没有自动贩卖机,便到街上寻找酒铺。这时手机响了,是岛田打来的。

"我是二宫。昨天谢谢您的款待。"昨晚在北新地吃过怀石料理,又到只要坐下来就得好几万日元的高级夜总会喝酒。

"启坊,知道桑原在哪里吗?"

"知道是知道……"

"手机打不通,也不在守口。"

"大概在医院,凑町的大桥医院。"

"又惹出什么事来了?"

"上次缝的伤口开裂了。被泷泽组的牧内砍的侧腹伤。"

"启坊,你能给我跑一趟医院吗?告诉桑原,我要给他打电话。"

"好的,小事一桩。"二宫一看手表,五点半,他走出便利店给节雄打电话,说有急事,很晚才能回来。

凑町。二宫走下出租车,进入医院,在导诊问询处一说桑原的名字,得知在西住院楼的三楼。来到三楼,在外科的护士值班室询问,茶色头发的护士敲打电脑键盘,告诉说:"桑原保彦先生在手术室里。"

"什么……"

"六点开始动第二次手术。"

"又是肺部开洞了吗?"

"对不起,我不了解详细情况。"

"执刀医生呢?"

"已经进手术室了。"

"第二次手术……"看来桑原处在无法说话的状态。二宫离开护士值班室,给岛田打电话。

"您好,我是二宫。我已经来到大桥医院,但是没见到桑原先生。说是六点开始第二次手术。"

"重伤吗?"

"感觉没有生命危险。"

"可是,动手术的话不好办啊。"

"那我在这儿等着吧,只要麻醉药过去,他一醒过来,我就给你打电话。"

"不,那来不及了。"

"发生什么事了?"

"泷泽要来。"

"这事情就闹大了。"

"你知道事情的来龙去脉吧?"

"知道,我一直和桑原先生在一起。"

"我昨天刚对你说不要涉足太深,言犹在耳,今天就把你拉进来,实在是没什么道理。但我有一事相求,可以吗?"

"好的,请说。"

"我和泷泽谈话的时候,你在隔壁听他怎么敲诈,判断他说的话有几分是真。"

"用得着我的时候,尽管说话。泷泽几点到?"

"七点。不是去二蝶会,而是来我的事务所。"

"我去岛田组。"二宫说七点之前到。

15

旭区赤川。二宫在六点五十分到达岛田组的事务所。这是一座面朝公交道路的木结构三层楼，外面是白色的板墙，整个建筑物没有暴力团组织本部的气氛。一楼是车库，二楼是事务所，三楼是年轻组员住宿的房间。

二宫从出租车下来，按一下车库旁边的对讲机按钮："我是二宫。"

"辛苦了。"

大门立刻开启，身穿黑色T恤、米色夹克衫的年轻人——好像名叫木下，是岛田的保镖兼司机——把二宫迎进去。

上了楼梯，进入事务所，两个年轻的组员站立着向二宫低头致意。暴力团组员对自己如此客气，那种感觉不是太好。

岛田倚靠在会客室的沙发上吸烟，房间里既没有神龛，也没有代纹的装饰，显得单调无趣。

"对不起啊，启坊。虽说是让人郁闷烦躁的事情，你就多担待点吧。"

"其实，我听桑原先生说了，您以我的名义给《冰凝之月》出资一百万日元。这事我一直没有表示感谢，对不起。"

岛田低声说道："我叫桑原不要说，他还是说了。"接着说，

"泷泽马上就要来了,你在事务所听他说什么。"

"有麦克风吗?"

"哪有那东西。"

"那我耳朵贴着房门?"

"就是这样子。"

"我站在您身边,就说是桑原先生的盟弟,像节雄那样的角色。"

"那不行。你是白道。"

"有白道陷得这么深的吗?连头都没到水里了。"

"那样行吗?"

"不管行不行,我和桑原先生是一根绳上的蚂蚱,我不能一个人把腿拔出来。"

二宫说得对,这件事不了结,泷泽组的阴影就一直笼罩着他,福寿大楼的事务所进不去,千岛的家也回不去。

这时,有人敲门。木下去开门。

"泷泽来了,带来两个人。"

"谁啊?"

"初见和牧内。"

"砍伤桑原先生的就是牧内。"二宫说,"他认识我。"

"启坊快离开!"

"不,不离开!"二宫下定决心,"我要在现场。"

岛田笑起来,对木下说:"让他们进来。"

很快,三个人走了进来。白头发白胡子,穿着丝绸敞领衬衫、高尔夫长裤的老头无疑就是泷泽。牧内以前见过。初见是个瘦小的男人,脸色像是吸毒者一样土黄,几乎没有眉毛,睁不开的浑浊的眼睛看着二宫。二宫心想这就是杀人不眨眼的家伙,更觉得毛骨悚然。

三人坐下,泷泽居中。木下和二宫分别站在岛田两侧。

"特意前来敝处,实在对不起。"岛田说道,"喝咖啡可以吗?"

"老大喝红茶。"牧内说,"大吉岭的花橙白毫。"

"没有这种莫名其妙的饮料。"

"不,日本茶就可以了。"泷泽说,"低血压,喝咖啡容易头晕。"

"咖啡因不是会增高血压吗?"

"最近的新学说好像不是这样,我现在是血压降低。"

泷泽组的组长和二蝶会的若头闲聊着无关紧要的话题,更令人恐惧害怕。

"好吧,请问,贵处的桑原不在吗?"初见开口说道,"我们找桑原有事。"

"桑原不是我的手下,他是二蝶会的组员。"

"这就怪了,你是二蝶会的若头,桑原是你的盟弟。"

"'贵处的桑原'这个说法令人不爽。"

"桑原在哪里?"

"动手术。第二次手术。"岛田看着牧内,"听说是你砍的。"

"嘿,是吗……"牧内咧嘴一笑。

"盟弟被你砍了,你却不给个交代。你打算怎么办?"

"没有什么怎么办的,是你没有把疯狗拴住,放出去咬人。应该是你打算怎么办。"当着泷泽和初见的面,牧内不能示弱。

"好了。"泷泽插话进来,"打架者都要受罚。大家都是川坂系统里的人,不能打架。我们就是为此事来和你谈判的。"

"可是,老大,我们有三人挨了打。"

"这我明白。二蝶的森山先生也在考虑如何处分桑原,至少肯定要绝缘的。"

"等等。"岛田说道:"被小清水这个骗子诈骗的是我和桑原,这与二蝶会毫无关系。我们的老大不会说绝缘、破门这样的话。"

"你没听森山先生说吗?"

"说什么话?"

"前些日子的'义理挂'会上,我和森山先生谈过了。我说《冰凝之月》制作委员会开出的票据结算时,你家若头的态度很恶劣,他非常震惊惶恐,说一定好好教训一通。对桑原的处分,他也说不能偏离道规。"

"我没听老大说过这些话。"

"你们的内部情报也太不通畅了。"泷泽浅浅一笑,乍一看像一个温和的老人,说话语气也不严厉,但具有川坂本家大头目的威风气派。暴力团也像企业家那样,升到高层,周围的人看他就觉得很有派头。

牧内对二宫抬了抬下巴,问道:"说到这里,那小子怎么在这儿?"

岛田说道:"你认识他啊?"

"认识,太认识了。他和桑原形影不离。"

"他也出资了一百万日元。"

"噢,是吗?"牧内瞪着二宫,"二宫企划是二蝶会的子公司吗?"

"二宫是白道,既不是伞下企业,也不是盟弟。"

"白道还跟着桑原到处跑,二蝶会也变成这个样子了。"

"牧内先生说这样的话。"岛田转身对着他,"对别的组的内部事务说三道四是很没礼貌的。"

"岛田先生说得对。"泷泽对牧内说,"还不道歉?"

牧内向岛田低头道:"对不起,我多嘴了。"

岛田满脸不愉快地靠在沙发上。

"话说回来,桑原的病情怎么样了?"泷泽继续说道,"第二次动手术,说明病情很不乐观吗?"

"半边肺废了,就是手术再成功,大概这辈子也只能带着氧气瓶走路吧。"

"那是相当重的伤啊。"

"半边肺萎缩,要是打起来的话,他就完了。"

"桑原住院,那小清水谁在照管啊?"

"这我就不知道了,不会逃到什么地方去了吧。"

"喂喂,别装糊涂。在尼崎把小清水劫走的不是桑原吗?"

"你见到桑原把小清水劫走了吗?"

"那倒没听说……"泷泽应该没有听说,在武库川町的新式住宅监视小清水的泷泽组组员久保一开门就被桑原一拳击倒,昏迷过去。

"我不知道这事。"岛田说,"我听桑原说小清水从香港回来了,他为什么要躲到泷泽组里呢?小清水借了泷泽组一个多亿的钱没有还,你们还把他藏起来,照顾他。我觉得不可理解。"

"不是照顾,而是要把这个人掌握在手里。"

"哦,是这样啊。小清水从香港回来的时候,你们在机场等着他吧?"

"是这样。"泷泽嗤笑着。

一直沉默不语的初见问道:"小清水在哪里?"

岛田泰然自若回答道:"不知道。"

"桑原在哪里？"

"医院。"

"我问的是哪家医院？"

"喂，注意你说话的态度。要是来找茬打架，我们奉陪到底。"

"愚蠢！还不住嘴吗？"泷泽说，"真正的黑道不是下三烂的小流氓。"初见气鼓鼓地低下头。泷泽继续说："好了，先把小清水放在一边，追究一个骗子没有意义。"然后对岛田说道，"你作为《冰凝之月》制作委员会的出资者，打算怎么办？"

"这正是我想问的。"岛田说，"怎么办才好？"

"你的出资合同金额是三千万，好像已经付了一半，剩下的一千五百万给填补上吧。"

"这是因为你持有《冰凝之月》制作委员会开出的票据吗？"

"我借给小清水一亿五千万，债权人向债务人要求还款是天经地义的事情。"

"哦，这样啊。亥诚组这块金字招牌还是很管用的。"

"你这是什么话！二蝶会的若头想侮辱亥诚组吗？"

"你不要误解，我出的不是二蝶会的钱，是我岛田胜次个人的钱。"

"这样的话，事情就更简单，那你就支付一千五百万吧。"

"要是填补上这笔钱，那就扯平了。"

"扯平什么了？"

"我这边的桑原和你那边的年轻人的纠纷。痛苦均分，双方扯平，这事就算过去了，可以吗？"

"岛田先生，这话说得太轻巧了。我这边三个人被打得遍体鳞伤，天平一直倾斜着，只有处分桑原，天平才能平衡。这一点不明确表态，我对下面也交代不过去。"

"你刚才不是说打架者都要受罚吗？"

"你也不明白我的意思吗？我是说处分桑原之后才处罚他们。"

泷泽和岛田互不相让，这是暴力团之间面子上针锋相对的较量。

"如果给桑原破门、绝缘的处分，事情就一笔勾销了吗？"

"破门太轻，要绝缘。"

"黑道一旦绝缘，就是白道。你难道也对白道下手吗？"

"那倒不会。"泷泽点点头，但不知道他的真实想法。

"知道了。你手里的票据和处分桑原，这两件事让我考虑一下。"

"必须定个期限。什么时候给我答复？"

"需要一周时间。"

"好，下周五。"

这时，有人敲门进来，是组员端着日本茶和小点心进入房间。

"对不起了，谢谢你的好意，我走了。"说罢，泷泽站起来。牧内和初见也站起来。在木下和组员的陪同下，五个人走出会客室。

二宫问道："要绝缘桑原先生吗？"

岛田抓起一块点心："森山老大可能这么打算。"

"是因为对泷泽说过不会偏离道规？"

"老大在关键时刻靠不住，不知对本家嫡系会退让到什么程度，还是挺悬的。"

"要是对桑原绝缘的话,泷泽真的能放过他吗?"

"事情不会这么简单,也许有一天,桑原就突然销声匿迹,再也找不到他了。"岛田说桑原被杀后,或是被埋地下或是被扔海里,肯定会用毁尸灭迹的方法,"虽然明知道桑原成为他们暗杀的目标,但对已经绝缘的组员无法予以保护。"

"要是不绝缘,会怎么样?"

"不能贸然插手,会引起二蝶和泷泽之间的争斗。"

"请您对森山先生说,对桑原先生既不要破门也不要绝缘。"

"我也会交涉的,让他把桑原的事情交给我处理。"

"桑原先生不让我告诉你,其实他现在已经把小清水监禁在釜崎的钟点房里,由节雄在监视。这个小清水什么都招了,说在后面操纵的是泷泽和初见。"二宫把前往香港、澳门以及回国以后的事情经过简单扼要地告诉岛田,把其中的金钱交易过程说得轻描淡写。岛田默不作声地听着。二宫说道:"并不是桑原先生主动和泷泽的那帮人交手,而是所到之处都有泷泽的人作梗。"

"……"

"可以利用一下小清水吗?"

"嗯,这是我们的一张王牌。"

"这件事不知道对您有没有帮助,其实小清水也骗了玄地组的钱。"

"玄地……是鸟饲的玄地组吗?"

"出资额两千万。泷泽应该会拿着一半金额一千万的票据去找玄地要钱。"

"启坊,你说的这件事很重要。"

"桑原先生说，泷泽逼人太甚的话，玄地组组长也不会答应的。"

"泷泽这老家伙太狂妄骄横。"岛田点了点头，"要到鸟饲那儿去一趟。"

"对，要把玄地组拉过来。"二宫说签订出资额两千万合同的是玄地组所属的企业那须演出公司，"玄地组的组长是坂本，若头是德山。"

这时，出去送行的木下推门进来。岛田回头对他说道："你去釜崎。那个骗子关在钟点房里，你和节雄两个人一起监视他。"

"广场饭店。釜崎银座往南，左边。"二宫说道，"六〇一室。隔壁的六〇二室也租了。"

木下立即转身出去。

"启坊现在有什么打算？"

"我想去大桥医院。"

"那我也去，要把桑原臭骂一顿。"岛田又抓起一块点心放进嘴里，接着喝茶。

八点半到达大桥医院。从急救通道进入楼内，在前台报了桑原的名字，说是手术已经做完，回到病房里了，病房是主楼的五〇五号。

岛田和二宫上到五楼，在值班室向主治医生询问桑原的病情："是做了第二次手术吗？"

"做了。因为胸膜内化脓了。"医生说大概是侧腹伤口开裂引起细菌感染，"把胸腔镜从侧腹放进去，取出化脓的组织，然后进行了清洗。"

"肺部不要紧吗？"

"没有出血，也没有气胸。"

"什么时候出院？"

"下周，还需要观察两三天。"

"可以和他说话吗？"

"可以。但时间不要太长。"

男护士把二人带到病房，五〇五室是单间。桑原正在睡觉。护士叫他一声，桑原微微睁开眼睛，低声说道："若头……"

"别勉强，感觉吃力就不用说话。"岛田走到床边。

护士似乎不知道"若头"的含意，说道："五分钟。"然后走出病房。

桑原有气无力地说道："对不起，让您特地来看我。"

"亡命徒好像也萎靡不振了啊。"

"没有萎靡不振，不知道是不是麻醉药的缘故，只觉得脑子迷迷糊糊的。"

"同一个伤口缝了两次，还是老实躺着吧。"岛田拉过折叠椅，坐下来，"启坊把事情的大致经过告诉了我，你为此特地跑到澳门去了。"

"老家伙把赌场当作银行，把钱存在里面。"

"你也赌了？"

"顺便挣了路费，一百万左右。"

岛田问二宫："启坊怎么样？"

"我很干脆，输得精光。"

"我赌博也不行，不感兴趣，去了也是小打小闹输一点。"

"二蝶会中最能赌的是桑原先生吗？"

"他赌博靠运气。偶尔撞大运也能赢。"

桑原说道:"别把我说得一钱不值。"

岛田转向桑原:"你暂时在这儿待一段时间,即使可以出院你也这么待着。你再闹下去,和泷泽就无法收拾了。"

"可是,我已经把小清水抓在手里了,总不能扔在一边不闻不问吧?"

"我刚才派木下去釜崎了,他和节雄两个人一起看管小清水。"

"噢,这就好……"桑原话说半截,好像没有说完。

"新地的'芙美'夜总会有一个名叫枫的女人,能不能叫她穿着露出内裤的超短裙来探病?"

"这个枫很漂亮吗?"

"脸蛋一般,就是乳房大,F杯的。"

"上过了吗?"

"总不让上。别看年纪轻轻的,很会吊人胃口。"

二宫惊讶万分,这难道是病人和探视者在病房里的谈话内容吗?完全是一派胡言。

刚才那个护士走进来,故意做作地看手表。

"好,我们走了。"岛田站起来。

"谢谢。对不起。"

岛田对桑原只字不提"绝缘"之类的话。在医院前面坐进出租车,岛田对司机说"去新地"。

二宫说道:"是去芙美吗?"

"先吃饭。启坊你想吃什么?"

"什么都行。"

"那吃海鳗吧。"岛田对司机说,"新地的永乐町。"

回到广场饭店的时候,已经过了十二点,大门上了锁,二宫按着对讲机:"我是六〇二号室的二宫。进不去。"

"这饭店夜间定点关门。"

"几点啊?"

"十二点。"

"以后我会注意。"自己是饭店的客人啊,饭店倒这样蛮横无理。其实这样做也情有可原,如果夜间通行无阻,就有人进来白住。那个噘着嘴满脸不高兴的大妈出来开锁。二宫进去后脱下鞋子,走上走廊。电梯关闭,无法使用,只好走楼梯到六楼,敲了敲六〇一的房门。"谁啊?"传来节雄的声音。二宫回答道:"是我,二宫。"

门开了,节雄伸出脑袋,看着走廊,二宫把在便利店买的六听一箱的啤酒交给节雄,然后走进房间。

小清水躺在里面的床上,木下盘腿坐在前面的床上,桌子上散放着三个吃过的空便当和空啤酒罐,烟灰缸里烟蒂堆积如山。

节雄对木下说:"喝啤酒吗? 冰镇的。"

"好,我喝。"木下从床上下来,坐到椅子上。

"健来了,可是帮了大忙。也能睡一会儿午觉了。"节雄拽开拉环喝啤酒。看来木下名叫"健",他身穿淡灰色的西服,白衬衫,微露一点胸脯上的文身。

二宫问他:"全身都文上了吗?"木下点点头。

"什么图案?"

"龙虎。"

"你这个年龄全身文身的很少吧。"木下才二十多岁。

"我表哥在岛之内当文身师。"

节雄说:"健是住在本家屋子里的。"

"那不是精英人物吗？"

住在神户川坂本家屋子里的人都是各组派遣来的暴力团骨干候选人，居住在本家的屋子里一两年，通过打扫卫生、洗衣服、做饭、定期会议的接待等工作进行修炼，回到组里以后，周围看他们的目光都会发生变化。木下全身文身大概是表明自己有一生不离开这个世界的觉悟吧。

"川坂的会长是一个什么样的人？"

"第五代会长态度温和亲切，没听他大声说过话。"木下说这个会长的祖上好像是征夷大将军，"他平时深居简出，也就是给鲤鱼喂食的时候能见到他，他有一种独特的气场，不怒自威，每次见到我都紧张得说不出话来。"

"他不管具体事情吗？"

"组里的事情由若头和若头助理合议协商。"

原来是名义上统治而实际上没有权力，但手下有两万人，不协商合议就无法统领吧。这与过去的将军家族的不同点是没有世袭制。

"亥诚组组长这个人怎么样？"

"诸井先生这个人不太好伺候。歌唱得好。"木下说在本家召开的庆祝某嫡系组长刑满释放的宴会上唱过卡拉OK《无法松的一生》。

"亥诚组的泷泽呢？"

"见过几次，但刚才是第一次听他说话。"

"泷泽好像不记得你了。"

"所谓的住在本家屋子，说白了，就是被派到本家当跑腿。没人记得跑腿长什么样。"

"森山先生在本家召开的例会上发言吗？"

"二蝶的老大缩在会议大厅的角落里。"木下说在会上威风凛凛、说话气粗的都是财力丰厚、人多势众的组长,"大家彼此都知道,这个组多少人,那个组多少人,靠什么挣钱。"

"泷泽组有五十多个组员,大概想成为嫡系吧?"

"那又怎么样?恐怕不行。"木下喝着啤酒,"亥诚组诸井先生的两个盟兄弟升格到了嫡系,泷泽一大把年纪了,也就只好在分支待着吧。"

"哦,原来是这样啊。"

木下是个万事通,其实下面的组织派员居住在本家的原因之一,就是为了获取本家各种各样的情报。

"二宫先生知道得很详细啊,拜过山头吗?"

"他是森山老大的盟兄的儿子。"节雄说道,"这个盟兄二宫孝之在岛田二哥年轻的时候好像照顾过他。"

"我小时候,岛田先生经常带我去玩,从上小学开始就带我去赛马场和赛艇场。"想起来,三十年前就出入赌场,扔在赌场里的钱都够买一间公寓楼的房子了。

木下点头道:"是吗,怪不得老板叫你启坊。"

"一直靠中介的疏通费吃饭,越来越难,觉得差不多该结束了。"

"其实可以继续做下去的啊,你还年轻。"

"我明年就四十了,可能因为脑子笨,显得年轻。"

二宫三十九岁,桑原四十一岁,岛田应该是五十二岁。真是人生易老。大家抽烟喝酒,而小清水把脑袋埋在枕头里一动不动,虽然大概并没有入睡。闲聊片刻,二宫回到六〇二房间。

星期六二宫睡到午后才起床,到新世界一带的弹珠房转了一圈,虽然偶有小赢,但总体还是输了四万九千日元。晚上到六〇一房间去看看情况如何,没想到小清水精神很好,正吃着比萨。

星期日走到天王寺弹珠房去玩,输得有点惨,咬牙坚持到关店,想扳回来,结果输了八万日元。他心想应该把这种弹珠赌博从日本清除出去,但因为偶尔也赢过,所以觉得也不好办啊。现在把工作完全扔在一边,一天到晚这样游手好闲,自己究竟成了什么人?虽然觉得后悔,但却不反省,大概明天还会照样去赌,这样想着想着就睡着了。小清水状况如常。

星期一。有人按门铃,二宫醒过来。睡眼惺忪地开门,节雄站在门外,脸色凝重:"小清水的事知道吗?"

"不知道啊……"

"跑了。"

"什么?"

"健出去吃早饭,我也醒过来了,但赖在床上没起来,忽然发现这老家伙人没了。"

"没把他手脚捆起来吗?"

"脚用胶带缠起来了,手没有捆绑。因为他恳求说睡觉的时候可怜可怜他。"

"什么时候跑的?"

"要是知道什么时候跑的,早就把他抓住了。"

"小清水身上没钱,也没有现金卡和驾照,而且既没有昭和町公寓的钥匙,也没有茨木家的钥匙吧。"二宫说他大概也不会逃到泷泽组去。

"怎么办?现在怎么办好?"

"要断指吗?"

"你混蛋,现在是开玩笑的时候吗?"节雄说桑原这个盟兄会杀了他。

"我要是小清水的话,首先是弄钱。"

"怎么弄钱?"

"金本不动产事务所在通天阁附近。金本是小清水的艺人学校的财东。"

"好,走吧!"

"等等,我还没有洗脸。"

"这脸还要洗吗?"节雄焦急万分。二宫换上短袖衫和鞋子,走出房间。

从动物园穿过酱酱一条街到新世界,前往位于通天阁本通商店街的"金本不动产",推开"茶房光"旁边的玻璃门,进入楼内,走上二层。上午九点已过,金本不动产却锁着大门。

"上面是'金本总业'。"

二人走到三楼,敲了敲大门,把门推开。以前见过的那个茶色头发正对着摆在桌子上的镜子,手里拿着剃刀。

"金本先生在吗?"

"怎么是你啊?谁同意你进来的?"

"是在修眉毛吗?"

他的眉毛像蚯蚓一样细长,穿着黑夹克衫和花衬衫,虽然不是黑道,但无疑是一个小流氓。

二宫又问一遍:"金本先生在吗?"

"不知道,不知道。快走!"

"喂,对客人这么说话吗?"节雄走到前面,"小心挨揍。"

茶色头发的眼睛离开镜子,毫无惧色,低声说道:"你是哪里的家伙?"

节雄外表一看也是个无赖,但缺少桑原那样的震慑力,所以对方不把他放在眼里。节雄随意地走到桌旁,一把抓起电脑主机,举起来对着茶色头发的脑袋砸下去。茶色头发一下子跌倒在椅子上,连同椅子一起翻倒。紧接着节雄掀翻桌子,键盘、显示器飞落地上,茶色头发被压在桌子下面,发出痛苦的呻吟。

"记住了,老子是二蝶会的佐佐木。"节雄朝着他的肚子猛踢一脚,"金本在哪儿?"

茶色头发断断续续说道:"还……还没来……"

"你怎么不早说?"节雄抠着他的下巴。二宫把桌子扶起来,茶色头发爬到橱柜旁边,垂头呆坐,鲜血从头上流下来,顺着鼻梁滴落到地板上。

"你叫什么名字?"

"广野……"

"公司职员就你一个人吗?"节雄把餐巾纸盒扔给他。

"还有一个,今天是晚班。"他说二楼的金本事务所有一个中年女办事员。

"金本什么时候来?"

"差不多该来了。"

"平时几点来?"

"九点。"

"今天不是晚来了吗?"

"啊,是晚了。"他把餐巾纸按在额头上。

"今天早晨小清水来过吗?"

"小清水……谁啊?"

"小心我杀了你,你不会不知道吧?"节雄拿起剃刀走到广野身边。

广野用两条胳膊挡住脸："来过。小清水来过。"

"几点？"

"差不多半小时以前。"

"混蛋！他来干什么？"

"他说要借钱和手机。借给他两千日元，手机没有借给他。"

"后来呢？"

"他就走了。"茶色头发说小清水穿着拖鞋，是广场饭店的拖鞋。

二宫在节雄身后问道："金本家在哪里？"

"南津守。"

"电车能去吗？"

"不行，得开车。"

"噢……"小清水肯定是通过公共电话与金本联系，金本指定与他见面的地点，见面时金本判断是收留他还是借钱给他。如此看来，要抓到小清水，最好的办法是抓到金本。

节雄说："在这儿等金本。"

"把健叫来。"节雄用手机给健打电话。茶色头发以一种随你的便的表情看着节雄。

十分钟后，木下到来，看着电脑、桌面文件柜散乱一地，茶色头发靠坐在橱柜旁边，立即明白刚才这里发生了什么。

"这小子……"

节雄说："接电话的。"

"是这个吗？"木下用手指比画着划脸的动作。

"白道吧。"

"金本呢？"

"还没来。也没来电话。"

"金本要是来了,我来对付他。"

"不行,你下手太狠。"

一年前,木下用金属棒狠揍都岛的两个恶棍,结果被判有期徒刑两年,缓期执行,这在业界里被称为"带饭盒的"。

"你们不认识金本。"二宫说,"我去监视。"

"去吧。"

二宫走下楼梯,走进"茶房光",挑一个靠窗的座位,要了冰咖啡。

上午十点,还未见金本出现,这也太晚了。二宫心想莫不是自己和节雄进入这座楼房的时候被金本看见了,木下也有可能被他发现。如果真是如此,自己只能白等。

二宫付了钱,走出"茶房光",上到三楼,走进金本总业。节雄、木下、广野都坐在沙发上。

二宫说道:"金本可能不会来了,给他打电话吧。"

"喂,听到没有？给金本打电话。"节雄对广野说,"只问他现在在哪儿,什么时候来。要说了不该说的话,你知道会有什么结果。"

广野拿起桌上的电话,拨通金本的号码,开始说话:"啊,您好。……现在在哪儿呢？没有,这么晚还没来,所以……是吗……今天不方便吗？二楼我关上。……好的,知道了。……我待到八点。"广野放下话筒说,"社长不来了。"

"怎么回事？"

"说是有急事。"

"什么急事?"

"没说。"

"金本在哪儿?"

"现在在湾岸线的高速上。"

"湾岸线高速,去哪儿?"

"嗯……不知道……"

"你这个混蛋!"节雄吼叫起来,"再打电话!"

广野慌忙拿起话筒,按下重拨键:"喂,您去哪儿呢?……不,就我一个人……不是,不是……没别的人,就我一个……啊!"广野放下话筒,"暴露了……"

"混蛋!"节雄狠踢一脚广野的小腿,广野抱着小腿忍着疼痛。

木下说:"怎么办?"

"没办法,去见桑原大哥赔礼道歉。"

"我也去,是我没看住小清水,我的过错。"

"是啊,是你的过错。一大早就出去吃什么饭啊。"

二宫对节雄推卸责任感到吃惊,但没有流露出来。木下站起来,手托着广野的下巴,把他的脸抬起来:"把手机借给我。"

"为什么啊?"

"行了,借给我吧。"

广野把手机拿出来,是智能手机。木下拿过来,扔在地上,一脚踩裂,对他说道:"你回家去,老老实实待着。要是对金本说了不该说的话,我就用二蝶会的代纹把你做了。听懂了吗?"

"……"广野点头。

"好了,你走吧!"木下让广野站起来,节雄和二宫也站起来,走出事务所,走下楼梯。

到了凑町的大桥医院。三人来到主楼五楼,走进五〇五病房。病床上没人。

节雄说:"换病房了吧?"

二宫说:"不。没换。"病床的扶手上还搭着草莓图案的睡衣,"出去吸烟了。"

下到二楼,走出医院,来到旁边的儿童公园。银杏树荫下,身穿粉红运动套衫的桑原躺在长椅子上吞云吐雾。大概是听到脚步声,他把脸转向这边:"是你们啊,这么齐都来了。"

节雄说:"对不起。小清水跑了。"三个人站成一排低头道歉。

"怎么回事?"桑原坐起来。

"一直都是轮流监视,就在上厕所的一小会儿工夫,人不见了。"

"笨蛋!连一个老家伙都看不住,你们还能干什么?"桑原站起来,对着节雄和木下各扇过去一个大巴掌,两人跪坐在地上。

"老家伙去哪儿了?"

"好像逃到通天阁的金本那儿去了。"节雄把事情的经过告诉桑原,"……小清水应该是坐在金本的车里。不知道金本在湾岸线的什么地方把他放下去。"

"都是饭桶,让老家伙跑了,连去向也不知道吗?"

"对不起,万分抱歉。"两人把手按在地上,低头谢罪。

"你都干什么了?"桑原把矛头转向二宫。

"噢,就是在弹珠房里待着……"

"你不监视老家伙吗？说起来,这原本是给你擦屁股的事。"

"您说得对。"二宫知道这时候自己要是辩解,肯定要挨揍,也就低头道歉。

"告诉二哥了吗？"

木下说:"还没有。"

"别告诉他。二哥肯定比我还要暴跳如雷。"桑原喷了一声,"好了,那就一决雌雄吧。"

"什么一决雌雄……"

"去亥诚组。"

"这可不行,他们饶不了你。"

"没什么饶得了饶不了的,和泷泽这个头儿把事情了结。"

木下说:"把我也带去吧。"

"不是去拼杀的。你和节雄一起寻找小清水。"桑原把香烟和打火机放进口袋,对二宫说,"你跟我来。"

"去亥诚组吗？"

桑原皱着眉头说道:"你要是大男人,就要擦这个屁股。"

16

尼崎。在七松町下了出租车。亥诚组本部事务所是一幢面朝橘街的三层建筑。门口没有停车的门廊,泛红的铁釉瓷砖的外观与金本总业颇为相似。墙壁两侧安装着两个探头。大门上贴着"亥诚企划"的小金属牌。

桑原整理一下领带,按下对讲机按钮。

"喂,哪一位?"

"我是二蝶会的桑原。想见本部长。"

"预约了吗?"

"没有。对不起,因为有事商量,就贸然上门来了。"

"什么事?"

"有关副本部长洿泽先生的事情。"

"请稍等。"声音中断了。

二宫小声问道:"本部长是谁?"

"布施。"桑原说布施是亥诚组的若头,布施组的组长。

"布施组多少人?"

"一百二三十人吧。"

"那是大家伙。"

"下一任的亥诚组组长。"

"我还是回避一下吧。"

"你小子干什么都想逃跑。"

"我只是干中介调解疏通的,没见过有一百多人部下的组长。"

"二宫,我觉得你在我身边比较好。你作为被泷泽逼得走投无路的白道的代表去见布施。"

"可我话都说不好,两腿发抖。"

"谁让你说话了?你就半死不活地坐在那儿。"

"我真的要死了。"

"你别说,我对你还是挺佩服的,表演这种死相算是日本头一号。"

这时,对讲机传来声音:"桑原先生。"

"好的。"

"本部长同意见你,但只能十分钟。"

"谢谢。"桑原对着对讲机的镜头低头致谢。

门打开了,二人走进去。里面站着三个穿黑制服的彪形大汉,清一色黑道面孔。

"对不起,要检查一下。"一个寸头说着,走到桑原身边。桑原默默地张开双手,接受搜身检查。二宫也接受了从两腋到腰部、从大腿到鞋尖的检查。

"请到这边来。"他们在三个人前后监送下登上玄关里头的楼梯。上到三楼,寸头敲了敲左边的房门,里面传来"噢"的声音。

二人跟着寸头走进去。宽敞的房间,相当于和式房间二十叠榻榻米那么大,地板上铺着厚厚的地毯,正面摆放着两头沉办公桌,后面是川坂会现任会长的照片,匾额是代纹的浮雕,"三鳞"的正中间刻着一个"亥"字。一个身穿黑西服的小个子男人坐在办公桌附近的沙发上。

"初次见面,我是二蝶会的桑原。"桑原双脚并拢,深深低头,"冒昧造访,深表歉意。"

"我是二宫企划的二宫,在西心斋桥经营建筑咨询公司,请多关照。"二宫也低头致意,不知道要对方关照自己什么,心想对方最好不要误以为"二宫企划"是二蝶会的伞下企业。

"好,坐吧。"布施语气冷淡。他梳着大背头,戴无框眼镜,眉毛淡薄,眼睛细小,头发染黑了所以显得年轻,实际年龄将近六十岁。

桑原和二宫并排坐在沙发上,寸头站在布施身边,另外两个人走出房间。

布施问桑原:"二蝶会的年轻人来这里有什么事啊?"

"虽说是私事,但现在我被逼得走投无路了。"桑原说道,"副本部长泷泽先生贷款给《冰凝之月》电影制作委员会,持有制片人开出的票据。结果电影没有拍成,泷泽先生要回收贷款。他也到二蝶会分支的岛田组来收钱。岛田是二蝶会的若头。"

"岛田就是皮肤有点黑、眼睛炯炯有神的那个人吧?"

"您认识他吗?"

"在什么'义理挂'会上见过,是二蝶会的森山先生带去的。"布施掏出一支烟衔在嘴里,寸头立即点燃打火机伸过去。

"岛田的出资合同是三千万,已经支付了一半。但是,制片人携款逃跑,电影告吹,只剩下出资三千万的合同。于是,泷泽先生就要求岛田支付剩下的一千五百万出资费。"

"这个制片人叫什么?"

"小清水隆夫。原先在富士电影制片厂工作,制作过大约十部电影和不少 V 电影。"

布施下巴对二宫抬了抬,问道:"这位大哥也签订合同了吗?"

"是的。二宫也出资了。"桑原说,"他是白道,也同样被逼得走投无路。"

二宫心想不是这么回事啊,自己是被你这个桑原拉着到处转的……心里虽然这么想,但还是默默地点了点头。

布施继续问道:"泷泽叔贷款给小清水那个家伙多少?"

"据泷泽先生说,大概一个多亿。"

"要是这样的话,损失最大的不是泷泽叔吗?"

"正如您所说,可是泷泽先生持有的《冰凝之月》制作委员会的票据并不是岛田开出来的。当然也没有背书。"

"这事听起来还有点复杂。"布施把腿盘起来,脚上穿着没有后跟的皮革拖鞋。

"岛田也是道上的人,所以不打算在法律上做文章。不过,一千五百万已经打了水漂,还得掏出一千五百万,这事怎么也想不通。"

"总之一句话,就是一笔勾销,是吧?"

"简单地说,是这样。"

"这门路有点不对啊,我虽然是亥诚的若头,可对泷泽叔的事不能干预。我不知道他的生财之道,他有他的想法,按照自己的想法行动。"

"那就请本部长作为亥诚组的若头向诸井组长说明情况,请他调解。泷泽先生不会不听组长的话。"

"你是桑原先生吧。"布施紧盯着桑原,"即使我明白你的来意,但难道不应该是岛田组长亲自来吗?这才是道上的规矩啊。"

"十分抱歉,这是我个人的意见。岛田是一个老派黑道,就算泷泽先生使用强硬手段,也不可能还钱。弄得不好,会引发岛田组和泷泽组的纠纷。"

"我不管会不会引发纠纷,但是我可以告诉你:我不打算请老大出面调解,也不会向他汇报情况,这件事由岛田和泷泽叔双方去解决。"

"亥诚组和二蝶会都是川坂的嫡系,两个分支组织发生纠纷总不好吧?"

"你说得没错,我和二蝶会的森山先生也很熟。……但这是两码事。"

"岛田打算做出一定程度的让步。……把剩下的一千五百万的一半,即七百五十万付给泷泽先生,这样双方可以和解吗?"

"你怎么不对泷泽叔说?"

"因为泷泽先生根本听不进去,所以我才来恳求本部长。能不能借本部长的面子说服泷泽先生?"

"知道了,知道了。你说的我都听明白了,但情况是否确实如此,我要当面问问泷泽叔。"

"支付给泷泽先生的七百五十万日元,这笔钱可以存放在本部长这儿。"

"钱的事情以后再说,今天先到此为止吧。"布施的手横向一伸,寸头将他手中的烟蒂取过扔在烟灰缸里。

"拨冗相见,深表感谢。"桑原把名片放在桌子上,"以后可以给本部长打电话吗?"

布施颇为不快地说道:"不,就此一次,没有任何人的介绍就私自上门求见,这种不懂礼貌的行为下不为例。"

"对不起。告辞了。"桑原站立低头致歉,二宫也施礼告辞,二人走出房间。

二人离开亥诚组,走到公交车站等出租车。

二宫说道:"终于见到了拥有一两百人部下的组长。"

"因为是去了亥诚组的本部事务所,组内的事情都由若头统管。"桑原说如果去布施组,肯定见不到布施,只是由布施组的若头出来应对,"我这是上了个保险。有了与亥诚组的若头见面说明情况这个事实,以后布施作为若头就不能装作一无所知。"

"其实要是把泷泽和小清水勾结诈骗的真相告诉他就好了。"

"你傻啊,你来亥诚组是为了上门打架吗?有几条命都不够。"桑原的语气显得很焦躁,使劲抽着烟。这时,两个剃光眉毛的高中生叽叽喳喳地聊着天走过来,但一看见桑原的样子,就急忙快速走过去。

二宫也点燃一支烟:"布施管泷泽叫泷泽叔。"

"泷泽是诸井的盟弟,布施是诸井的手下。"

"泷泽和布施的力量对比怎么样?"

"那当然是布施具有优势,一个是本部长,一个是副本部长。但对于布施来说,泷泽是老大的兄弟这个辈分,所以对他比较客气。"

"布施说和泷泽见面时向他询问这件事。"

"嘴上说说而已,实际上什么都不会问。"

"你为什么说要把七百五十万放在布施那里?"

"你的问题怎么这么多?"

"不懂就问,这是人生格言啊。"

"你这种人生格言水平太低了吧。"桑原一副挖苦的神态,"这是诱饵。懂吗?诱饵。如果布施打算把这七百五十万当作自己的零花钱,那他就可能把泷泽这件事压下来。……不过,对布施来说,这些钱不过是零头而已。"

"这七百五十万是调解费吗?"

"这就看布施是怎么想的,是把事情告诉组长诸井,让他出面制止泷泽,还是缄默不语,不闻不问,这我就不知道了。"

"如果诸井制止了泷泽,你就平安无事了吗?"

"不可能平安无事,'民事'解决了,还有'刑事'呢。"

"这什么意思啊?"

"民事是金钱,刑事是打架。我把泷泽手下的几个无赖打得遍体鳞伤。"

"你不是也被砍了吗?"

"真羡慕你这个猪脑袋,什么时候也被砍一刀试试看。"就在桑原发牢骚的时候,来了一辆出租车。是空车。二宫举手拦下,一坐进车里,桑原就对司机说道:"摄津。鸟饲。"

"是去玄地组吗?"

"对。把玄地拉进来。"桑原双臂交抱,闭上眼睛。

摄津。在新干线车场东面的一家酒馆前下车。桑原向正在把啤酒箱装进小卡车里的男人询问道:"对不起,打听一下,有一个叫玄地组的暴力团事务所在这附近吗?"

对方吃了一惊,手指前方说道:"要是玄地总业的话,就在前面。如斋寺的旁边。"

"谢谢了。"桑原道谢一声,快步走去。

寺院前面有一幢预制板式平顶住宅,房檐狭小,上面安装着探头。一楼没有窗户,铁门,门上贴着一块很小的"玄地总业"的金属牌。暴力团组织的事务所正面外观怎么都相差无几呢?

桑原按一下对讲机按钮,立即有人回应。

"我是二蝶会的桑原。坂本先生或是德山先生在吗?"

"二蝶会?"

"毛马的二蝶会。我们是同行。"桑原对着探头扬起手。

"有什么事吗?"

"《冰凝之月》制作委员会,我也出资了,想就这件事谈一谈。"

片刻,门开了,出来一个穿着敞领衬衫的男人,指着二宫问道:"他是谁?"

"他叫二宫。我的出资人。"

出资人?这小子信口雌黄。走进门内,和刚才一样,接受保镖的搜身检查,然后进入会客室。会客室很小,既没有代纹,也没有装饰灯笼。

桑原坐在沙发上,对男人说道:"好热啊。"

对方似乎受到提醒,打开空调。

"毛马的二蝶会,你知道吗?"

"哦,名字听说过。"

"玄地组现在多少人?"

"比以前少了点,四十七个。"

"义士啊,赤穗义士。"

"啊,是……"汉子显出疑惑不解的神色。大概他不知道赤穗义士是四十七人。

这时,一个身穿黑西服的人走出来,稍胖,红脸,前额光秃。桑原站起来递上名片,低头道:"二蝶会的桑原。"

"二宫企划的二宫。"二宫也递上名片。

"我是德山。请坐吧。"

"谢谢。"桑原坐到沙发上。二宫也坐下来。

"喝什么?"

"冰咖啡。"

德山回头:"喂……"那个敞领衬衫走出房间。

桑原说道:"现在进入正题可以吗?"

德山点点头。

"其实,前些日子我已经把小清水抓到了。"

"噢,小清水啊……"

"小清水说您也出资了,所以我觉得应该登门和您商量一下这件事。……我们的若头岛田签订的出资合同是三千万,已经支付了一半,但是亥诚组副本部长泷泽先生拿着票据来要钱,说要给他另一半。……这是个大数额,而且泷泽先生手里票据的来历也有疑问。我认为这是他倚仗亥诚组的势力来敲诈。"

"这么说,二蝶会不打算给钱吗?"

"不是。出资的不是二蝶会,而是岛田组。"

"我们也不是玄地组出资,而是下属企业。"

"听小清水说,是那须演出公司吧。"

"小清水坦白交代以后怎么办了?把他埋了吧?"

"不怕您笑话,没看好小清水,让他逃跑了。"桑原说小清水没有逃到泷泽组。泷泽组为了灭口,大概也在追寻小清水,"……小清水说他受泷泽组的初见的操纵,才编排这出诈骗的把戏。这样我们的若头才下了决心。"

"不给另一半钱……"

"是这样。"

"这样子啊……"德山点点头,但显得反应迟钝,"你是受若头的指派到我这里来的吗?"

"不是,是我个人的想法。"

"泷泽可是亥诚组的重要头目啊,打算和他对着干吗?"

"我来正是想和您商量这件事的。"

"哦,桑原先生啊,我们已经结束了。"

"结束了?什么结束……"

"就是说啊,我们已经和泷泽了结了。"

"你们支付另一半的钱了吗?"

德山略显不耐烦地说道:"票据收回来了。"

"是吗,是这样啊……"桑原抿嘴一笑,"面对强手,胆小如鼠。"

"什么?喂,你怎么说话呢?"

"没什么,要是我说话不中听,还请原谅。"

"那就努力干吧,岛田组不愧是岛田组。"

这时,门被推开了,一个光头端着放有冰咖啡的托盘走进来,把杯子放在桌子上,然后走出去。

"德山先生什么时候开始当若头的?"桑原将牛奶倒进冰咖啡里。

"差不多有十年了。"德山不放牛奶。

"最近财路怎么样?"

"不好。我们是靠土建、派工和工业废料吃饭,但现在没有工作。只有工业废料还勉强凑合,但如果完全按照规矩办理的话,利润很薄。年轻人也不到组里来,各搞各的,随意得很。"

"我们也一样。最近的年轻人缺少教育。"

"就算想教育他们,可是没有让他们吃饭的本钱,有什么办法呢。"

"这世道越来越坏,生财之道只剩下毒品、黑市钱庄和骗钱,我们不能欺负白道和老年人,黑道不干这种事。"

一派胡言!桑原和德山满嘴仁义道德,不欺负白道那还是暴力团吗?

桑原喝完冰咖啡,说道:"对不起,告辞了。"接着站起来。

"别着急,等等。既然来了就送你点礼物。"

"什么……"

"你真的打算和泷泽对着干吗?"

"怎么说呢,现在正对着干呢。我和泷泽这小子的喽啰几次交手,也被他们砍伤了。"桑原捂着左侧腹,"肺部开洞,动了两次手术,今天是勉强从医院出来的。"

"哦,那你太辛苦了。"德山笑道,"所谓的礼物,就是关于泷泽组的一些内情,你听了没有坏处。"

"什么情况?"桑原又坐下来。

"泷泽组的若头叫广濑。这个人和初见关系不好,水火不容。"据德山说,初见年轻的时候曾因为组与组之间的纠纷将对立面的某个组的骨干击毙,因此判处十七年有期徒刑。刑满出狱的时候已经四十多岁,但回到组里以后,没有财路,与自己同辈分的广濑却拥有自己的组,成为泷泽组的头目之一,后来又一跃成为泷泽组的若头。初见一直是泷泽组的顾问,没有自己的组。德山说:"这是听说的,当年初见袭击那个组的骨干时,好像是和广濑一起干的。广濑吓得浑身哆嗦,初见一把夺过他手里的手枪,冲杀进去。"

"这种事常听说,冲杀在前面的都吃亏。"

"惨的是初见,虽然名声很好听,是为了组而去坐班房,但出来后一直坐冷板凳。广濑也是的,疏远有恩于自己的初见。"

"广濑是若头,他可以清除掉初见吧?"

"那必须有名目,就是不符合道上的义理规矩这样的名目。"

"是这样。您说的这些事的确是好礼物,我会牢牢记住的。"

"我们已经被泷泽控制住了,你就走你的黑道吧。"

"尽力而为吧。"桑原站起来,二宫也站起来,走出会客室。

"老狐狸。"在走向公交车道的时候,桑原说道,"自己对泷泽卑躬屈膝,却鼓动二蝶会和泷泽对抗,他是坐山观虎斗。"

"拉拢玄地组失败了吧?"

"要是事事顺心如意,还费什么劲儿。"桑原气呼呼地说道,"真受不了,又困又饿,伤口还疼。"

"那就散了吧,你回医院去怎么样?"

"瞎说什么?我是自己硬要出院的,能随随便便又进又出吗?"桑原停下脚步,问道,"你住哪儿?"

"不是说了吗?釜崎的出租钟点房。"

"怎么不回家啊?那个千岛的破住宅。"

"要是能回去,早就回去了。"二宫心里骂道就是因为你干的好事,才使自己有家难回。

"好,知道了。我去睡觉。"

"对,对,这就好。"

"走,去釜崎。"

"欸……"

"怎么啦?瞧你这模样,不愿意留我睡吗?"

"不,没有的事。"

"好久没去釜崎了,看看那条旅馆街有什么变化。"说罢,桑原继续往前走去。

星期二。小清水不知去向,通天阁本通商店街附近的金本总业和金本不动产都放下了卷帘门。节雄和木下在监视金本大楼,未见异常。

桑原进了广场饭店的六〇一房间,一整天无所事事。二宫在六〇二房间,睡醒后就去弹珠房,罕见地赢了四万日元。贪心不足,还想再赢,便去新世界的雀庄玩麻将,一眨眼工夫就输了三万日元。盘踞在雀庄的那些老家伙运气非常好,虽然并不是觉得他们有作弊行为,但就二宫的麻将水平而言,他深知自己赢不了他们。

星期三。二宫在飞田商店街的弹珠房里的时候,桑原打来电话。二宫本不想接,但铃声响个不停,旁边的客人都瞪着他,只好接起来。

"怎么这么长时间才接?"

"正大量出珠呢。"

"停下你这玩物丧志的游戏,立即去金本大楼。"桑原说节雄来电话,报告说金本已进楼。

"我去了也是碍手碍脚的,你们三个人处理就行了。"

"喂,你居然敢不听我的话!"

"知道了,我去就是了。"挂断电话,把剩下的大约五十个珠子打完,然后出门。

新世界商店街。酒红色的奥拓停在看得见金本大楼的十字路口。节雄和木下坐在车里。

"嘿,傻乎乎站着干吗,多显眼啊,不进来吗?"节雄这么一说,二宫就坐进车里的后排座,问道:"桑原呢?"

"还没到,说是正在路上。"

"金本呢?"

"十五分钟前把卷帘门拉上去,进楼了。""茶房光"旁边的卷帘门关闭着,可能里面已经上锁。

节雄自言自语道:"三个人有点麻烦。"

"现在是三个人,桑原一来,就是四个人。"

"你傻不傻,我是说金本带着两个保镖。"

"哦,对方是三个人吗?"

"那两个看上去像是黑道的,要是带着凶器,就比较麻烦。"

"是'小喷筒'(手枪)还是'梃子'(刀具)?"

"你这个白道别说我们的行话。"

"噢,对不起。"

这时,车门打开,桑原坐到二宫旁边:"金本呢?"

"在里面。"

"二楼还是三楼?"

"大概是三楼。"节雄说三楼的百叶窗放下来了。

"卷帘门要是上锁就比较讨厌。"桑原拍了拍坐在驾驶座上的木下,"你把车子停到停车场,把车轮扳手拿来。"

"好的。"木下点点头。桑原和节雄下车,二宫也下车。奥拓开走了。

桑原问道:"以前见过那两个保镖吗?"

"第一次见。"

"哦,是外山组的吧。"

"这是……"

"保护金本的。"桑原说外山组是西成朱雀联合的分支,"外山组有五六人。他们真有那胆量和我们干架吗?"

"大哥你别走前面,要是伤口再开裂,那可不得了。这事说起来本来就是我们没看好小清水,让他逃跑了。"

"你的家伙呢?"

"没带着。"

"去找个什么来。"

"是……"节雄往通天阁方向跑去。

二宫问道:"这就是冲杀吗?"

桑原点点头:"对,冲杀。"

"那我是观察员啰。"

"说什么梦话呢?小清水逃跑你也有责任,一天到晚就知道玩弹珠。"

"因为我没事干,又回不了事务所和家。"

"你带头冲杀进去!要是死了,我给你收尸。"

"开玩笑,我的老母亲会伤心的。"

"你不是男人吗?没有带把的那玩意儿吗?"

"有是有,就是小了点。"二宫下决心绝对不能冲锋陷阵。一旦打起来,不管三七二十一,逃跑为上。

这时,节雄回来了,手里拿着一根大约五十厘米的细棍子。

桑原问道:"这是什么东西?"

"雨伞的骨架。"节雄握着把手抡了一下,"这样刺进眼睛。"雨伞骨架根本派不上用场,但节雄显得一本正经。

木下回来了,皮带上插着车轮扳手。

"好,走吧!"三个人向金本大楼走去,二宫也跟在后面。

木下把车轮扳手从卷帘门的下面插进去,想把它撬起来,但卷帘门一动不动。节雄过去帮忙,两个人一起使劲,卷帘门出现一道缝。桑原和二宫也一起抓住下端,四个人用力往上抬起,挂钩脱落,卷帘门打开了。

木下、节雄、桑原依次登上楼梯,二宫殿后,稍微保持一点距离。二楼金本不动产的门上了锁。节雄敲门,没有回应。上到三楼,站在金本总业门前。节雄敲门,也没有回应。

桑原说:"把门破开!"木下将扳手插进门与门框之间的缝隙里,用力一拧,胶合板的门一下子打开了。

金本在事务所里,坐在里头的办公桌前,两个保镖分立两侧。这两个人看着面熟。

"喂,喂,怎么这儿还有这样莫名其妙的家伙啊。"桑原说道,"这不是泷泽组的矶部和久保吗……"

这两个人是在小清水家的路上和桑原交过手的泷泽组组员,那时矶部穿着狮子图案的花衬衫,久保穿着黑夹克衫。桑原揍了矶部的面部,踢了久保的胯裆。

桑原从鼻子里嗤笑道:"是我判断有误,还以为金本的靠山是外山组呢。"

矶部手持刀子,久保手持铁棍。

"怎么啦?喂,想打架吗?"桑原低声说道,"还是不打为好,二对四啊。"

"别废话,我们来报仇的。"矶部走上前,手里的刀子的刀刃很薄,像是蝴蝶形折叠刀。

"我不喜欢暴力,报仇也好了结也罢,不顾后果就这样来打架,不能通过协商解决问题吗?"

"别瞧不起我们!"矶部声音嘶哑,面无血色,摆出马上就要冲上来的架势。

"好了,好了,别在这儿打架。"金本转向桑原说道,"你大概是要找小清水吧?小清水在岸和田。"

"岸和田?在那儿干什么?"

"是我把他藏到那儿的。你就饶了他吧。"

"胡说!我有事找那老家伙。"

"小清水把所有的钱都拿出来了,现在身无分文。如果你的目的是要钱,还是死了这条心吧。"

"混蛋!那老家伙和泷泽勾结骗钱。你不把他交出来,是吗?"

"你要对小清水怎么样?"

"烦人!你是什么人?为什么泷泽的地痞流氓会在这儿?你是不是从外山改换门庭投靠泷泽了?"

"喂,谁是地痞流氓?"矶部又靠近一步。

木下迅速走到桑原前面,右手放在上衣的里口袋,叫了一声:"老子杀了你!"只见他手里握着一把深灰色的手枪。矶部顿时脸色大变,踉跄后退。久保也表情僵硬。

木下问桑原道:"干掉吗?"

"啊,干掉!"

"别动手!"金本叫起来,弯腰躲在办公桌后面。

木下叫道:"还不扔掉?"

咣当一声,矶部的刀子掉落地上。

"你也扔掉!"

久保也扔下手中的铁棍。

"怎么办?"

"噢……"桑原捡起刀子,指着阳台,"你们出去!"

矶部和久保顺从地打开落地窗,走到阳台上。节雄关窗上锁。木下的枪口对着矶部和久保,他们乖乖地蹲在空调室外机的旁边。

桑原走到办公桌边上,揪着金本的衣领把他拽起来。

"求您了,请高抬贵手。"金本趴在地板上,声音颤抖地哀求。

"刚才不是挺威风的吗,口出狂言。"桑原把手中的刀刃放在金本的额头上。

"不是,是他们逼我的。"

"逼你什么?"

"逼我交出小清水……"

"我可要杀了你。"

"真的,都是真的啊。"

"什么真的?"

"前天早上,我开车出门的时候,接到小清水的电话。他说从釜崎逃出来了。"

"后来呢?"

"他说身上没钱,无处可去。我在惠美须町和他见面。他是穿着拖鞋走来的。"据金本说,他让小清水上车,询问情况,小清水告诉他自己被监禁在钟点房里。釜崎之前是尼崎,小清水说他先是被泷泽组绑架,后来又被二蝶会的桑原绑架。于是,金本给外山组打电话,希望能关照一下小清水。外山组的组员说在岸和田有同伙,不管怎样先把人带去岸和田。金本说:"在岸和田的五轩屋町。一幢破破烂烂的单元楼,大概是以前用来搞毒品交易的。我把小清水交给里面的人,自己去了白滨。"

"交给谁了?"

"一个姓赵的。"金本说那个人五十岁左右,瘦骨嶙峋,大概是卖白粉的。

"你为什么去白滨?"

"不敢回到这里。"

"你不是对他照顾得挺好的吗?借钱给他了?"

"小清水是我经营的艺人学校的校长啊。"

"你是小清水的钱袋子啊。"

"是的。艺人学校的钱都是我……"

"没问你这个。你和小清水勾结合谋搞了个'《冰凝之月》制作委员会',然后就向泷泽骗钱。"

"我不认识泷泽组,是小清水带我去的。"

"小清水被泷泽吃掉,就是因为你欺骗泷泽。"

"不是这么回事,真不是这样。"金本有气无力地摇头。

"那是怎么回事?你说,要让我觉得合情合理。"

"去年年底,小清水找我商量……说《冻月》这部小说很有意思,想拍成电影,要我资金支持。"

"什么资金支持……完全是诈骗。"

"不是一开始就想诈骗,小清水真的想拍电影。"小清水说要成立制作委员会,就需要资金。他作为首席制片人,至少要投入百分之二十的制作费,不然就无法募集到别人的资金,所以要我借给他三千万日元,"小清水说如果电影成功,这三千万就会变成五千万甚至一个亿。……我对电影一窍不通,对他说的话一知半解,但被他一再恳求,于是借给他七百万。"金本说以前还借过钱给小清水,将近四百万,"那家伙在一个名叫玲美的女人身上花了很多钱,到处借钱,背了一屁股的债。"

"小清水把拍电影当作一场赌博,就为了还债。"

"是这样。"金本点点头,"我不知道小清水和泷泽组是什么关系,但向泷泽组借钱的是小清水。我真的不知道什么泷泽组。"

"泷泽是黑道金融的头目,毫无疑问要被他吃掉的。"

"小清水这件事上太天真了。"

"四百万加七百万……你从小清水那里拿到制作委员会的票据了吗?"

"拿到了。"

"金额多少?"

"一千五百万。现在就是一张废纸。"

"这么说,你是受害者啰?"

"是的。是受害者。"

"受害者为什么还要藏匿小清水?为什么带他去岸和田?"

金本嗫嚅着说:"这是因为和他的长期交情……"

"小清水在岸和田这件事,你向泷泽告密了吧?"

"……"

"要改一改你这卑鄙劲儿。"说着,桑原抓住金本的脑袋把他推倒。金本趴在地上,桑原一脚狠踢他的屁股。金本滚动着撞在墙壁上,"小清水在哪儿?是被泷泽抓走了吗?"

金本缩着身子回答道:"没有,他跑了。"

"跑了……"

"那个姓赵的来电话说,我把小清水交给他以后,马上就不见踪影了。"

"没钱怎么跑啊?"

"我在车里给了他五万日元。"

"没撒谎吧?"

"真的。小清水去向不明,躲起来了。"

"会不会被泷泽干掉了?"

"没有。没听姓赵的说泷泽组有人来。"

如果金本说的是真话,那么小清水身上只有五万日元,提心吊胆,害怕泷泽组、岛田组、玄地组的人追来,一身脏兮兮的衣服到处流窜。

"小清水来过电话吗?"

"没有。"金本的目光看向阳台,"那两个人就是为了抓小清水才跟我一起进楼里来的。"

"有意思,被黑道的两条汉子守护着是什么滋味?"

"恶心。"

"那是你自作自受。"桑原嘲笑着,说道,"把票据拿出来!"

"票据?"

"小清水开给你的一千五百万的票据。现在不是废纸一张了吗?"桑原又在金本的屁股上踢了一脚。金本晃晃悠悠地站起来,打开文件柜,从抽屉里取出一张票据。桑原一把夺过来放进口袋:"岸和田的住宅楼在哪里?"

"五轩屋町。"

"我问的是五轩屋町的哪里?"

"消防署的后面,叫作'大安庄'的住宅楼,一〇三房间。"

"大安庄……"桑原回头对木下和节雄说道,"走!"

木下敞开上衣,把手枪别在后腰皮带上。节雄把伞骨扔在沙发上,一起走出金本大楼。

走到动物园附近的停车场,坐进奥拓。节雄开车,桑原坐在副驾驶座上。这种小型车坐四个人本来就拥挤不堪,桑原却放倒椅背,弄得二宫只好紧夹膝盖,无法动弹。

桑原说道:"去岸和田。"

"去五轩屋町吧。"节雄设置汽车导航仪。

二宫问木下:"刚才那把手枪,你一直带在身上吗?"

"啊,要看吗?"木下拔出手枪,把枪柄递给二宫,"这就是手枪……"

二宫接过手枪,感觉沉甸甸的。

"这是托卡列夫,TT33。"

"俄罗斯的手枪。"

枪身很薄,刻着五角星标志的枪柄也不厚。

"打一枪试试。"木下说托卡列夫没有保险装置。

"别干傻事,车顶棚会打出个窟窿。"

"仿制的。"

"欸……"

"仔细看看,是塑料的。"

"什么啊……"

桑原笑道:"木下是仿真枪的发烧友。"

"就用这个冲杀,让对方举手投降。"木下笑道,"很方便。"

桑原对二宫说:"你也随身带一支,怎么样?"

"我对手枪这玩意儿不感兴趣。对匕首、日本刀也患有尖刃恐惧症。"

"只要对自己有利,你对任何东西都有恐惧症。"

"座椅往前靠一点啊,我腿疼。"

"烦人!别废话。"

节雄说:"出发了。"奥拓离开停车场,向岸和田奔去。

17

车子从阪神高速湾岸线的岸和田南出口下去,顺着二十六号国道进入岸和田的繁华街区。从南海本线岸和田车站西行大约五百米就是五轩屋町,这一带是居民住宅区。很快就找到了消防署。木下留在车里,桑原、节雄、二宫从消防署旁边的道路走进去,"大安庄"是一幢看上去随时都会倒塌的破旧住宅楼。

节雄拉开镶嵌着毛玻璃的拉门,里面空间狭小,根本称不上是"玄关",左边的楼梯下扔着一辆没有后轮的摩托,倒着一辆车条歪斜的自行车,一股霉味和酒精混合在一起的臭味扑鼻而来。

桑原说道:"这住宅楼真够破的。"

节雄说:"和我住的那幢楼差不多。"

他们站在一〇三房间前,没有门牌,令人怀疑这里面是否住着人,节雄敲了敲薄薄的房门,没有回应。

桑原说道:"赵先生在吗?"里面开始有动静。

"有人啊。"

"是啊。"

咔嚓一声,门锁打开,开门处,一个五十岁上下的瘦小老头露出脑袋。

"你是赵先生?"

"你们什么事啊……"

"找你有点事。"桑原把脚插进门缝,用托卡列夫手枪顶着对方的额头,开门进去。节雄和二宫也跟着进去。

赵用沙哑的声音说道:"你们要是找那货,这里没有。"

"这我知道。贩子把白粉放在家里,这可是要被逮住的哦。"桑原把托卡列夫插进皮带,"我们是来找小清水的。"

"小清水?谁啊?"

"喂,喂,装蒜是吗?"桑原把手放在枪柄上。赵赶紧点头。桑原说道:"我们查到证据了,你是按照外山组的指示接收了小清水。他在哪儿?"

"跑了。"

"跑到哪儿去了?"

"不知道。"赵说小清水在当天傍晚就一去不复返了,"和这种被人追讨的家伙同住一个房间,也给我带来了麻烦。"

"外山组是谁让你收留那老家伙的?"

"真治,不知道他的名字。他说金本到你那里去,一切都听他的安排,没想到又带了一个人来。"

"你的白粉是从外山组那里进的货?"

"我不是贩子。"

"不是贩子,怎么会说这里没有那货?"

"你们是什么人啊? 说话这么狂妄,外山组饶不了你们!"

"毛马的二蝶会,桑原。外山组要是饶不了我,随时可以来找我。"桑原把手放在赵的肩膀上,"金本给你收容费了吧?"

"嗯,只有五万。"

"噢,我也是五万。"桑原从钱包里抽出五张一万日元的钞票,连同名片一起塞进赵的法兰绒衬衫的口袋里,"要是知道小清水的下落,给我打电话。到时候再给你五万。"

大概对自己能得到钱感到意外,赵急忙低头,说道:"是这样的,那老家伙打过电话。"赵说小清水打过电话后就失踪了。

"他给谁打电话了?都说些什么?"

"这我不知道。"

"他应该没有手机。"

"他借我的手机打的。"赵拿出手机,查找拨号记录,"……是这个,０七四五七三七四××。"

"喂,记下来。"桑原对节雄说。节雄说没笔。赵打开鞋柜的抽屉,拿出圆珠笔递给节雄。节雄把电话号码记在手背上。

"很快就要举行花车游行了吧?"

"是的,很快就要举办庙会了。"赵说岸和田市已经布置得充满节日的气氛。

"五轩屋町也有花车参加游行吧?"

"我拉花车参加游行已经有四十年了。"

"那很快乐啊。"

"要是没事了,请你们回去吧。"

"对不起了,我们还会来的。"

"不,别来了。"赵瞧一眼桑原皮带上的托卡列夫。桑原系上上衣的扣子,走出房间。

坐进奥拓,木下开车动车子。

桑原问道:"区号０七四是什么地方?"

坐在后排座的节雄说道:"大概是奈良。"

"老家伙逃到奈良去了?"

"要不要打电话试试看？"

"嗯……"桑原回头对二宫说道，"你打电话。"

二宫打开手机，看着节雄手背上的号码按键。电话通了。

"喂……"

"我是宅急送。是佐藤先生的家吗？"

"不是。"

"宅急送写的是这个电话号码，货到付款。您贵姓？"

"熊谷。"

"住址是奈良吧。"

"上牧町。"

"是一丁目一番地二号吗？"

"我是三丁目。"

"对不起，好像电话号码错了。"

二宫挂断电话，说道："上牧町三丁目的熊谷。接电话的大概是五六十岁的老大娘。"

桑原说道："没问番地啊？光是三丁目熊谷，找不到。"

"问得太细，不是让对方怀疑吗？"

"你还是嘴皮子溜，这一点了不起啊。"节雄说，但听起来不像是赞扬。

桑原问道："奈良有上牧町这个地方吗？"

木下说："在香芝一带，可能是西名阪附近吧。"然后把车子靠左停下来，打开停车闪示灯，在导航仪上寻找："啊，走吧！"

桑原把座椅放倒，后面的二宫用胳膊往回顶："我太挤了。"

"你还要怎么舒服，这种小型车本来空间就小嘛。"桑原把脚搁在仪表盘上。

桑原醒来的时候,车子在住宅区行驶,他问道:"这是哪儿?"

木下说:"上牧町。"

桑原睡了大概有一个小时,盘坐得大腿发麻。木下把车子停在蓄水池的围墙旁边,说这一带就是三丁目。

桑原对二宫说:"你去寻找熊谷家。"

二宫下了车。这一带鳞次栉比建有不少新住宅,住宅占地面积相当宽广。二宫想寻找住宅示意图,但没有发现,走进门前摆放着香烟自动售货机的粮食店,里面坐着一个白发男人。

"对不起,请问熊谷先生的家在哪个地方?"

"熊谷家在前面。"他手指右面,"大概走过十栋房子,左拐第三家。"

"谢谢。"二宫道谢后走出来,故意站在门里的白发男子能看见自己的地方从自动售货机上买了一包香烟。然后回到车里,对桑原说已经找到熊谷家了。

"你去!"

"为什么你不去啊?"

"我长相不好看。"

这句话还真说对了,长相、品行都不好。二宫往刚才打听到的方向走去,奥拓慢慢跟在后面。熊谷家很容易就找到了,外面是砖墙,里面是狭小的院子,带顶棚的车库里放着白色小型客货车和小型摩托。

二宫等奥拓停在十字路口后,走上去按对讲机,传来刚才电话里那个女人的声音:"谁啊?"

"我是配音和演员培训学校的佐藤,请问小清水校长在吗?"

"哥哥不在。前天来过。"哥哥……这个女人是小清水的妹妹？

"对不起,学校有紧急事情要和校长商量,能打听一下吗？"

"好的,我就来。"略等片刻,玄关门打开,出来一个头发束在后头的圆脸女人,没有小清水那么胖,但眼睛、嘴巴还是有点相似。

"实在对不起,我叫佐藤。"

二宫低头致意,对方也低头回应。

"您是校长的妹妹吗？"

"是的。"

"对不起,您怎么称呼……"

"昭子。"

两人隔着格子门谈话。

"是这样的,我有事情要找校长,债权人到学校里来了。我也不知道这件事,听说校长从商工信贷借款,逾期未还。"二宫信口胡编,"我去过校长在茨木的家和昭和町的公寓,但都联系不上,所以金本不动产的金本先生把这个地址告诉了我。"

"哥哥是在躲避债权人的追债吗？"

"怎么说呢？直白地说,是这样。"二宫说自己有两个月都没有拿到工资了,想以此博取对方的同情。

女人嘟囔着说道:"果然是这样。"

"怎么回事？"

"前天三点左右,哥哥打来电话,问我身体怎么样……少有这样的问候,听他的声音有气无力,一问他就说向我借钱。"小清水说别问什么原因,能借多少就借多少。昭子放下电话后,跑到附近的邮局,取出三十万日元,"……我也不富裕,瞒着丈夫能拿出来的也就这些。"

小清水傍晚来到这里,穿着脏兮兮的夹克衫和衬衫,皱皱巴巴的裤子,疲惫不堪的样子。昭子把装在信封里的三十万日元交给他,让他进屋里,他摇摇头,让她给他一双鞋:"……他穿着高中生穿的那种帆布鞋。于是我把丈夫的皮鞋拿出来,他换上鞋后就朝公交车道走去。我说送他到王寺车站,可是……他好像不愿意别人打听他的事情。"

"校长说他去哪儿了吗?"

"什么也没说。"

"还有没有其他能借钱给校长的亲戚?"

"我想就我一个吧。"她说小清水的本家在京都的深草,但已经断绝关系了,"佐藤先生,你也很为难吧。"

"是啊,学校的所有事情都是校长一手掌管的。"二宫知道这里已经问不出什么名堂,小清水的线索又断了,"对不起,谢谢。"说罢,二宫转身离开。

二宫坐进奥拓。

桑原问:"怎么样?"

"好像借了三十万。"二宫把打听到的情况说了一遍,"我想小清水的妹妹没有撒谎。"

"就穿着那一身衣服,老家伙想干什么?要是钱花光了,他打算找个地方上吊吗?"

"不,那小子很倔强,应该会躲起来,等着风头过去。"

"可怜的家伙,没有现金卡,没有驾照,没有存折,没有家钥匙,护照被泷泽组收走了,和玲美也断了关系。"桑原说着转问节雄,"要是你会怎么办?"

"我就坐夜间大巴,到一个偏僻的温泉去泡露天温泉。"

"事不关己啊,那老家伙就是被你们看丢的。"桑原怒吼一声,节雄低下脑袋。

二宫的手机振动起来,打开一看,是岛田来电:"您好,我是二宫。"

"启坊,你在哪儿啊?"

"奈良的上牧町。"

"干什么呢?"

"小清水逃跑了,刚才去见了他的妹妹。"

"逃跑了? ……不是关在釜崎吗?"

"对不起,一不留神就跑了。"

"不会跑到泷泽那里吧?"

"没有。泷泽组也在找小清水。"

"我给大桥医院打电话,说是桑原已经出院。他和你在一起?"

"不,没……"

"在吧。"岛田说让桑原接电话。

"岛田先生的电话。"二宫把手机交给桑原。

桑原狠狠瞪着二宫:"马上吗? ……不,就我和二宫。……需要一个小时。……是,现在就去。"桑原按下自锁键,"老大叫我回去。"

"是森山先生吗?"二宫接过手机。

"说是有事,得立即回去。"

"去哪儿?"

"毛马的事务所。"有种不好的预感,组长终于亲自出马了,桑原对二宫说道,"叫你也去。"

"为什么我也要去啊？"

"老大说有事要问你。"

"我是白道。"

"真混，对你不利的时候就装出白道的嘴脸。你要知道，你父亲是一个本应该成为二蝶会组长的大头目。"

木下说道："是吗，原来是一个可以当上我们组长的人物啊。"

"这小子从小就认识我们的老大，岛田若头经常带着他出入赌场，本来就是个坏坯。"

"怪不得那么沉着，冲进金本事务所的时候，面不改色。"

二宫心想根本不是这么回事，自己在后面浑身发抖。

"这小子不单单能说会道，而且本质上就是黑道，可不要被他胆小懦弱的假象所蒙蔽。"桑原信口开河，二宫也懒得争辩。

"好了，去毛马！"桑原发令，系上安全带。木下拉动变速杆。

都岛区毛马的二蝶会事务所前面并排停着深蓝色的丰田世纪和黑色的奔驰。丰田世纪是森山的，奔驰是岛田的车子。木下把奥拓停在奔驰旁边。

桑原对节雄和木下说道："你们不用上去了，就在附近的咖啡馆喝点啤酒吧。"

"可是，哥哥你……"

"烦人。你们别捣乱，没有四个人一起见老大的。"桑原下了车，二宫也下车，走进事务所。

桑原问道："老大呢？"

光头的电话员回答道："在上面。"

从内侧的楼梯走上二楼,走到尽头。桑原敲了敲组长室的房门:"我是桑原。"

"进来。"里面有人回应。

森山和岛田在组长室里。森山坐在办公桌前,岛田坐在沙发上。森山面带不悦地看着桑原和二宫:"坐吧。"

桑原施礼后坐在沙发上。二宫也坐下。森山叼着香烟走过来,高个子,白发,身穿竖条纹西服,白衬衫,没系领带。肩膀宽阔,体格魁梧,这风度气派无疑正是川坂会的嫡系组长。

"听说你和泷泽组闹起来了。"森山俯视着桑原,"和本家系列打起来有什么后果,你懂吗?"

"我并不想打。"桑原并拢双膝,说道,"泷泽依仗亥诚组的势力,拿着空票据要讹钱。我只是看不过,不肯弯腰低头。"

"泷泽和我交涉,要我处理你。"

"我听从您的处理,但是泷泽和您交涉不合规矩吧。泷泽组是亥诚组的分支,二蝶会是川坂会的分支,他和您不在一个层次。"

"怎么?你是在教导我吗?"

"不,没这个意思……"

"不要强词夺理,也不看对手是什么人就打架,只能给组里带来麻烦。现在亥诚组还没有出面,要是一出来,还不引发战争啊。"

"对不起,对此我正在反省。"

森山转而对岛田说道:"你也真是的,他这么荒唐,你却放任不管,由着他性子来。想什么呢?"

岛田抬起头,然后又微微低下。

森山说道:"是破门还是绝缘?哪一个?这样下去事情无

法了结。"

"如果把桑原破门,他肯定会被干掉的。务请手下留情。"岛田说道,"其实说起来,根源在我这里。是我把他当作应对泷泽的挡箭牌。"

"那怎么了结?你作为若头,也有自己的考虑吧?"

"我的一千五百万,桑原的一百五十万被小清水骗走了。这些钱就不要了。"

"泷泽拿着票据来要钱,要你们支付剩余的一半钱。"

"如果支付给他们,我和桑原就不是男人了,就自己砸了黑道的牌子。"

"要用二蝶会的代纹跟泷泽对着干吗?"

"不是二蝶会,而是岛田的代纹。"

"你还是二蝶会的若头,光是你的组无法了结吧?"

"那请您再等一等,我和泷泽谈判。"

"要是谈不成怎么办?"

"届时破门也好绝缘也好,听大哥的。拜托大哥和亥诚组的诸井先生谈判,把事情摆平。"

"见诸井可以,但不能空着手去。"

"带着手指头吗?我和桑原的。"

"现在是什么时代啊,二蝶的若头断指,那太丢人现眼了。钱啊,拿着钱去向诸井赔礼道歉。"

"赔礼道歉……道什么歉呢?"

"这小子揍了好几个人。"森山对着桑原喷了一声,"把泷泽手下的几个地痞都揍了。"

"桑原也被砍了,动了两次手术。"

"人数不一样,人数。对手是本家系列的。"森山没好气地说着,瞪着二宫,"你是怎么回事？干你的本行就得了,跟着桑原屁颠屁颠地想挣大钱啊。你的手指头没断掉吧？"

二宫强忍下来,其实有一肚子话要说,但不能和自己的小手指说再见。虽说干了一些黑道的买卖勾当,但自己绝对是白道。

森山说道:"禁止进门,今后不许跨进二蝶会的门槛。"

这正是求之不得,可以和桑原断绝关系了。

"我最后再说一遍。"森山对桑原说道,"下周一之前和泷泽谈判了结,否则你就绝缘吧,把你扫地出门。"

"……"桑原低着头,默不作声。

森山怒吼道:"听见了吗？"

"知道了。"

"什么态度！"

"我是说不会再给老大添麻烦了。"

"是吗……一言既出,驷马难追。"

森山吸着烟回到办公桌前坐下。岛田、桑原、二宫站起来,低头致意后走出组长室。

回到事务所,岛田说道:"火气够大的。"

"被亥诚组的诸井吓破了胆。"桑原坐在椅子上,双脚伸出去,对光头电话员说:"发什么呆啊,拿啤酒来！"光头慌忙出去。

二宫说道:"下周一之前,只有五天时间。"

岛田说:"九月十日。每个月的第二个星期一是本家的例会。"

"是吗,森山先生因为在例会上能见到诸井,所以要我们立即了结。是这样吗？"

"就是这么回事。"

"按理说,组长应该担待组员的过失,这才对啊。"

"启坊,别乱说。二蝶会靠川坂会的代纹吃饭。"

"我现在被禁止进门了。"

"他是说你不要进事务所,但是挣钱的活儿还是和以前一样照干不误啊。"

"谢谢。"二宫心想其实没什么可感谢的。

岛田问桑原:"怎么办?"

"我还没告诉您,明天有钱入账。"桑原说道,"我把小清水的股票全卖了。"明天是星期四,可以去协信证券茨木支店领取约定的六百九十二万日元。桑原有小清水的驾照和委托书。

"有多少?"

"四百万。"桑原撒谎脸不红心不跳。

"这可是大数额。"

"我不把这四百万交给您,可以吗?"

"什么?"

"我要抓住小清水这老家伙,把四百万塞进他嘴里,扭送到泷泽那里。"

"你觉得这样泷泽能同意了结吗?"

"不管同意不同意,如果泷泽还不依不饶,那只好崩了他。"

"你有'小喷筒'?"

"在这儿呢。"桑原把手绕到后腰,从上衣襟后面取出托卡列夫。

这时,光头回来了,手里端着放有三听罐装啤酒和三个杯子的塑料托盘。光头看见托卡列夫,略感吃惊,但放下托盘就离开了。

"这小子是什么人?"

"山名那边的年轻人,上个月过来学习礼仪规矩。"山名是二蝶会的头目之一,有自己的组,桑原曾和他有一面之识。

桑原故意用光头电话员能听到的大嗓门说道:"年纪轻轻就走黑道这条路,将来怎么办?这碗饭吃不了一辈子。"那个光头坐在里面的办公桌前,一声不吭。桑原拽开拉环,把啤酒倒进杯子,放在岛田面前。岛田拿起托卡列夫,看看枪口,拔出弹夹,看着里面的子弹说道:"这和木下带在身上的仿真枪不一样。"

"不愧是二哥。瞒不过您的眼睛。"

"就用这个能把泷泽崩掉吗?"

"买的时候绝对是正常发射的。"桑原说如果是经过改装的枪,需要十万日元。

"你真的打算把泷泽干掉吗?"

"不行吗?"

"这个组就毁灭了。"岛田说那样的话,森山就会被本家绝缘,受到除名处分。

"可这样子不是一直受人欺负吗?给二哥脸上抹黑。"

"我的脸无所谓,不许你对泷泽下手。"

"这是什么?是二蝶会若头的命令吗?"

"是命令,不服吗?"

"不,既然二哥说到这个程度,我也就忍了。"

桑原拙劣的花招暴露无遗,他根本就不想干掉泷泽,他的如意算盘是:屈服于泷泽的借口要从岛田的嘴里说出来,而且夺取小清水股票的卖款——他把六百九十二万说成是四百万——也可以不交给岛田,放在自己的口袋里。桑原的打打杀杀其实是对利害得失加以精打细算后的举动,二宫对他的精明实在惊叹佩服。

"木下在哪儿？"

"在附近的咖啡馆。"

"节雄呢？"

"和木下在一起。"

"告诉他们：无论如何必须抓住小清水。"岛田说要留住小清水一条命，把他交给泷泽处理。

"实在对不起。"桑原低头对岛田道歉，"当二哥的手下是我的福气。"

"别说客套话了，你是老大的手下。"岛田摇摇头，喝着啤酒。

走出事务所，看见节雄和木下在奥拓里等待。

节雄问道："老大怎么样？"

"气势汹汹，要把我绝缘。"

"是真的吗？"

"像是。"

"哥哥你不是没做违背道规的事吗？"

"侠义之道如今也已经堕落了。老大只觉得自己的身家性命最为宝贵。"桑原笑道，"肚子饿了，吃晚饭去。"

"吃什么？"

"去鹤桥。请你们吃肉。"

"谢谢款待。"

"吃了再谢。"桑原靠在座位上，闭上眼睛。

在鹤桥吃过烤肉和冷面后，到南街去，奥拓停在千日前街的停车场，然后四人向宗右卫门町走去。桑原、节雄、木下走在前面,尽量避开行人。走进相合桥附近的夜总会,但剩下的女招待不是胖子就是瘦子,于是付了每人一千八百日元的套餐费,很快就离开了。桑原从道顿堀向阪町走去,拉开"博达"的门,留着胡子的老板正在洗东西,抬头瞧了一眼,见是桑原,连招呼都不打。店里没有其他客人。

"中川呢?"桑原把凳子拉过来坐下。

"还没来。"老板一副爱搭不理的表情。

"来吗?"

"可能吧。"

"喂,你们也坐下。"桑原这么一说,节雄、木下、二宫都坐到柜台前面。

"喝什么?"

"啤酒。"三个人喝啤酒,桑原要了加冰的十七年百龄坛。

"这个老板原先是暴力团对策本部的警察",桑原说,"所以中川把这里作为自己的据点。"

木下问道:"中川先生是谁?"

"大阪府警署里最缺德的刑警,那嘴脸和黑道惊人地相似。"

"哦,看看那张脸应该挺有意思。"

"可别盯着看,要挨揍的。"

"那我眼睛朝下。"眼神不对会引发激烈的争吵。

这时,老板把啤酒和加冰威士忌放在柜台上,大家开始随意喝酒。

"老板,想问你一件事,可以吗?"桑原说道,"你原先是哪个警署的?"

"南警署,搜查四课。"老板不悦地板着面孔。

"那时候就认识中川了?"

"他从机动队过来的。"老板说中川是经过强化训练的柔道选手,代表南警署参加大阪府警察的比赛,还在重量级柔道比赛中获得第二名,"他跟着我,把怎么跟黑道打交道、怎么喝酒、怎么玩女人这一套都学会了。没学好的,干坏事这一点像我。"

当时,老板和千年町的一家韩国小酒馆的陪酒女交往,在她的请求下,帮助她的一个朋友办理入境手续,但编写提交的材料违反了出入境管理法,结果被监察叫去,被迫辞职了。"……我也不是什么正经的刑警,虽然和黑道打交道时有一条底线,但是在女人的事上很不检点。最后我把退职金交给老婆,户籍迁出,把这家店交给那个韩国女人经营。可是还不到一年,她就回首尔了。这叫咎由自取,是怎么也擦不掉的污点啊。"

"说得多好啊,这是老板的奋斗发家史。你们都用心听了吗?"

"都听着呢。"木下点了点头,"老板也历尽艰辛。"

"你,还有节雄,都跟在我的屁股后面转悠,有什么出息啊?不能尽快自立,另辟财路吗?"

二宫不由得笑起来,是你桑原对这两个人颐指气使,一天到晚使唤人家,又叫他们自立门户,作为酒后的戏言听起来倒是有趣。

"老板,上白兰地,加冰的。"桑原喝干啤酒。

"哪种白兰地?"

桑原看着酒柜,挑了其中看似最贵的品牌:"蓝绶带。"

过了十点,中川还没有现身。桑原让老板给他打电话。"今天不来吗?……不是,桑原在店里。……二蝶会的,稍等……"老板把手机递给桑原。

"是我啊,等着你呢。……说什么梦话呢,找你有事才给你打电话的。在哪儿呢?……我给,我给,委托费。……是吗,那我等你。"桑原把手机还给老板,"正和相好在鳗谷吃饭呢。"

鳗谷离这里很近,到阪町也就十分钟。

"来吗?"

"来吧。冲着零花钱。"桑原抓起花生米,"节雄,唱卡拉OK,《夏日时光》①。"

"谁的歌?"

"外国人的。"

"夏日时光,生活悠闲。"

桑原用英语唱起来,给人的感觉还真的很有味道。

"这个你听过吗?"

节雄用遥控器检索《夏日时光》,点击一下,响起了前奏。他跟着荧屏上的字母唱起来,费劲地勉强跟上,毫无节奏旋律。桑原立即按下停止演唱的按钮:"唱得真好,让人头晕。"

"对不起,不知道这首歌。"

"不知道还唱。"

桑原操作遥控器,开始演唱《今夜真美》,果然是埃里克·克莱普顿的歌。一个黑道人物居然喜欢西洋歌曲,真是少见。二宫想起桑原的父亲原先是中学英语老师,后来升为教务主任,退职后不久就死去了。

十一点时中川出现,看见除了桑原外,还有其他三个人,不由得皱紧眉头:"今天是无赖包场啊。"他对老板说道,"缺德的

---

① 美国著名作家格什温为三幕音乐剧《波吉和贝丝》写的歌曲,一九三五年首演,后世翻唱逾两万五千种。

黑道盘踞在这里,一般客人都不敢进来了。"

桑原说道:"谁缺德啊?说黑道就可以了。"

"嘿,还是老样子。"中川抓着二宫的领口,"你也好自为之吧,跟这些黑道厮混在一起。"

烦人,又不是自己心甘情愿跟这些黑道混在一起的……中川坐在柜台靠里面的位置上。老板把四合瓶①的吟酿酒和小酒杯放在他面前。中川把酒斟在酒杯里,一口气喝干。

"这样喝酒真痛快。"

"是吗,我喜欢这样。"中川又往杯子里斟酒,"托我办什么事?"

"找到小清水。"

"就是和情妇住在昭和町公寓里的那个人吗?好像是什么电影制片人。"

"我们抓到过他。他先是被泷泽组监禁在尼崎,后来我把他关在釜崎的钟点房里,让他们照看,结果他跑了。"桑原把小清水经艺人学校的出资人金本的介绍暂时藏身在毒贩子那里,后来又逃跑到奈良上牧町的妹妹家里借了三十万日元的事情经过对中川说了一遍,"……那老家伙没有驾照没有现金卡,只能依靠这些熟人逃命躲藏。"

"逃命钱只有三十万太少了,要是住饭店或观光旅馆,一周就花光了。"

"有期限的,星期日之前要把老家伙找到。"

"喂,桑原,我不是私家侦探。"

"十万,你告诉我老家伙的藏身之处就行。"

---

① 四合瓶,容量为七百二十毫升。

"五十万。别以为这么便宜就能随意支使刑警。"

"你这是乘人之危啊,好,五十万把老家伙给我找出来。"

"线索,把线索告诉我。小清水的周边信息。"

"茨木有房子,茨木郡的新式住宅,情妇是……"

"一般称为玲美,真名是真锅惠美。今治人。"

"你不是很了解吗?"

"你傻了吧,是我调查后告诉二宫的。"

"前一阵子玲美在香港,现在应该在日本。"

"她和小清水有联系吗?"

"不知道。有这个可能性。"桑原没有把在香港的饭店里痛揍这两个人,把他们存在澳门赌场里的钱取走的事告诉中川。

"到了向妹妹借钱这个地步,看来小清水真的没钱了。"

"老家伙自己封了银行的账户,三协银行和大同银行。"

"有多少钱?"

"不知道。"桑原装蒜,明明知道在大同银行存有两千四百五十万,在三协银行存有八十万。

"你有小清水的存折吗?"

"怎么会有。"

"这就奇怪了。既然小清水拿着存折,为什么要封自己的账户?"

"你怎么追问不休啊,骗子干的事,我能一一知道吗?"

"嗯,我要查询小清水隆夫在三协银行和大同银行的存款。"

"这随你便。"

二宫心想这是桑原向中川抛出的诱饵。中川是警察,可以查询到小清水的存款信息。他知道这些存款后,应该不会白白放过,这样就会认真搜查小清水。这家伙不是黑道,他简直是比小清水还会骗人的职业骗子。二宫对桑原的坏点子的确感到惊讶,他事先对见到中川时说什么话、怎么说、用什么样的胡萝卜引诱他都经过深思熟虑,才到"博达"来的。

二宫感觉到桑原的焦虑和恐惧。桑原的本意当然是不想让中川了解太多的事情,可是在森山宣布要予以绝缘处分之后,他才下决心把中川拉进来。桑原一旦被摘下二蝶会的徽章,肯定会成为泷泽组追杀的目标,不管逃到天涯海角,都逃不出泷泽组的掌心。虽然讲义气的岛田想保桑原,但为了组织,也不得不舍弃桑原。这就是肩负着"黑道"这块招牌的人的活法,桑原也做好了充分的思想准备。

桑原改变话题:"你刚才和相好干吗了?"

"怎么啦……"中川把喝了一半的酒放下来。

"不是在鳗谷吃饭了吗?不带来吗?"

"不能让流氓看见。"

"你这相好,看一眼就让人忘不了吗?"

"你什么意思?"

"这是夸她呢。不行吗?"

"你的女人怎么啦?难道是在守口的卡拉OK厅里吃拉面吗?"

"你再说一遍!"

老板急忙说:"好了,要干架,你们到外面去干。"

中川愤愤说道:"这小子说的话真气人。前辈你也听出来了吧。"

"你也是的,这么大的个子和他一般见识。"

"这和个头没关系。"

"唱歌吧。"老板把遥控器递给中川。

扩音器传来中川破锣嗓子唱《六甲山风》的大声吼叫,即使堵住耳朵,仍然感觉头痛。如果说节雄唱歌让人感觉醉酒般难受,中川的嗓门则令人想吐。桑原说一声"老板,谢了",把三万日元放在柜台上,快步走出门。

18

有人敲门。二宫睁开眼睛,听见门外桑原的声音:"还不起来啊?要睡到什么时候?"

二宫瞧一眼手表,上午九点。丝毫不记得昨晚几点回来几点睡觉的。他从床上爬起来,打开门锁。桑原进来,穿着和昨天一样的浅灰色西服、黑色敞领衬衫,大背头梳得油光锃亮。

"走,去茨木!"

"茨木?"

"没睡醒吧,股票行啊。"这么一说,二宫想起今天是星期四,是卖掉小清水的股票领取现金的结算日。

"还不快穿衣服?穿上你那一千日元的短袖衫和两千日元的斜纹棉布裤。"

"稍等一下,我还要洗脸呢。"

"你这脸还用洗吗?什么时候都是愁眉苦脸,洗不洗都一个样。"

这小子一大早就上门烦人,肺里还开着洞呢。二宫把脱下来扔在地上的衣服捡起来穿上,反穿着袜子,拿着钥匙,匆匆出门。走廊上不见节雄和木下的影子。

二宫锁门的时候问道:"他们两个不去茨木吗?"

"节雄在茨木郡监视老家伙的住宅。"桑原说木下在昭和町监视格蕾丝桃池公寓。

"小清水会去吗?"

"万一呢,说不定来取替换的衣服。"

当然也有这样的可能性……坐电梯到一楼,穿鞋出外。在南霞町的十字路口附近,桑原招呼了一辆出租车。

茨木的协信证券在车站前,面对交通转盘的大楼的一层。

"你去!"

"那你呢?"

"我等着。"桑原把委托书和小清水的印章拿出来,二宫接过来后下车,跨过护栏进入店里,对前台女职员说道:"来取约定款。我是小清水隆夫的代理人。"

二宫说自己名叫二宫启之,把委托书和驾照递上去:"品种是天宇通信、旭高尔夫、ELM,六百九十二万日元。"

"是二宫先生吧,可以复印您的驾照吗?"

"好的好的,可以。"

"请坐,稍等片刻。"

二宫坐在沙发上,还有其他五位顾客,都是六十多岁的老年人,聚精会神地注视着电子公告牌上的股价。

前台的那个女职员离开后总不见回来,这让二宫心里发急。如果小清水搞一点小动作,警察出现,二宫就会被捕,戴着手铐被带到茨木警署,而桑原就会坐着出租车逃之夭夭。

混蛋! 老子什么时候都被他当作"车手"!

"二宫先生,"一个身穿衬衫、系着领带的男职员在前台边上的隔间里招呼他,"请到这边来。"

二宫站起来，走进隔间，桌子上放着现金，六沓扎着封带的钞票和一沓足有一公分厚的一万日元钞票。

"约定款项六百九十二万日元，请您确认。"

"好，谢谢……"二宫点了点钞票，九十二张，"没错。"

"请在收据上签名盖章。"

二宫在收据上写上自己的名字，把现金装入银行的纸袋里，接过归还的驾照，站起来道一声"谢谢"，抱着纸袋走出隔间。

桑原在支店前吸烟。

"出租车呢？"

"走了。"

"你不是在车里等吗？"

"为你担心啊。"

二宫心想才不是为自己担心呢，而是担心自己携款逃跑，在门前监视。

"这里面有六百九十二万。"二宫把纸袋子交给桑原，"可不可以商量一下，给我点跑腿费啊。"

"喂，你又来了。"

"我可吓出了一身冷汗，你看看。"二宫用手背擦着脖子，"至少也要二十万。"

"你这家伙一开口没别的，就是要钱。"

"这不很正常吗？我提心吊胆的。"

"你这贪得无厌的家伙。"桑原从纸袋里取出钞票，数了十张，"好了，给你。"

"再给三万，凑足了数吧。"

"什么意思？"

"事务所的租金,上个月的租金还没交呢。"

"真没出息。"

接过十三万日元,哪怕只多给三万,也令人高兴。

"股票的钱到手了,吃饭去吧。"桑原提着纸袋子,兴高采烈地说道,"想吃什么,我请客。"

"想吃寿司,找一家雅致一点的店。"

"你怎么净想着吃好的?"

"就是和你在一起的时候才能吃到好东西。"

"嘿,你可真会拍马屁。"说罢,桑原向拱顶商店街走去。

金枪鱼腹、鲍鱼、海胆、斑鳑、煮文蛤,加上大吟酿清酒,最后是寿司卷,一结账是两万八千日元,桑原瞧都不瞧二宫一眼,爽快付钱。走出寿司店,桑原的手机响起来。

"是我。……哦,知道了。什么啊?……今治?爱媛县啊?住址?……不能确定老家伙一定在那儿吧?……别玩虚的,这可是五十万啊。住址说出来!等一会儿,我记下来。"桑原把手机拿开,手指着寿司店,对二宫说道,"去借纸笔来。"

二宫走进寿司店,借了纸笔出来。桑原重新对着手机说道:"你说慢一点……今治市南日吉町九番地三丁目五十九号,日吉庄十号室。"二宫把写有地址的纸张交给桑原,桑原对着手机说道,"复述一遍:今治市南日吉町……"然后关机。

"是中川吗?"

"那小子调查了小清水的银行账户。"桑原说中川查出小清水向大同银行和三协银行提出了重发存折和现金卡以及改换印章的申请,"新的存折和现金卡的寄送地址是今治市。"

"小清水把居民证转到今治市了吗?"

"转过去了吧。不然的话,银行不会接受住所变更的申请。"

"政府部门和银行都不对本人进行确认吗?小清水没有驾照也没有护照。"

"用保险证就可以进行本人确认。"

"保险证……节雄和木下分别在茨木和昭和町监视他的家。"

"老家伙大概把保险证放在天王寺的艺人学校里,所以他跑到那儿取了一趟。"

"哦,这么说'TAS'是个盲点。"

"什么盲点,你不是负责监视艺人学校吗?"

"对了,今治有一条线索,那儿是玲美的原籍。"

二宫和中川调查过,玲美(即真锅惠美)的驾照上的原籍就写着爱媛县今治市别宫町。二宫说道:"小清水大概和玲美在一起。"

"好,抓住这老家伙的尾巴了。"桑原微笑着,"你的车呢?"

"我的车?罗密欧,就是那辆红色的阿尔法·罗密欧一五六。"

"没问你这个,车停在哪儿?"

"我事务所附近的包月停车场里。"二宫有一种不好的预感。

"夏天濑户内海边高速路的景色可美了。"桑原向交通转盘的出租车停车站走去。

经过中国公路、山阳公路,从尾道进入濑户内海边高速路。天气晴朗,微风轻拂,进入大三岛的上浦停车区,一边吃冰激凌一边眺望大海,碧波绿浪一望无际,海面上行驶的油轮、渔船曳出一道道明亮的白色航迹。

二宫说道:"还是大海的景色美好啊,这是生命的源头,可以洗涤心灵。"

桑原坐在长椅子上吸烟:"你是不是经常心情不好啊?什么洗涤心灵。你的源头就是大阪的贫民窟。"

"你不也是大海的儿子吗?尽管是在竹野长大的。"

"像我这样的小混混哪有什么高山大海啊,一年到头就在摩托车上到处奔波。"

"从那个时候开始打架就厉害了,是吧?"

"我腿脚利落,跑得快,在中学得过跑步第二名。和小流氓打架的时候,都是一个人上阵,手持铁棍,撂倒两三个,然后撒腿就跑。"

"要是带着别人反而觉得累赘吧?"

"也有这个原因,于是传开了,说桑原总是独来独往。这么一传,就没人敢违抗我了。"

"你打打杀杀也都是权衡过利弊的。"

"没有你这样胆小鬼的朋友。"

"那我真是佩服,不论面对什么样的对手都毫无惧色。"

"我早晚也会被干掉的,到时候你给我烧一炷香吧。"

二宫感觉到桑原内心罕见的怯懦,他大概想到了与泷泽组的抗争吧。冰激凌融化掉落下来,真可惜。

"走吗?"

"几点到今治?"

"五点半吧。"二宫从口袋里掏出车钥匙。

从今治的高速路口出去,因为没装导航,只好一边看地图一边走。南日吉町在今治南高中附近。比起大阪来,这里的道路相当空旷。

桑原说道:"你是第一次来爱媛吗?"

"过去来过松山的道后温泉。"二宫在立卖堀的机械贸易公司工作的时候,公司组织的职工旅游,当时他才二十多岁,"我不喜欢温泉。"

"为什么?"

"温泉水很热,泡在里面让人心里起火,还有那些光溜溜的老头们晃来晃去的,也叫人心烦。"

"你和女人一起泡过温泉吗?"

"有过啊,福原的'浮世风吕',现在还是混浴吧。"

"没出息,只去过这样的风月澡堂啊。"

"我非常喜欢这种风月,要是有钱的话天天去。"

"这就是穷人的写照。"

"谢谢。"

车子驶过今治高中,在下一个十字路口右拐,附近是看似文教区的居民区,从电线杆上的街道标识来看,这里是南日吉町六丁目。车子顺着电线杆上的标识往东走,名叫"西方寺"的寺院位于九丁目。

二宫停下车,下了车,从寺院的瓦顶泥墙里面传来蝉鸣声,大概是寒蝉吧。

道路尽头的泥墙对面有一幢古旧的茶色建筑物,抹灰浆的木结构两层楼,玄关屋檐上写着大大的"日吉庄"三个字。

二宫给桑原打电话:"看到日吉庄了,现在怎么办?"

"等等,我也去。"

桑原很快就走过来,两个人一起走进日吉庄。玄关的墙壁和地面都铺着瓷砖,有点昏暗,散发着类似猫粪般的臭味。走廊的右边排有七扇胶合板的房门,没有信箱,邮件、报纸似乎都是从门上的投信口塞进去。每间房屋都很小。

一楼七个房间的名牌上没有"小清水"或"真锅"的名字。桑原蹑手蹑脚地从玄关旁边的楼梯上去,二楼十号室的门上贴着崭新的塑料名牌,上面用万能笔写着"小清水"三个字,这样做是为了方便收到银行寄来的东西。

桑原把耳朵贴在房门上,低声对二宫说道:"什么也听不见。"

"不在吗?"

"不知道。说不定在睡觉。"

"玲美也住这儿吗?"

"这破破烂烂的屋子,我觉得他们不会一起住在这儿。"

"那小清水也不会住这儿吧。"

"银行寄来的存折、现金卡都是挂号信,老家伙肯定在这儿收取。"

"是吗……是这样啊。"二宫没想到名牌是为了收挂号信用。

桑原敲了敲门,没有回应。小清水不在房间里。

"银行重制存折大约需要一个星期,在此之前小清水不会到这儿来。"

"这么说,他是和玲美在一起吗?"

"他在玲美租赁的单元住宅楼或者公寓里。"

"玲美不是厌弃小清水了吗?"

"老家伙在三协银行和大同银行里还有钱。"

"玲美的眼睛盯的是这个吗？"

"分手费啊。"桑原问道，"玲美的原籍是哪儿？"

"今治市别宫町。"

"番地？"

"不知道。"

"为什么不知道？"

"中川拿着真锅惠美驾照的复印件。"

"你这家伙真是个缺心眼。"桑原拿出手机，调出通话记录找到中川那一条，拨了出去，"喂，是我。把真锅惠美的原籍告诉我……不是复印她的驾照了吗？……扔了……蠢蛋，算了。"桑原挂断电话，骂道，"都是没用的窝囊废。"

"要不问一下这座楼房的房东，应该有入住申请书或者租赁合同的备份。"

"这样的破楼房还有房东吗？"桑原下到一楼，从玄关附近的一号室开始敲门，敲到三号室时，有人应声。门打开后看见一个像是在色情业工作的三十来岁的小白脸，面带不满地说道："你们是谁啊？又是推销什么东西或者什么宗教团体的……"

桑原客气地问道："不，不是。我们想租这儿的房子。您知道房东是哪一位吗？"

"西方寺。这一带的地皮都是西方寺的。"

"是吗，真厉害。对不起，那我们找去。"

走出日吉庄，绕到西方寺正门，穿过山门，铺着砂石的院落相当宽敞，正殿左边的两层楼是住持的住宅，玄关前停着一辆黑色的皇冠车。

"接着你去把小清水的入住申请书拿出来。"

"申请书不是那么容易就能拿出来的。"

"这不是你的看家本领吗？胡编乱造，张嘴就来。"

"编当然要编，但是需要钱，我没有中川那样的警官证。"

"怎么？打算行贿？"

"给我五万日元。"

"你以为是谁的钱啊……"

二宫接过桑原给的五万日元，消失在苏铁树丛后面。二宫拉开住宅的格子门，问道"有人吗"。有人应答，一个头戴草帽的五十来岁的女人从旁边走过来。

"来了，有什么事吗？"她摘下草帽，解开围在脖子上的毛巾擦着额头上的汗水，眼镜上沾着水珠，大概正在院子里给草木浇水。

"初次见面，我是建筑咨询公司的二宫。"二宫递上名片。

她把眼镜推上去，看着名片："二宫企划……是从大阪过来的吗？"

"冒昧打听一件事，最近入住日吉庄十号室的是小清水隆夫先生吧？"

"嗯……有什么事吗？"

"是这样的，我正参与大阪市大正区体育馆的建筑设计的竞标，可是小清水隆夫先生拿着我们的设计图不知去向。竞标报名的截止期是这个月月底，没有设计图就无法参加。我们委托信用调查所好不容易查到小清水先生的住处，刚才去日吉庄寻找，他不在屋子里。搬家的行李好像也还没有搬进去。我想他的入住申请书上写有住所，能不能帮忙找一下。"二宫编得有鼻子有眼，"……请把小清水隆夫先生以前的住所告诉我，可以吗？"

对方果然面有难色："我虽然知道你有难处，可是把个人信息告诉你,我也很为难。"

"对不起,让您为难了。要是赶不上截止期,就会造成几千万日元的损失,设计事务所也就倒闭了。所以,无论如何请告诉我,求您了。"二宫双脚并拢,低头恳求。

对方略作考虑,说道:"好吧,只要住所是吗?"

"绝不会用来干坏事,也不告诉别人,绝对不会给您带来任何麻烦。"

"你稍等。"她走进住宅里,很快又回来,手里拿着一张纸片。二宫接过来,说道:"谢谢您的帮忙。"

"特地从大阪过来,真不容易啊。"

"这也是建筑咨询的工作。"二宫再次低头感谢。

女人戴上草帽,回到住宅后面的院子里去。

桑原从苏铁树背后走出来:"佩服之至啊,大骗子。"

"那是因为我的人品好。"二宫摊开纸片,上面用铅笔潦草地写着:今治市别宫町十丁目三番地二十一号真锅。"现在去别宫町吗?"

"先把钱还给我。"

"你一直盯着啊?"二宫把五万日元还给桑原。

两人走出寺院,坐进车里。

从南日吉町开车到别宫町用不了五分钟。JR予赞线沿线的老旧居民区就是十丁目。二宫把车子停在幼儿园旁边,下车,很快就找到贴着"真锅"名牌的住宅。瓦顶的两层楼建筑,屋檐比较浅,简易车库里停着一辆小型客货车。

"你去,我在这儿等着。"

"别啊,要是按了对讲机玲美出来了,怎么办?"

"抓住她。"

"要是小清水出来呢?"

"揍倒他。"

"挨揍的是我。"

"别磨磨叽叽的,到时候我就上去了。"桑原说罢,躲在电线杆后面。

门上的对讲机没有附设可视屏,二宫按了按对讲机按钮。"来了,我是真锅。"——是老年妇女的声音。

"对不起,我是大阪配音和演员培训学校的佐藤。"

"什么?"

"是真锅惠美女士曾经工作的天王寺艺人学校。我是惠美女士的同事。"

"啊,是吗,惠美的学校……"

二宫感觉里面的反应有点迟钝,不知道是因为对讲机音量小还是对方耳背的缘故:"能麻烦您出来一下吗?"

"好的好的,膝盖不太好,请稍等。"

门打开了,出来一个白发老妇。二宫大声说道:"您是惠美的奶奶吗?"

"是啊,惠美承蒙关照了。"老太太走出来,恭敬地低头致意。她弯腰驼背,看上去有八十多……不,将近九十岁的样子。

"其实我是来找艺人学校的校长小清水隆夫的,他是惠美女士的上司。"

"哦,我不认识这个人。"她慢慢地摇了摇头。

"惠美女士现在在哪儿呢?"

"说是去钝川。"

"钝川……"

"温泉。"

"是住在旅馆里吗?"

"嗯,没听她说。"

"是吗,谢谢了。"二宫觉得再继续问,也问不出什么名堂,"您有惠美的电话吗?"

"不知道她的手机号。和子回来会知道的。"和子是惠美的母亲。

"什么时候回来?"

"今天是晚班,九点左右吧。"

"那就算了。"

"不好意思,我什么都不知道。"

"对不起了。"二宫表示感谢后,转身离去。

二宫坐进车里,桑原也坐进来。

"温泉……"

"钝川。"二宫摊开地图,今治市的西南面有"钝川温泉",顺着三一七国道往南走,大约十五公里,"去吗?"

"能不去吗?"桑原系上安全带。

钝川是在苍社川的支流——木地川畔开辟出来的山间偏僻的温泉区,从路边的温泉广告上看,有五家旅馆和三家没有住宿设施的澡堂。

"就五家啊。"桑原说,"一家家去打听。"

"就我一个人吗?"

"除了你还有谁啊?"

"还有你啊。"

"说了多少遍你还不明白吗？我长相难看。"

"你还有自知之明啊。"

"你再说一遍试试！"

"瞧你还发火了。"二宫下了车，走不多远，看见一家"钝川浅溪庄"，问服务台真锅惠美或者小清水隆夫是否住在这儿，回答说现在没有住宿的客人。二宫继续往前走，到第二家旅馆，也是扑空。接着在"玉川馆"打听到有"清水隆夫和玲子"夫妇入住。

"是这一对夫妇吗？"

"不，不是清水，是小清水。"二宫走出旅馆，回到车里，"清水隆夫和玲子住在玉川馆。"

"几号房间？"

"不知道。"

"怎么不问？"

"怕被他怀疑。"

"真不机灵。走，去玉川馆。"

二宫开车进入玉川馆，停在停车场边上，红色罗密欧是大阪车牌，应该问题不大，另外还停着三辆车子。

"进去订房，预付。"

二宫接过桑原给的三万日元，到服务台以佐藤启介的名字订房，然后给桑原打电话："一〇八号房间。"

"你先进屋，我随后就到。"二宫进屋后，桑原也很快进来，"这儿的澡堂呢？"

"有大澡堂，在大厅的对面。"

"你去泡澡，监视小清水。要是发现老家伙，跟踪他到房间。"

"那你呢?"

"我在这里等。"

"我一泡澡就头晕。"

"烦人!穿上浴衣,快去!"

二宫脱下衣服,换上浴衣,把毛巾搭在肩膀上,走出房间。

穿过大厅,走到大澡堂,更衣室没有人,二宫脱光衣服走进澡堂。天花板很高,热气升腾到宽敞的空间里。大澡堂里有温泉流出的岩石浴池、较小的气泡浴池,正面镶着玻璃,外面是露天浴池。有两个白发男人泡在岩石浴池里。

二宫泡进气泡浴池,水温不热,便将毛巾放在浴池边上做枕头,伸开手脚。腰部被气泡包围着,有一种轻飘飘的感觉。偶尔泡温泉真舒服。——轻松舒缓的解放感。二宫感到内急,起来上厕所。

忽然发现刚才泡岩石温泉的那两个老头不在了,好像自己迷糊了一阵子,十分钟,也许二十分钟。有人在泡露天浴池,秃顶,粗短脖子,侧面看很像小清水。二宫把毛巾披在头顶,从气泡浴池转移到岩石浴池,离玻璃门近一点观察外面的男人。是小清水,没错。

二宫走出澡堂,到更衣室擦干身子,穿上浴衣,走到大厅,坐在沙发上等小清水。

三十分钟后,穿着浴衣的小清水走出来,穿过大厅,走向客房。二宫站起来,远远地跟踪。小清水好像对周围毫无戒备,穿着拖鞋,吧嗒吧嗒地走到走廊中段位置时停下来,拉门进屋。二宫立即追过去,看清房间号后,回到一○八房,向桑原报告:"一一〇号房,隔一个房间。"

"玲美呢?"桑原吐出烟雾。

"没看见。在房间里。"

"你怎么知道?"

"小清水进屋的时候没插钥匙,玲美在里面开的门。"

"你观察挺细致的啊。"

"这么点事还可以。"

"好,等到夜间吧。"

"等他们睡觉的时候再动手。"

"忍不住了,恨不得现在就把那个老家伙揍个半死。"桑原掐灭烟头,四仰八叉地躺在床上。

"起来!"——二宫觉得脸上凉凉的,是湿毛巾。

"我睡着了。"二宫揉着眼角。还是犯困。

"你一天睡几个小时啊?"

"嗯……九或十个小时吧。"

"睡眠时间是我的两倍,都老大不小的了,还这么能睡。"

"能睡的孩子发育好。"

"是能睡的孩子没出息吧。"

"说得好。"尽管二宫觉得乏味至极,却还是对他一笑。瞧一眼手表,十一点已过,睡了三个小时。

"做好准备,出门。"桑原说要把小清水抓住,塞进车里,拉回大阪。

"玲美呢?"

"不要。没用。"桑原穿着西服上衣,托卡列夫仿真枪别在后腰,把香烟和打火机装进口袋。

二宫从床上爬起来,脱下敞开的浴衣,穿上斜纹棉布裤、短袖衫和夹克衫。桑原从落地窗走到阳台上,跨越栏杆,跳进后院的草地上。二宫也跟着跳下去。后院没有电灯,月色明亮,可以看见脚下。

两人哈着腰来到一一〇房间的阳台下面,伸出脖子窥视屋里,黑乎乎的,从窗帘的缝隙漏出一缕灯光。

"你去看看屋里的情况。"

二宫攀上阳台,爬到落地窗附近,窥视屋内。小清水在里面,坐在沙发上看电视,圆桌上放着水壶、杯子、威士忌酒瓶、报纸、盛有花生米的小盘。没有玲美的身影。二宫回头一招手,桑原也攀上来。

二宫耳语道:"小清水在里面,玲美不在。"

"现在动手。"桑原拔出托卡列夫,手抓着窗框,轻轻一拉。没有上锁,窗户打开了。窗帘晃动,小清水转过头来。

窗户一拉开,桑原就飞跳进去。"啊——"小清水惊叫起来。

桑原一脚踢过去,小清水倒在沙发上。桑原骑在他身上,托卡列夫的枪口对准他的咽喉:"别喊!不然一枪把你的脑袋打开花。"

小清水想说什么,但说不出来,只是不停地点头。

"玲美在哪儿?"

"洗澡。"

"是吗。"桑原抓着浴衣的衣领,把小清水拽起来,"站起来!走!"

"饶了我吧!求求你了。"小清水的牙齿打战。

"没说要你的命,一起坐车兜风到大阪。"

"让我换一下……衣服。"

"喂,拿衣服。"

二宫拉开衣橱,拿出夹克衫和衬衫,裤子挂在衣架上,于是连同衣架整个拿下来。

"在车里换衣服。"桑原让小清水站起来,"听好了,叫一声,就让你见阎王!"他用手枪顶着小清水的侧腹,二宫拿着衣服,一同走到阳台上,关好落地窗。

"跳下去!"桑原把小清水弄到草地上,二宫也跳下去,然后穿过后院,向停车场走去。

坐进车里。二宫开车,桑原和小清水坐在后排座。

"系安全带。"

"是……"小清水系好安全带。二宫发动引擎,车子上路。

桑原问小清水:"存折和印章什么时候来?"

"你说什么?"

"别给我装傻!"桑原的胳膊肘对着小清水的鼻梁狠击一下,"在日吉庄查到证据了。你不是要在南日吉町的住所等挂号信吗?"

"……"小清水捂着脸呻吟。

"挂号信什么时候来?"

"十二日。九月十二日。"

"还要六天以后吗?"

"对不起。"

"玲美知道你在大同银行和三协银行还有存款吗?"

"不知道。"

"撒谎!"桑原的胳膊肘又是一击,"正因为你还有钱,玲美

337

才跟着你的。"

"饶了我吧。要是没有那笔钱,我就彻底完了。"

"你说完就完吗?耍弄黑道,以为就没事了吗?"

"初见。我只是服从初见的指示。"

"这我知道。你是泷泽组的追讨目标。这次要是被初见抓住,大概会被装进汽油桶沉入海底吧。"

"救救我吧!我再也不跑了。"

"你要明白,你被我抓住,还算是走运。"

"我在今治,是玲美说的吗?"

"哦,是啊。她给我打电话的。"桑原顺着小清水的话编造,"她说把银行存折搞到手以后,里面的存款一半给她。"

"混蛋!这女人……"

"你向银行提出改换印章的申请,新的印章在哪里?"

"日吉庄的住所。"

"房间的钥匙呢?"

"玲美拿着。"

"你说什么?"

"回旅馆去,我去把钥匙拿来。"

二宫一听,停下车子。副驾驶座上放着小清水的衣服,他一摸夹克衫的内口袋,感觉里面有一个东西,拿出来一看,是皮革小钱包。二宫打开车内顶灯,把小钱包的拉链拉开,钥匙和印章都放在里面。

"是这个。"二宫把小钱包递给桑原。

"你这个老家伙真了不起啊,到现在还撒谎。"桑原冷笑道,"再查查还有没有别的东西。"

二宫从小清水的裤袋里拿出医保证和八万日元的现金。

"向妹妹借了三十万,花了二十二万吗?"

"欸?这……"

桑原坏笑着说道:"把上牧町熊谷昭子的名字告诉泷泽组,怎么样?"

19

沿着濑户内海边高速路、山阳公路、中国公路、一七一国道,车子一路不停地狂奔,早晨六点到达茨木。走进郡里的小清水家中,节雄和木下在里面等待。

"辛苦了。"两个人一起立正低头问候。

"什么辛苦不辛苦的,就因为你们的差错,害得我跑了一趟爱媛。把这小子捆得结结实实的,扔在一边。"桑原踢一脚小清水的膝盖,小清水趴倒在八叠榻榻米房间的正当中。节雄和木下用胶带把他的手脚捆绑结实,扔进壁橱里。

"我去睡觉,中午叫醒我。"桑原把手枪扔给木下,走进旁边的房间,拉上隔扇。

二宫说:"我也去睡觉,可以吗?累得浑身散了架。"

节雄说道:"随便你,有事叫你。"

"我想在车里睡觉。"

"那不行,你想跑吧?"没想到节雄看穿二宫的图谋,"把车钥匙给我!你在二楼睡。"

二宫把罗密欧的车钥匙交给节雄,走上二楼。这是四叠半榻榻米的和式房间,二宫把坐垫当作枕头,躺下来,一闭上眼睛,立即入睡。

二宫被尿憋醒,睁开眼睛,窗外十分明亮。瞧一眼钟,十点半。上厕所必须下楼,桑原、节雄、木下都在楼下,不想见到他们。环视室内,衣柜上面摆放着一个玻璃花瓶,个头相当大,插着一支已经枯萎的花枝,如同干花。

二宫站起来,取下花瓶,把枯花扔掉,拉下裤子拉链,对着花瓶小便,如同倒酒器倒出的啤酒一样起泡。

如此说来,立卖堀机械贸易公司里有一个同事是喝尿健康法的实践者,据说他早上起床后的第一件事就是把放在冰箱里冰镇的自己的小便喝掉,然后刷牙。性癖好也发生了变化,让他的女友好几天都穿着同样的内裤也不换,那味道越浓越能刺激他的性欲,完全是一个变态,但不知何故,他在女人中很有人缘。二宫曾经让他把一个女友介绍给自己,可只是在新地吃过饭,都没有一起喝过酒。二宫觉得这世道实在太不公平。他辞职成立自己的二宫企划后,就没有和良家妇女交往过。

二宫把花瓶放回原处,又躺下来,吸烟,心里翻腾着:自己究竟都干了些什么?对桑原唯命是从,听他使唤。最先是电影剧本,对了,说是介绍朝鲜的情况,被他带到京都,与剧作家见面;后来知道岛田以二宫的名义给电影出资,逐渐越陷越深,无法自拔,被桑原绑在一起,飞到香港、澳门,结果自己和泷泽组、亥诚组、玄地组这些暴力团组织都扯上了关系。

可是,我不是黑道,我什么时候用川坂会的代纹做过生意?暴力团的事情应该由暴力团之间去解决。虽然税交得不多,哪怕只有五万十万日元,但我是老老实实向国家交税的清清白白的白道。

二宫越想越生气,罪魁祸首就是那个可恶可恨的黑道桑原。

自己被当作最下等的马仔为他卖命,自己什么时候喝过他的酒,拜他为头目啊?真想什么时候狠揍桑原一顿,从背后给他一砖头,让他在医院里躺一个月。

一生气就睡不着,一个念头突然冒出来:逃跑!

可是,罗密欧的车钥匙被节雄收走了,虽然从二楼的窗户可以轻而易举地逃出去,但逃出去以后寸步难行。罗密欧也会被他们用完就扔。桑原是一条蛇,不论你逃到哪儿,他都会跟到那儿,而且现在也不能开口让岛田帮自己一把。

这是怎么回事?我干了什么坏事?自始至终我只是被裹胁进去的。可怜可悲——思考这些无聊的事情本身就可怜可悲。回不去西心斋桥的事务所,回不去千岛的住所,就这一身衣服在地上摸爬滚打。如果老母亲看见我这个样子,一定会伤心哭泣。我也没脸去见悠纪。

烟灰落到榻榻米上,撑起胳膊肘找烟灰缸的时候,听见有人上楼梯的脚步声。

"起来了吗?"是节雄,"桑原先生叫你,下来吧。"

"啊,马上去。"二宫站起来,把烟头扔进花瓶里,下楼梯,桑原坐在八叠榻榻米的房间里。

"木下呢?"

"买报纸去了。"

二宫说:"不是去买盒饭吗?"

"你满脑子就知道吃。"

"吃饭、睡觉、勃起,这不是人的本能吗?"二宫走进厨房,打开餐具柜,拿出速溶咖啡。然后往单柄锅里放水,放在电炉上,再把咖啡和方糖放进大杯子里。水开后,冲进去,坐在椅子上喝起来。虽然没有香味,但毕竟是咖啡的味道。

玄关门打开,木下回来了,两手提着便利店的袋子,他把罐装啤酒、盒饭、三明治、炒面、碗面、猪肉酱汤、色拉、塑料瓶装茶水、体育报放在桌子上,然后叫桑原和节雄。

二宫吃了"幕内盒饭"和猪肉酱汤。酱汤虽然是即冲即食的方便食品,味道还不错。

桑原说道:"也要给老家伙吃饭。"节雄和木下走进八叠榻榻米的房间,拉开壁橱门,手脚捆住的小清水从里面滚了出来,说"想上厕所"。木下把小清水手脚上的胶带揭下来,和节雄一起带他上厕所,出来以后,让他坐在餐厅的椅子上。

桑原说道:"饿了吧?"

"嗓子都冒烟了。"小清水声音嘶哑。

"喝啤酒还是喝茶?"

"啤酒。"

"喝吧。"桑原让小清水拿着杯子,给他倒啤酒。小清水一口气喝完。

"好喝吧?"

"好喝。"

"再来一杯。"桑原又给小清水倒一杯啤酒,服务态度还蛮亲切的,"趁着你心情好的时候照张相吧,拍张纪念照。"

桑原对节雄仰了仰头,节雄便将智能手机对准小清水。桑原让小清水右手拿着啤酒杯和体育报:"好,笑一笑。"

"这样子吗?"小清水做出僵硬的笑容。

"报纸再拿得高一点。"

"这像是人质照片。"

"你不是人质吗?"

"啊,是……"小清水拿着杯子和报纸摆出姿势,木下用录像功能拍摄。

"好了,吃饭吧。"

小清水心头不安地问道:"刚才的照片用来做什么啊?"

"你再逃跑的话,用来通缉的照片。"

"我不会逃跑了。"

"小清水先生哟,我是被你搞怕了。不好意思啊,现在不论你说什么我都无法相信。"

"是吗……"

"吃饭吧。"

"谢谢。"小清水喝着啤酒,拿起三明治。

午后,桑原给"糖果Ⅱ"打电话:"喂,是我。二楼尽里头的房间现在是空的吗？……好,就用这个房间。差不多一个小时以后,有两个年轻人过去,带着客人去。……你就装作一无所知的样子,把房间的钥匙放在拖鞋柜里。……我？我还有别的事。……知道了,再联系……"桑原挂断电话,对节雄和木下说道,"刚才的话都听见了吧,二楼右侧尽里面是叫作'柊'的十二叠榻榻米和式房间,我媳妇在下面的前台,你们直接上二楼,把老家伙放到里面,从房间里面上锁,二十四小时严密监视,片刻不离。这一次要是再让他跑了,你们就自戕吧。"

两人立正低头:"对不起,这一次绝对不会失误。"

"撤吧！把老家伙拉出来。"

节雄拉开壁橱,双手被胶带捆绑在背后的小清水坐在里面,木下让他站起来,把夹克衫披在他肩膀上。桑原从茶柜的抽屉里拿出装有股票销售现金的纸袋。

节雄、小清水、木下、桑原,然后是二宫,接连走出家门。节雄锁门。一行人向停车的空地走去,节雄和小清水坐进奥拓的后排座,木下开车,他说一声"走了",车子就上路。

桑原走到罗密欧车旁,二宫解锁,坐进去。桑原也坐进来:"去尼崎,亥诚组的事务所。"

"去亥诚组有什么事?"

"见布施。"

"最好别去,布施上一次不是说过了吗?以后不许做出未经介绍就擅自来访的不礼貌的举动。"

"我对布施说了,把七百五十万放在他那里。"

"即使布施接受这笔钱,也未必压得住泷泽。"

"所以才要见布施,摸一摸底,看看他究竟有多大的实力,总不能不假思索地把钱给他吧。"

"布施还会见你吗?"

"布施也是亥诚组的若头,他会听我的话。"

"是吗?"

"你不了解亥诚组,别啰里巴唆的。"

"不,我作为观察员……"

"闭嘴!你算什么观察员?你就是一个给《冰凝之月》出资、现在被泷泽追讨的当事者。"

"从表面上看,也可以这么认为。"

"还不快发动汽车啊?去尼崎的路上先到银行去一趟。"

"哪一家银行?"

"哪一家都可以,取六十万日元。"

这六十万大概用来将出售股票的六百九十二万补足为七百五十万。桑原把车内空调的风力调到最大,放倒座椅。

到了尼崎七松町,把车子停在自助投币式停车场,向亥诚组本部事务所走去。桑原按下对讲机。

"亥诚兴业。"

"我是二蝶会的桑原,想见本部长。"

"有预约吗?"

"给本部长送钱来了。"桑原把手中的纸袋对着摄像头举起来。

片刻,门开了。还是上一次那个寸头站在里面,桑原和二宫经过搜身检查后,走上楼梯。

寸头敲了敲本部长室的门,里面传来"噢"的回应,寸头大声说"对不起",把门拉开。

桑原随寸头走进去,布施坐在办公桌前面,双臂交抱,满脸不悦地瞪着桑原:"二蝶会的桑原啊,你这个人,要见人总是突然袭击,这是你的一贯作风吗?"布施把香烟衔在嘴里,寸头迅速走到他身边,用镀金的打火机给他点烟。

"对不起,失礼之处,深表歉意。"桑原深深低头致歉。二宫也低下头。

桑原说道:"带来了上一次与本部长约定的七百五十万。"

"我没说接受这笔钱啊。"

"其实,上一次见过本部长以后,我又仔细思考过您所说的话。……可是,愚昧如我,实在找不到解决问题的方法,所以,无论如何请本部长助我一臂之力,今天拜访,就是来聆听您的斥责。"桑原把纸袋放在桌子上,"七百五十万日元,托付给本部长您。"

"这钱从哪里来的?岛田组吗?"布施吐出一口烟雾。

"我没有对岛田说,这是我个人的想法。"

"这么说,是你个人的钱?"

"是的。……我做事太过分了。"

"要是对方说把钱拿回去,怎么办?"

"我打算断指向森山老大赔罪。"桑原双膝并拢,跪坐地上。

"真拿你没办法。"布施嗤然一笑,"知道了,我知道你的诚意了。七百五十万不是小钱,也是辛辛苦苦积攒起来的吧。泷泽叔那边,我通过组长和他沟通。怎么样?"

"万分感谢。"桑原低头说道,"星期一是本家的例会,我们的森山要和诸井组长见面,届时请您无论如何……"

"例会我也去,陪着老大。不会让你吃亏的。"

在布施眼里,森山位于自己之下,这完全可以理解。虽然在神户川坂会的组织结构图中,嫡系的亥诚组和二蝶会同样都是分支团体,布施是亥诚组的若头,地位比二蝶会会长的森山低,但就组的规模而言,二者不可同日而语。亥诚组的诸井是本家的若头助理,拥有组员六百人。布施组的组员有一百二三十人,二蝶会只有六十人。顺便说一下,泷泽组的组员是五十人,仅仅就泷泽组和二蝶会两个团体而论,实力不相上下。

"大男人怎么能这么坐,起来!"

"对不起。"桑原站起来。

"上一次你来以后,我给泷泽叔打过电话。"布施继续说道,"虽然你被泷泽组追讨,但不是干得挺欢吗?"

"对不起,那是黑道之间的打杀。"

"泷泽组是亥诚组的内部团体,我是亥诚组的若头。"

"所以我今天才来恳求您。只有本部长您才能收拾这个局面。"

"你这人有意思,要不是二蝶会森山的手下,早就把你捆绑起来扔给泷泽组了。"

"我打算一会儿去泷泽组。"

"什么……"

"打算和他们和解。"

"怎么和解?"

"不谈不知道。我被泷泽的人砍了,动了两次手术,但对方有三四个人被我打了。这应该如何考虑判断,需要双方协商。"

"你被砍了两次吗?"

"不是,砍了一次,动了两次手术。肺部穿孔。"桑原捂着侧腹,"能不能请您给泷泽组打个电话,就说桑原一会儿登门拜访。我也不愿意突然挨枪子。"

布施点了点头:"好,我跟若头说一声。"

"泷泽组的若头名叫广濑吧?"

"认识吗?"

"名字听说过,没见过面。"

"广濑为人正直,虽然性格严厉,但干脆利索,办事通情达理。"

"我想见初见。这次电影出资的事都是他一个人掌控。"

"用不着那么复杂。"布施转向旁边,寸头从他手里取下烟蒂扔进烟灰缸里。布施对他说:"……你给广濑打个电话,就说一个名叫桑原的人要去他那儿。"

"净给您添麻烦了,对不起。"桑原低头致谢,二宫也跟着低头,然后二人走出本部长室。

二人走向大街。下午两点,天空湛蓝,万里无云,阳光耀眼,晒在身上热辣辣的感觉。

二宫道:"我一句话也没说。"

"只要你站在我身边,这就足够了,就充分发挥了你的作用。"

"什么意思?"

"布施那小子不是说了吗?要把我绑起来。你是白道,和我在一起,他就难以下手。明白了吗?"

"这么说,我就是某种人质吗?"

"你这臭小子多少还是有点价值的。"

"你这么说,我很高兴。"自己被桑原当作炮灰,又是提款,又是人质,实在欺人太甚,可是现在只能跟着他走。事情没有了结之前,自己既回不了事务所,也回不了家,"刚才的七百五十万就把事情摆平了吗?"

"姑且算吧。布施没想到我真的会拿钱去。"桑原说布施既然收了钱,就要向诸井汇报。在星期一的例会上,诸井见到森山,应该会摆出本家若头助理的气派,落落大方地提出和解之事,"……不过,事情不是到此就结束了。泷泽有小清水开出的票据,还有盖着岛田若头印章的《冰凝之月》的出资合同。不把这个拿回来,就一直留有泷泽和岛田争斗的火种,随时都可能爆发。"

"是这样啊,合同上也有我的名字吧。"

"你以为事不关己啊,你的出资金是谁给掏的?"

"岛田先生。他是情义深笃、人情厚重之人。"虽然现在这种状况也给自己造成了麻烦,但二宫还是深切感受到岛田的恩情,自己从小就一直受到他的热心关照。

一辆出租车驶来,桑原招停,坐进车里:"不好意思,很近,长洲町。"桑原把一千日元的一张钞票递给司机。

出租车行驶大约两公里,到达长洲町。桑原让司机在牛肉盖饭店前面停车。

桑原说道:"泷泽在这里。"

"牛肉盖饭也是他的财路吗?"

"你是取笑我吗?"

"不,没这个意思……"

"下车!"

这是一幢六层楼的建筑物,牛肉盖饭店是租赁的店面,左边是楼房的玄关。

"泷泽事务所在三楼。"桑原走进去,狭小的玄关有一部电梯,上到三楼。

走廊昏暗。桑原站在贴着"泷泽兴业"招牌的三〇一号室铁门前。

"我害怕。"二宫有点发抖,"不会一进门就挨揍,醒过来时发现自己在大海上吧?"

"填到水泥里沉入海底吗?"

"千万别这样。"

"不要紧的。填进水泥之前,你已经死了。"

桑原拧一下门把,门开了,他大大咧咧地走进去。事务所里有三个组员,看着桑原,站了起来,手里没有拿着金属棒或者铁棍。其中一个穿着黑色针织汗衫的问道:"是二蝶会的桑原先生吧?"

桑原点点头。

"慎重起见,可以吗?"

"啊,没关系。"桑原举起双手。二宫也举起双手接受搜身。

"请到这边来。"汗衫男子带他们到里面的会客室。会客室里只有黑色的皮沙发和茶几,还有北欧风格的玻璃文件柜,显得寒酸。

"喝什么?"

"啤酒吧。"

"那位呢?"

"冰咖啡。"

男子走出去。

二宫说道:"不是很亲切吗?"

"那是因为布施事先打电话说桑原要来。"桑原从百叶窗的空隙看出去,说道,"旁边是民宅,要是打起来,你跳到隔壁民宅的屋顶上逃走。"

"那你呢?"

"我比你逃得快。"

这时,门打开了,两个男人走进来。一个是高个子,身穿淡蓝色夹克衫和敞领白衬衫,另一个是穿着灰色西服的初见。

"我是若头广濑。"高个子说道,"请坐吧。"

桑原和二宫坐到沙发上,广濑和初见也坐下来。

广濑看着二宫:"你是……"

"建筑咨询公司的二宫。与初见先生是第二次见面。"泷泽带着初见来岛田组的时候,二宫见过他。

"为什么和桑原先生在一起?"

"我也对《冰凝之月》出资了。"

"出资额多少?"

"一百万。"

"一百万啊……"广濑靠在扶手上,两条腿叠放在一起。他的长发梳成略带波浪形的背头,戴着镜片细长的塑料眼镜,目光锐利,没有右眉毛,像是被刮掉了,和桑原一样,都是典型的黑道外形。

"我听布施叔说……"广濑喝着麦茶,"你想和解。"

"是的。"桑原点头道,"布施先生说,同样都是川坂会的分支,这样争斗很不好。我刚才在布施先生那里存放了七百五十万。"

"桑原先生,这就不合规矩了。我们的老大应该对你们的岛田先生说过必须支付一千五百万的啊。"

"岛田的一千五百万已经鸡飞蛋打,再要他支付一千五百万,这实在无法接受。"

"这不是能不能接受的问题,岛田先生的合同规定他向'《冰凝之月》制作委员会'出资三千万。他必须进行善后处理。"

"善后处理啊。"桑原从上衣内口袋里拿出一张票据,"这票据的面额是一千五百万,这样子一笔勾销吧。"开票人是《冰凝之月》制作委员会。

广濑靠上去看着票据:"这是……"

"从小清水那里拿来的。"

二宫心想桑原什么时候从小清水那里拿到这张票据的呢?他想起来,应该是金本总业的金本。桑原在通天阁本通商店街的金本事务所里把泷泽组的组员矶部和久保赶到阳台上,手持刀子从金本那里夺取了票据。

"有这一千五百万,泷泽组和岛田组涉及《冰凝之月》制作委员会的借贷关系就此一笔勾销。另外,我放在布施先生那里的七百五十万作为这次打架的赔偿费,可以收下吗?"

"喂喂,这话说得太一厢情愿了。"广濑的脸上掠过一丝笑容,"你以为我们有几个人被你欺负了?那么凶狠残忍,这区区七百五十万就想让我们忘掉一切,太天真了吧?"

"我也被砍了,肺部穿孔。争斗双方一同受罚,不是这样的吗?"

"你这嘴皮子还挺能讲的。"

"一千五百万的票据和七百五十万的现金……这两千两百五十万还不能了结的话,那只有把小清水带来,召集《冰凝之月》的所有出资者,让他说明事情的全过程。"

桑原把票据收起来,从裤袋里掏出智能手机,按下显示键,出现今天早晨小清水手拿体育报的"人质"画面:"你看,小清水在我手里。"

"……"广濑盯着智能手机,一声不吭。

"怎么样?这还不能和解吗?"

"你怎么想?"广濑转身问初见。初见绷着脸没有回答。

"我想要回合同。"桑原继续说道,"就是岛田和我都签名、盖章的《冰凝之月》的出资合同。只要把这个给我,我就什么也不说。以后你们可以按照预定计划继续向其他出资人回收资金。"

"嗯,你原来打的是这个主意。"广濑思考片刻,说道,"布施叔对此事也很操心,那我就迁就你吧。"

"是吗。广濑先生不愧是泷泽组的若头,布施先生说您办事通情达理。"

广濑问初见:"《冰凝之月》的合同在哪里?"

"我不知道。老大拿着。"

"是吗……"广濑看着桑原,"你也都听到了,老大今天去打高尔夫。交易能以后再办吗?"

"以后是什么时候?"

"下周吧。"

"下周不行,明后天怎么样?"

"噢,那后天。你把刚才的那张票据和小清水带来,我把合同交给你。"

"地点呢?"

"这个事务所。"

"这里气氛太严肃。"桑原笑道,"还是到热闹的地方去吧。……梅田的商贸中心有一家大书店。"

"是鞆乃屋书店吗?"

"鞆乃屋书店的地图卖场。时间定在三点,可以吗?"

"好,可以吧。"

"九月九日星期日,下午三点。鞆乃屋书店的地图卖场。"桑原复述一遍,说道,"把小清水放在租赁车的后备厢里,停在商贸中心的停车场。租赁车的钥匙和牌照号码写在纸上交给你们,可以吗?"

"啊,知道了。"

"租赁车请你们归还。"桑原喝一口啤酒,站起来。二宫也站起来。二人走出会客室。

桑原招呼一辆出租车,对司机说"去堀江"。

二宫说道:"我现在还心有余悸。有多少颗心脏都不管用。"

"真行,你不就在旁边看笑话吗?"

"我可没有看笑话,浑身都僵住了。"

"《冰凝之月》说的就是你啊。"

"哈哈,有意思。"

"你再笑一个试试!"

"又生气了。"

"你说话的语气让人生气。"

"不回守口吗?"

"以防万一,万一有人打进'糖果',那我就糟了。"节雄和木下在"糖果",桑原似乎觉得这两个人没有危险。

"堀江有谁啊?"

"一个女人的公寓,新地的'大使'公寓。"桑原说这个女人才二十岁,短期大学刚刚毕业。

"已经在交往了?"

"打算今天找她伴游,把她拿下。"

"我也想和你一起伴游。"

"你要不回釜崎睡觉,要不找小姐去。"

"好啊好啊,我找小姐,你找新地的陪酒女,真不错啊。"二宫气闷,靠在座位上,闭上眼睛。

桑原在堀江下车,二宫在飞田下车。在飞田新地转了一圈,进入一家名叫"红叶"的料亭,短时服务要一万五千日元,是一个长相酷似悠纪的漂亮姑娘。

20

九月九日午后,桑原来到广场饭店,身穿黑色细条纹西服,衬衫领口别着领针,深绿色的织纹领带。一进房间,就打开冰箱,取出罐装啤酒喝起来,看见穿着短裤的二宫,问道:"你不洗衣服吗?"

"洗啊。穿着内裤洗澡的时候洗的衣服。"二宫拿起搭在椅子上的斜纹棉布裤和短袖衫穿上。

"那湿漉漉的内裤呢?"

"拧干了,晾在衣架上。"

"你怎么不一开始就脱下来洗啊?"

"这样的程序很麻烦。"

"你这个人真古怪。"

"谢谢。"这个人真讨厌,一个人有一个人的生活习惯。二宫问道,"你是租车来的吗?"

"你去租。"

桑原喝完啤酒,站起来。二宫捡起袜子穿上,再穿上夹克衫,一起出门。

乘坐出租车到天王寺,在阪南租车处租了一辆丰田卡罗拉。

二宫开车从谷町北行。

"在'糖果'把小清水装进后备厢里吧?"

"不,小清水不上车。"

"怎么啦?"

"你好好想过吗?要是把老家伙交给初见,他就会把存折的事情说出来。"

"就是寄到今治的那本重新制作的存折吗?"

"银行的挂号信寄到今治是九月十二日,在此之前不能把老家伙交给初见。"

"可是你对泷泽组的广濑说,把小清水装在租赁车的后备厢里,车子停在商贸中心的停车场……"

"你的脑袋瓜就是摆在肩膀上的装饰品,我给了布施七百五十万,为什么还要可怜巴巴地再搭上小清水这个礼物啊?只要把《冰凝之月》的出资合同拿回来,泷泽就没有了找茬挑事的理由。"

"从道理上说是这样。"

"车子到哪个生活用品商店停一下,我要买东西。"

"买什么?"

"别啰唆,按我说的办。"桑原取下眼镜,擦镜片。

桑原在生玉的生活用品商店买了细尼龙绳和胶布,回到停车场,打开卡罗拉的后备厢,拿出工具箱用裁纸刀把尼龙绳截成大约五米长,乱七八糟地摊在后备厢盖上。胶布也截成二十厘米长,随手揉成一团。

"你这是做什么咒术?"

"这还看不出来吗?小清水逃跑了。"被捆绑着装在后备厢里的小清水解开绳子,揭掉封嘴的胶布,逃跑了。这是他逃跑时留下的东西。"

"哦,这样就可以辩解说反正已经把小清水交给你们了,是吗?"

"烦人!用得着我辩解吗?"桑原用扳手使劲撬,砸坏后备厢的钥匙孔,说这是小清水从里面撬开后备厢的痕迹。

"这辆卡罗拉可是用我的驾照租来的。"

"那又怎么样?"

"不,没什么,随你便。"租赁车子的申请书上写着手机号,砸完后他什么也不管。

"提个建议,顺便留下小清水的一只鞋子怎么样?"

"用不着考虑那么细,老家伙不是光着脚逃跑的。"桑原扔下扳手,关上后备厢,"走!去梅田。"

"去之前先吃点东西吧。午饭。"

"我吃过了。"

"还有一个半小时呢。到三点之前不是还有时间吗?"

"你真烦。"桑原喷了一声,"你去咖啡馆吃点三明治什么的,我喝啤酒。"

"好,好,谢谢你。"二宫上车,发动引擎。

在东天满的咖啡馆填饱了肚子,消磨了时间,两点二十分出发,奔向梅田。三点差十分,车子停在商贸中心的地下二层停车场。桑原下车,把后备厢打开一半,然后往电梯间走去,按下墙上的电梯按钮,问道:"鞆乃屋书店在几楼?"

"五楼。"

"把租车的申请书给我。"

"好。"二宫把租车的申请书和车钥匙交给桑原,"停车位置在 A9 区。"

进入电梯,上到五楼,鞆乃屋书店里熙熙攘攘。

"听好了,你不要说话。"

"让我说我也不会说。"

二人到达地图卖场,不见广濑,也不见初见,一对年轻的情侣在观看欧洲旅游地图便览。

"是新婚旅行吧?"

"你管得着吗,反正你一辈子也娶不着媳妇。"

"何以见得?"

"贫穷、吝啬、丑陋,三样你都占了。"

"我长得不丑吧,虽然说不上端庄英俊。"

"还蛮有自信的,向你学习。"桑原嗤笑着。

这时,两个男人走过来,一个是初见,另一个是牧内,都穿着黑西服。

"你们挺准时啊。"桑原对牧内说道,"上一次承蒙关照,我肺部穿孔,差一点死过去。"

"我手腕折断,指缝开裂,缝了七针。"牧内举起右手,手腕裹着厚厚的绷带,像是打了石膏,"下次砍的时候,菜刀还要拧一下,这样口子开得更大。"

"连单挑的胆量都没有,说什么大话。"

"老子杀了你!"

"想玩啊?"

两人怒目互瞪。

"你们算了吧。"初见插话,"小清水呢?"

"停车场,地下二层。"桑原说道,"我看看出资合同。"

初见从上衣内口袋里拿出一个白色信封,从中抽出一张纸,展开,在细致密集的合同条款下面有岛田的签字和盖章。

桑原把卡罗拉的钥匙和申请书拿出来:"白色的卡罗拉,停在 A9 区。"

"小清水在后备厢里吧?"初见把合同放回信封。

"捆着,嘴里塞着东西。"

"去看一眼。"

"先把信封给我。"

"等见过小清水以后。"

"那不行。我把交易地点选在这儿,就是担心毫无警惕地被你们带去停车场,从背后给我一枪。"

"我们没带'小喷筒',也没带'梃子'。"

"我对广濑说过,就在这个地图卖场把车钥匙和写有车牌号的纸条交给你们。广濑对此表示同意。"

"不见小清水不交合同。"

"你好好想想,我收回合同的时候,小清水对我来说,就如同垃圾。把这个毫无利用价值、碍手碍脚的垃圾扔掉,我是一身轻松。至于怎么处理垃圾,让他生让他死,都随你们的便。"

"……"初见沉默不语。他在琢磨桑原话中的真意。

"好了,把合同给我吧。"桑原把车钥匙和申请书递出去,"不管你怎么说,这儿就是交易地点。"

"混……"他嘟囔着,把信封交给桑原。桑原把票据和车钥匙、申请书交给初见。交易完成。

"我说过了,租赁车由你们负责归还,天王寺的阪南租赁车店。"桑原叮嘱道。初见一声不吭地转身离去。牧内狠狠瞪一眼桑原,也离开了。

"走!"桑原离开地图卖场,向商业街走去。

二宫说道:"我真是提心吊胆,要是初见坚持要去停车场,那怎么办?"

"简单得很,把他揍倒,抢走信封。"

"那不是会引起大混乱吗?"

"那又怎么样?和无赖争斗出现混乱局面,不是很正常吗?"

"初见打开后备厢,发现没有小清水,会怎么样?"

"发怒呗。"

"广濑也会发怒吧。"

"广濑没理由发怒,他不知道初见的生财之道,也讨厌初见。初见什么事都不告诉广濑。"

"事情会按照你的设想进行吗?"

"出资合同拿到手,泷泽和初见就不会再到岛田若头那儿去了。如果去的话,我就杀了他们。"

"气势真足。"

"什么气势不气势的,这样才能灭掉泷泽威胁的话柄。"桑原心情大好,他曾经被追逼到悬崖边缘,大概现在感觉脚跟稍微站稳了一点。

"明天的例会,能解决吗?"

"我该做的事都做了,接下来就是任人摆布了。"乘坐电梯到一层,去出租车站,桑原对司机说"去西成"。

在"广场饭店"退房后,桑原坐罗密欧去守口,在"糖果"与节雄、木下会合。然后,节雄、木下、小清水坐奥拓,桑原和二宫坐罗密欧去爱媛。中途也不休息,到达今治之前,桑原一直在副驾驶座上睡觉。

二宫调大收音机的音量:"桑原,该起来了。"

桑原眯缝着眼睛:"这是什么地方?"

"今治。马上就到南日吉町。"

将近晚上九点。车流量很小,从守口到今治开了四个半小时。

"要小便。赶快去日吉庄。"

"我也想,快憋不住了。"

"就在那儿吧,坐着小便。"

"这可是我的车。"

车开过今治高中,在十字路口右拐,东行,停在西方寺的瓦顶泥墙旁边。奥拓随后跟上,也停下来。

桑原下车,走进小通道里头。他拿着日吉庄房间的钥匙。木下、节雄、小清水从奥拓下来。

"这就是日吉庄住宅楼啊。"节雄伸了个大大的懒腰。

二宫对着墙壁小便。

节雄问小清水:"房间大吗?"

小清水回答道:"就一间八叠榻榻米的房间和厨房。"

"浴室呢?"

"没有。"

"没有浴室的房间,怎么还租啊?"节雄抓着小清水的胳膊往前走。

上了日吉庄二楼。桑原打开十号房,然后坐在厨房的椅子上吸烟:"木下,去买点吃的。"他从钱包里抽出一万日元。木下拿过钱走出去。

节雄让小清水坐在和式房间里,用胶布捆住他的脚腕。小清水像木偶一样,任其作为,大概相当疲惫,他靠在柱子上,闭着眼睛。

二宫打开冰箱,里面只有一个干瘪的土豆,冰箱的电源都没有插上。

"好了,你们在这儿看着老家伙。"桑原掐灭香烟,站起来。

节雄问:"你去哪儿?"

"这么小的地方睡五个人啊。"

"话是这么说……"

二宫看透他的意图,他想坐出租车去繁华街,找个有陪酒女的地方喝酒,然后住在饭店里。

"好了。"桑原走下房间,穿鞋出门。

二宫心里一阵轻松,桑原不在,就没人对自己发号施令,便对节雄说:"我睡了,一直开车,累得筋疲力尽。"他拉开壁柜门,从中拿出被子和枕头。有点霉味,但只好忍着,在八叠房间的窗下铺开,把夹克衫扔一边,躺下来。

"你不吃饭吗?"

"吃。木下回来的时候叫醒我。"二宫打一个哈欠,立即进入梦乡。

醒来的时候,窗外十分明亮。节雄睡在旁边。木下坐在壁柜前面看体育报。二宫问道:"小清水呢?"

"在里面。"大概把小清水关在壁柜里。

"一夜没合眼啊?"

木下笑了笑:"是啊。"

"我替换你吧。"

"不用,没事。"

"还是年轻人身体好。"二宫瞧一眼手表,早上七点多,自己睡了大约十个小时。二宫起来上厕所,然后回到厨房。桌子上散乱着吃剩的盒饭和空啤酒罐。

"没我的盒饭吗?"

"在冰箱里。"

二宫打开冰箱一看,里面有一个便利店的塑料袋,还有罐装啤酒和乌龙茶。二宫吃了盒饭,喝了啤酒和乌龙茶。然后吸一支烟,回到房间,打开电视,正播放 NHK 的新闻报道。大概是松山电视台制作的,内容是宇和岛夏日节日活动的游行。

"木下是哪里人?"

"大阪。此花区四贯岛。"

"平民区啊。"

"我是在公寓住宅区长大的。"木下说他上幼儿园的时候父母离异,当美容师的母亲一手把木下和妹妹拉扯大。

"你母亲很坚强,真难得。"

"现在在西九条的美容院工作。我妹妹也是美容师。"

"妹妹多大了?"

"二十七。"

二宫心想和悠纪一般大:"要是长得像你的话,可是眼睛水灵的美人。"

"由我来说可能不合适,不过的确很可爱。"

"什么时候看一眼。"

"她身高一百六十五公分,七十公斤。"

"是吗……"七十公斤,大概是瞎说吧。看来不想让二宫和她见面。木下继续看体育报。

二宫躺在被子上,身边就是节雄,眉毛淡薄,小鼻子一张一翁,一根鼻毛随着呼吸颤动。

这个人前途暗淡——没有正当的生财之道的黑道,究竟靠什么吃饭呢?虽说是川坂会嫡系组织的组员,但每天都是跑腿打杂,显然这一辈子只能在最底层混日子。缺少勤奋工作的积极性,没有能当摇钱树的女人,虽说为人不错,但无所作为。

现在暴力团最下层的马仔只能靠贩毒和金融诈骗吃饭。贩毒一旦被抓,初犯是三到五年的有期徒刑,金融诈骗需要几百万日元的先行投资。像节雄这样的暴力团成员没有飞黄腾达的门路,在经济活动这个舞台上,个体经营的黑道在挣钱上要比白道艰难好几倍。

但是,仔细一想,自己不也是和节雄相差无几吗?……勤奋工作的积极性十分薄弱,没有交往的女性,不知道自己是否为人不错,但作为年近四十的男人毫无作为。没法子,只好按照自己的方式生活,这时代的潮流太不好了。

就在二宫胡思乱想的时候,手机响了,打开一看,是桑原。

"喂,我是二宫。"

"在干吗呢?"

"在思考。"

"你也有思考的事情?"

"过去未来,思前想后。"二宫打心眼里厌烦这家伙,一大早就来找麻烦。

"老家伙怎么样?"

"在壁柜里,木下在监视。你怎么样?"

"在旅馆。从窗户眺望今治城。"

"床上还有女人吧?"

"别把我和你混为一谈,我才不召妓。"

"到底有什么事？"

"午后你给若头打个电话。"

"岛田先生吗？"

"打听一下例会的情况。亥诚组的诸井和我们的老大都说了些什么。"

"绝缘的事情吧。"

"蠢蛋！不许说这种不吉利的话，是和解的事情。"桑原说本家的例会十点开始，森山总是带着岛田去神户，"只有嫡系组的组长才能进入例会会场，其他头目和保镖都在另外的房间休息。如果没有重要的议题，两个小时就能结束，然后是午饭。"

"就是说，午饭的时候，亥诚组组长和森山先生会见面谈话。"

"所以，你一点左右给若头打电话。"

"你怎么不打呢？"

"你的脑子总是这么木。我要是给若头打电话，他肯定问我在哪里。绝对不能说我在今治，也不能说节雄、木下在这儿。"

"他要问小清水的事，怎么回答？"

"就说老家伙在商贸中心逃跑了。"

"可是，这……我对岛田先生……"

"烦人！你是大阪头号巧舌如簧者。你受我的恩惠总要还的吧。"

"恩惠……"对二宫来说，桑原哪来的恩惠，这个瘟神完全就是灾难祸害。

"总之，你给若头打电话询问和解的情况。听明白了吗？"说罢，挂断电话。

"是桑原先生吗?"节雄爬起来。

"他让我午后给岛田先生打电话。"

"心里还是挂念绝缘的事。"

"那是啊,他这二十年就是依靠二蝶会的代纹吃饭的。"

"他是彻头彻尾的黑道,离开组就活不下去。"

"你喜欢桑原先生吗?"

"嗯,这怎么说呢……"节雄略一停顿,"反正不讨厌。"

二宫问木下:"你怎么样?"

"我喜欢,桑原哥哥表里如一,要是走的话,他也是一个人走。活脱脱就像《昭和残侠传》里的人。"

二宫想告诉他们:你们真的看错人了。桑原无论干什么事,都事先经过周密的计算,在看似武勇侠义的背后,其实是对利害得失的精心思考判断,然而这两个人根本没有认识到这一点。

二宫说道:"如果桑原先生被绝缘,你们打算怎么办?"

节雄说道:"那样的话,他和组断绝了一切关系,就无法交往了。"

"桑原先生会成为泷泽组追杀的对象,难道见死不救吗?"

"没办法,像我们这些下层的人无能为力。"节雄十分理智,黑白分明。这大概就是当今的黑道吧。

二宫穿上鞋子,把手机放进口袋:"我去外面走走。"

"上哪儿去?"

"弹子房。"他走出既没有空调也没有电风扇的闷热房间。

坐出租车到今治站,走进一家面临大街的、名叫"零战"的弹子房,开始赌博。仅仅三十分钟就被吃掉一万日元,于是追加一万,这回终于"连庄"。珠子不断滚落,装了满满两个塑料筐,不过只是小胜。时间不知不觉过去,已经一点多了。二宫走向饮食台,一边喝啤酒一边打电话:"岛田先生,我是启之。"

"噢,什么事?"

"现在在哪里?"

"毛马。"他说已经从本家回到二蝶会的若头办公室里。

"就是桑原先生的事,亥诚组的诸井先生和森山先生的协商结果怎么样?"

"老大说,暂时搁置绝缘、破门的处分。"

"噢,和诸井先生谈妥了吗?"

"这我不知道,总之暂时搁置了。"

"《冰凝之月》的出资合同已经从泷泽组拿回来了。"

"怎么回事?"

"昨天,桑原先生和泷泽的初见进行了交易。"二宫把事情的来龙去脉向岛田汇报:包括桑原把七百五十万日元放在亥诚组的若头布施那里,把小清水开出的一千五百万日元的票据交给泷泽组的若头广濑,在商贸中心的鞘乃屋书店进行"人质"交换,从泷泽组的初见手里收回岛田签名、盖章的出资合同,等等。二宫问道:"森山先生对小清水的事情说了些什么没有?"

"我没听到。"

"那就好。"

"小清水不是交给初见了吗?"

"还没有。小清水现在还被桑原先生绑架着。"

"什么……"

"在商贸中心的停车场玩了点小动作。"二宫讲了他们把尼龙绳和胶布留在租赁车的后备厢里,造成小清水逃跑的假象。

"桑原为什么要护着小清水?"

"如果把小清水交给初见,肯定会被杀害。虽然小清水是骗子,但那样未免太可怜了……"

"不,不对。桑原是威胁小清水让他把钱吐出来。"

"是这样,小清水应该还藏着钱。"

"启坊你在哪里?"

"今治。"

"今治?是爱媛县吗?"

"小清水的情人玲美是今治人。桑原先生怀疑小清水把钱藏在玲美这里。"

"这么说,桑原也在今治吗?"

"是的。"二宫无法不讲信义欺骗岛田,但他还是没有把在今治等着银行寄来新存折这件事告诉岛田,"桑原先生封我的嘴,说事情了结之前不要告诉岛田先生。这个情况请您明察见谅。"

"知道了。我就装着一无所知,也不告诉老大。"

"对不起,承蒙关照。"

"桑原那小子,真拿他没办法。"

"岛田先生的出资合同已经收回,以后泷泽应该再也不会找茬了。"

"不要什么都对桑原言听计从,他已经闯到地狱底层。启坊你没必要跟着上刀山。"

"我知道自己吃几碗干饭,劳您担心挂念,对不起。"

"不用客气,有事及时联系。"

二宫挂断电话,低头致谢,自己受到岛田的关照实在太多了。

二宫一边喝罐装咖啡一边吸烟,手机响起,他以为是桑原打来的。

"喂,我是启之。"

"这里是阪南汽车租赁公司。"

"啊,你好。"

"是二宫启之先生吗?"

"是的。"

"您申请租赁汽车的时间是二十四小时,打算延长租赁吗?"

"是的。延长。"看来卡罗拉没有归还,但是车钥匙已经交给初见了。

"延长几个小时?"

"延长一天,可以吗?"

"可以延长,但是明天十二点四十分过后,必须先到这儿来结账,不然就无法延长租赁。"

"好的,知道了。明天十二点四十分。"

"请多关照。"

二宫不能说车钥匙丢失了,后备厢的钥匙孔也被破坏。卡罗拉大概还停放在商贸中心的停车场上。又一个问题发生,不能把卡罗拉扔在那里不管。二宫给桑原打电话,立即接通:"我是二宫,给岛田先生打电话了。"

"是吗。"

"对你暂不处分。目前好像既没有绝缘也没有破门。"

"是老大这么说的吗?"

"听说亥诚组组长和森山先生谈过。"

"要是老大害怕而撒手不管,事情就变得很麻烦了。"

"现在不是很好吗?你的脑袋保住了。"

"喂,什么脑袋保住了?你说话可要注意喽。"

"我现在要回大阪。"

"什么事?"

"卡罗拉。刚才汽车租赁公司打电话来了。"二宫把情况告诉桑原,"我从濑户内海边高速路开到尾道,从三原坐新干线。五点之前到新大阪,然后到商贸中心把车子开到汽车租赁公司。"

"你是不是不打算回来了?"

"在大阪住一个晚上,明天回来。"这家伙真叫人心情郁闷,总是这样疑心生暗鬼,"你得给我钱,新干线车票和租赁车的修理费,车钥匙也丢了,需要十万。"

"一个大男人,钱算得这么细。不就十万吗,给你就是了。"

"好,现在我去你那儿,你住哪家旅馆?"

"真是啰唆!你先垫上吧。"

"那算是我借给你的。"

"好了,我欠你的钱就是了。快回大阪去吧!"

二宫挂断电话,把两筐珠子换成可以兑换成现金的礼品,走出"零战"弹珠房。

二宫把罗密欧停在 JR 三原站的停车场,坐上新干线"回声"号,十七点零五分抵达新大阪,然后坐地铁去梅田,走进商贸中心的地下二层停车场。卡罗拉还在 A9 原地,车门没锁,再看后备厢,绳子和胶布还在里面,后备厢和车内都没发现车钥匙。

二宫给阪南汽车租赁公司打电话,说车钥匙丢失,车子被人破坏,后备厢的钥匙孔也被人撬坏,公司说派一名女职员拿着备用钥匙去商贸中心。二宫告诉对方自己在 A9 等候,然后把绳子、胶布扔到停车场的垃圾箱里。

一个小时以后,女职员来了,短发,皮肤白皙,灵动的大眼睛,穿的不是裙子,而是短裤。她检查车况,感到疑惑:"后备厢的钥匙孔是从内部被撬坏的。这种情况还是第一次遇到,车内很整齐,也没有东西被盗……这究竟是怎么回事呢?"

"我在商贸中心吃饭,饭后回来,就成了这个样子。"

"车钥匙怎么丢失的?"

"这是我的责任,不知道丢到哪儿去了。"

"向警察报案了吗?"

"没有。"

"如果是像您说的这种情况,车险不会赔偿的。"

"丢车钥匙是我的责任,我赔偿。"

"可以吗?"

"车钥匙孔的修理费,也由我支付。"

"好的,就这么办。"女职员答得很干脆,大概申请汽车保险赔偿的手续十分麻烦,"……修理费做出估算后,会连同钥匙费,一起向您提出支付请求。"

"好的。请你与我联系,我通过银行汇款。"

"这车怎么办?"

"归还。"

"必须本人到公司才能结算滞纳金。"

"我没时间去天王寺,这样吧,我给你两万日元,连同这里的停车费也一起结算。"二宫给她两万日元,女职员稍微犹豫后,伸手接过去:"那我把车开回去了。"

"对不起,给你添麻烦了。"

"谢谢您的关照。"女职员开车离开停车场。二宫觉得这是一个通情达理的可爱的姑娘。

二宫给悠纪打电话,响了十次,对方没有接,当他正要按下自锁键的时候,传来悠纪的声音:"喂,是阿启?"

"是啊是啊,我是阿启呀。"

"是躲在什么地方盯着我吧?"

"嗯?你说什么?"

"我刚下课,你就这么准时来电话啊。"

"我在梅田呢,想和你一起吃饭。"

"不行哦,我已经有安排了。"

"是男的吗?"

"哪是啊,女的,高中同学。"悠纪说这个同学大学毕业后在东京的服装公司就职,现在是来大阪出差。

二宫忽然感觉到某种意外的幸运,说道:"我想请这个姑娘吃饭,还有很多话要和你说。"

"阿启,等一下。我和她有半年没见了。"

"悠纪,你给我个机会吧。"

"什么机会?"

"法国菜、意大利菜、怀石料理、乌冬面、烤章鱼……想吃什么,我请客。"

悠纪考虑一小会儿,说道:"想吃鱼。"

"噢,好啊,去法善寺巷子的'橹庵'。"橹庵是米其林二星级餐馆。

"知道了,我先要洗个澡。"

"七点可以吗?"

"嗯,七点。"

"玛奇怎么样了?"

"挺健康的,一天到晚离不开妈妈。"

二宫想见到玛奇,让它站在自己的肩膀上,听它说"阿启,喜欢喜欢"。应该赶快摆脱这种有家难回的日子,和玛奇一起在事务所里午睡。

"你的同学叫什么名字?"

"理纱。"

这名字好听,令人遐想出苗条的模特儿身材的女人:"理纱有男人吗?"

"现在是自由之身。以前和一个四十多岁的大叔交往过,已经分手了。"悠纪说她独居在国立的公寓里,憧憬着东京与大阪之间的远距离恋爱。

"好吧,七点。我先去。"二宫挂断电话,闻了闻夹克衫和短袖衫的气味,有点汗臭。于是走进伊势丹二楼的化妆品卖场,将科隆香水的试用品洒遍全身。

21

九月十一日,二宫从三原直奔尾道,渡海到濑户内,傍晚回到今治。给桑原打电话之后,二宫前往今治城附近的城堡饭店。桑原一个人在房间里。

"这么晚才回来啊。在大阪干啥了?"

"归还租赁车,还在南街喝酒了。"

"在釜崎睡的吗?"

"鳗谷的'蜂巢旅馆'。"理纱并不是身材苗条的姑娘,而是胖乎乎的,圆嘟嘟的脸,说话极快,显得很兴奋,几乎都是她一个人说话,吃过怀石料理,到日航饭店的酒吧喝了七八杯鸡尾酒,然后说明天要早起,十二点之前和悠纪一起走了。二宫浪费了八万日元,心痛得很,有气无力地走到鳗谷,花三千一百五十日元住蜂巢旅馆。这个晚上简直就是一场噩梦。

"给我十万日元,新干线车费和租赁车的修理费。"

"你这家伙完全是一只吃钱的虫子。"桑原从钱包里取出十万日元。

二宫接过来放进口袋里:"你这钱包是爱马仕的吗?"

"你也知道爱马仕啊?"

"美国的黑帮没有钱包。"

"为什么?"

"我也只是在电影上看的,美国的黑帮把钞票直接放在口袋里。如果是大钱,就用橡皮筋扎起来。"

"我不是美国的黑帮,是日本的黑道。"

"描写黑道的电影里,老大吃到好吃的东西,就把整个钱包都交给店主。"

"你想说什么?"

"暂时搁置绝缘处分,真是太好了。"

"这应该是你说的话吗?"

"我也住在这个饭店里,可以吗?"

"随你的便,你用自己的钱。"

"有一个请求。"

"看你的嘴脸,就知道又是要钱吧?"桑原苦着脸吸烟,用镀金的卡地亚打火机点烟。

"小清水的银行存折明天就能到手。"二宫说大同银行是两千四百五十万日元,三协银行是八十万日元,"能给我百分之十吗?"

"你要拿一成,有什么理由吗?"

"我自始至终都大公无私、彻头彻尾地追随桑原先生。"

"开玩笑也要适可而止,你以为这么说会让我发笑吗?"

"在香港不是拿到了小清水的赌场存款一千三百万吗?……还有大同银行的五十万、三协银行的五十万是我退还的。卖掉小清水的股票所得六百九十万也进了你的腰包。"

"你知道我花了多少钱吗?给若头一千万,布施七百五十万,给你的钱也有一两百万。"

"我拿到的在香港是一百万,在关西机场是五十万。"

"这一百五十万不正是从我这儿刮走的吗?"桑原说此外还有五万和十万。

"我算了一笔账,你的总收入是两千零九十万,总支出算上给我的一百五十万总共是一千九百万。"

"你想挨揍吧。你想想我花掉的经费,不下四五百万。"

"假如经费是五百万,小清水存折里的两千五百三十万一进来,你不是净挣两千多万吗?"

"泷泽那帮流氓到处追杀我,我肺部被砍,差一点把命搭进去,这区区两千万够吗?"

"总之,求你了,求求你。"二宫低头恳求,"把你挣的百分之十分给我,两百万。"

"烦人,要是给你两百万的话,我也要给节雄和木下每个人一百万。"

"好吧,那就给我一百万。节雄、木下和我各一百万。"这个时候,必须坚持到底,只要他同意,一百万就能拿到手,"我不告诉岛田先生。不管他问什么,对钱我只字不提。"

"这不是理所当然的吗? 你又不是二蝶会的成员。"

"本来不想说的,其实我今年的收入还差一百五十万,建筑咨询公司这块牌子随时都可能摘下来,真的已经到了最后的生死关头。"

"别跟我诉苦,枯荣盛衰,变幻无常,世相莫测正是世间之常道。"

"你知道这么多很难的词啊。"

"和你这黄鱼脑子构造就是不一样。"桑原用手指头在耳边画着圈。

"我的唯一本领就是靠建筑咨询吃饭,以后也让我看看你出色的生财之道吧。"

"别胡说,你根本就讨厌和我搭档。"

"我和其他团体也有工作交往,但要论黑道挣钱,你是第一。不论对方是什么人,你都能沉着应对,与众不同。"

"又是哀求又是吹捧,你的演技够棒的了。"桑原也是拿二宫没办法,说道,"等老家伙的钱进来以后,给你一百万。"

"谢谢,非常感谢。"终于让桑原同意了,自己不对岛田提钱的承诺可能产生了作用。

"去!到日吉庄监视老家伙。"

"我给节雄和木下买点烤鸡串带去。"铁板烤鸡串是今治的著名小吃。

回到日吉庄,监视小清水到早上六点,与木下交接后,睡觉。

九月十二日十点,桑原过来了。他身穿不知道在哪里买的扣结领衬衫,黑色薄夹克衫,节雄说这身衣服很合身。桑原说这是杰尼亚牌的。

桑原问道:"邮递员几点来?"

"一点左右。"节雄说昨天邮局职员把邮件投入门口信箱时正是这个时间。

"要等三个小时啊。"桑原盘腿坐在八叠榻榻米的房间里吸烟,"这房间热死人。"

"对不起,电扇关了。"木下把烟灰缸和电风扇放在桑原身边。电风扇是二宫花两千九百八十日元从生活用品销售中心买来的。

"让老家伙出来。"

木下把小清水从壁橱里拉出来,拆掉捆在脚上的胶布,带他去厕所,然后让他坐在厨房的椅子上,将烤鸡串和饭团放在他面前的桌子上。

"拿到存折后,去银行把钱取出来。"桑原对小清水说,"密码多少?"

小清水低声回答:"五四三〇。"

"就是小清水的谐音?"

小清水点头:"是的。"

"被你骗过好几次,要是今天再骗我,就把你勒死。听明白了吗?"

"没有骗你,是五四三〇。"

"把钱取出来以后,你就解放了,爱去哪儿去哪儿。不过,最好去不会被泷泽那小子发现的地方。"小清水默不作声地吃着烤鸡串,喝着瓶装茶,那表情丢了魂似的,对一切都已经死心。

桑原回头对二宫说道:"你收挂号信。"

"收挂号信的时候,不需要确认是本人吗?"

"不需要,你拿着这个。"二宫接过印章。这是小清水以前在银行使用的印章。提出改换印章申请后的新的印章也已经被桑原没收。桑原把坐垫折叠起来,当作枕头,躺下来。二宫到厨房吃烤鸡串,肉已经变硬,不好吃了,于是对桑原说道:"我去咖啡馆吃早饭,可以吗?"

"随便,顺便给我带一杯冰咖啡回来。"桑原对着天花板吞云吐雾。

一点五分,有人敲门,传来"小清水先生,您的挂号信"的声音。二宫站起来开门,邮递员说"请盖章"。二宫在签收单上盖章,然后接过两封信。他走到房间里,把挂号信交给桑原。桑原随手撕开，取出大同银行和三协银行的崭新存折，确认存款余额。

"好，去银行！"节雄和小清水留在屋子里，桑原和木下、二宫走出日吉庄。

在马路上搭乘出租车，中途到体育用品商店买了挎肩背包，然后去今治车站。大同银行和三协银行的今治支店都在车站前。

桑原让出租车在大同银行今治支店前面停车，二宫从他手里接过存折和印章，手里拿着背包，和木下一起进入店内。大厅里没有人，不用排队。在取款单上写上小清水隆夫的姓名，再填写取款金额两千四百五十万，盖章，然后把取款单和存折递交给窗口。

银行办事员问道："是本人吗？"

"我是小清水。"

"因为是大额取款，请输入密码。"办事员把密码机放在窗口柜台上，二宫输入五四三〇。

"请坐下稍等。"

二宫接过叫号牌坐在沙发上，木下装作陌生人的样子坐在他后面。片刻之后，办事员叫"小清水先生"，二宫走到窗口，对方说"请到旁边的小房间取款"。二宫走进旁边的小房间，桌子上摆放着扎着封带的钞票。一个男办事员坐在桌前。二宫关门，在他对面坐下。

办事员说道："两千四百五十万日元，请确认一下。"

二宫先点数五十万日元，然后把一百万日元一沓的钞票边数边放在旁边，确认无误后，说道："谢谢。没问题。"他把钱装在背包里,走出小屋。木下不动声色地尾随其后。二十四沓钞票感觉相当沉,如果一沓算一百兑,算上背包得有三公斤多。

走出银行,拉开出租车门,把包交给桑原。

桑原低声说道:"好,去三协银行。"

二宫穿过马路走进三协银行,和刚才一样的手续,输入密码,顺利取出八十万日元。

又坐出租车回到南日吉町,在西方寺山门前下车,沿墙边往前走。如此看来,在日吉庄大概可以拿到一百万日元的跑腿费。

桑原忽然说道:"木下,'小喷筒'呢?"

"带着呢。"

"给我。"

"嗯……"木下把别在皮带里的托卡列夫递给桑原。

"后面有两个讨厌的家伙。"

"哦……"

"别回头,一直往前走!"

"是泷泽的人吗?"

"一个是初见。"桑原说另一个大概是比嘉。

"我们被跟踪了吗?"

"不是,应该是盯梢。"在三岔路口右拐,进入小道,小道的尽头就是日吉庄。两个男人站在玄关左右,左边的大高个是村居,右边是牧内。

桑原说道:"你拿着!"二宫一边走一边接过桑原递来的背包。

桑原对二宫说道:"我和木下冲上去,你跑进楼,上二楼,从那间房子跳下去。人在钱在!"

二宫想说什么,但说不出来,只将背包挎在肩膀上。双方的距离逐渐缩小,牧内手持原色木刀鞘的匕首。他拔刀出鞘。

"上啊!"桑原一声大喊,冲了上去。木下也跟着上去。村居向桑原挥拳,桑原闪身避过,对着他的股间就是一脚。村居双膝跪下,桑原用手枪冲他的太阳穴猛击,再用枪身狠捅他的眼睛。

木下扑向牧内,双方扭打到一起,倒在地上。木下一把抓住牧内捅过来的刀刃,身子一翻,站起来,连续狠揍他的脑袋。

二宫从四个人之间穿过去,进入日吉庄,跑上楼梯,推开十号房门进去,看见节雄躺在厨房里,脸上流血,嘴被布条绑着,双手被撕开的布条绑在身后,痛苦地呻吟。

二宫喊道:"挺住!"不能扔下节雄不管,他从厨房拿出菜刀把布条割断,把他抱起来。

"站起来! 快逃!"二宫扶着节雄走到房间里,打开窗户。墙外是农田,种着卷心菜和洋葱。

"下去!"二宫把节雄推出去。节雄抓着窗框,脚踩着墙头,但重心不稳,一歪掉了下去。二宫也脚踩墙头,再跳下去。用劲过猛,踩坏了卷心菜。

节雄蹲在墙边,二宫抱着他的腋下拖他起来。右边有一间洋铁片屋顶的小屋子。

"过来!"

"算了,你别管我!"

"胡说什么! 要是被抓住,你就没命了。"二宫抱着节雄在田埂上走着,推开小屋的门,里面很昏暗,堆放着铁锹、篮子、离心泵、一袋袋肥料。

二宫让节雄坐在离心泵后面,用蓝色防水布把他整个盖起来,说道:"你就在这里别动,我一会儿来接你。"

二宫走出小屋,关上门,跑出日吉庄。没有目标方向,盲目地跑到大马路边。

二宫走进小餐馆,没有食欲,但看着菜谱,还是要了一份小笼屉乌冬面。他问店里的大婶"这是哪儿",回答说是南宝来町。

二宫给桑原打电话,打不通,对方已经关机。桑原和木下大概遭罪了,对方是四个人,要是只有村居和牧内那容易对付,可初见和比嘉肯定过来增援。不过,大白天在路上打架,居民看到这样无法无天的场面很可能打一一〇报警。只要听见警车的警笛声,泷泽的那帮家伙就会离去的。

听见警车声音了吗?二宫没听见。至少离开农田之前没听见。二宫挂念节雄,虽然把他藏起来了,但他很可能自己摇摇晃晃地走出来,万一被泷泽的手下发现,那就惨了。

小笼屉乌冬面上来了。那个大婶看着二宫沾满泥土的裤子和鞋子。这时,手机响了。

"喂,我是二宫。"

"是我。你在哪里?"

"南宝来町。"

"别说地名,我脑子里没有今治的地图。"

"反正离日吉庄不近。"桑原能打电话来,看来没事。

"钱在吧?"

"没问题,在这儿……后来怎么样了?"

"把村居和牧内打倒后,就进楼里,从后门出去,翻墙跑出来了。"

"初见和比嘉呢?"

"看见他们跑过来,但我们比他们跑得快。"

"没受伤吧?"

"木下的左臂被刺了。"

"节雄受伤了。"

"怎么样了?"

"我们一起从二楼窗户逃跑的。"

"节雄也在吗?"

"还无法行走。"二宫把事情经过告诉桑原,"我必须去农具库房接节雄。"

"我和木下在西方寺的墓地,你马上过来!"桑原说从寺院后门进去往右走有一棵大樟树,就朝着这棵树走。

"西方寺没有危险吧?"

"他们受伤后跑了,不会老在这一带转悠的。"

"小清水怎么样了?"

"那老家伙没用了。大概被初见收拾了吧。"

"我现在去西方寺,抄小道。"二宫挂断电话,开始吃面,面很劲道,味道不错。吃完后,顺便打听去西方寺的路线,走出小餐馆。

西方寺的墓地很大,二宫往右走,寻找桑原和木下,看见他们坐在樟树的树根上。桑原的衬衫上渗着斑斑点点的血迹,上衣袖子被撕破了。木下的左肘到手背上缠着夹克衫,用两只袖子绑着。

二宫问道:"你的伤不要紧吧?"

木下笑着说:"手指还能动。"

"出血多吗？"

"没什么大不了的。"

"抓住了对方匕首的刀刃啊。"

"什么也记不得了。"

"这小子有前途。"桑原说道，"将来会继我之后成为勇猛的悍将。"

"哪里，我岂敢与你相提并论。"

"打斗凭的是气势，冲杀进去就能获胜。"桑原对二宫说道，"把钱给我。"

"啊，是……"二宫把背包交给桑原，他拉开拉链，清点钱款："为什么要救节雄？"

"他双手绑在身后，大声呻吟，我总不能不管他，独自逃生吧？"

"你动作慢，要是被泷泽的手下抓住，那就血本无归了。"

"现在钱款分毫无损，这不是很好吗？"二宫心想原来桑原这小子重财轻友，把钱看得比盟弟还重。

"好了，去小屋看看。"桑原站起来，掸了掸裤子，膝盖的后面裂开了，露出腿肚子。

打开农具库房的门，叫了一声节雄，听到回答，二宫进去把蓝色防水布揭开，只见节雄缩着身子蹲在离心泵后面。

桑原说道："节雄，出来吧。"

"哥……"节雄抱着离心泵勉强站起来，满脸都是黑红的血和灰白的尘土，如同幽灵。

二宫把节雄搀扶出来。

桑原说道："你差一点就完蛋了。"

"被村居用沙袋砸中了。"节雄的左眼肿大破裂,"老子要杀了村居。"

"能说这句话,你就死不了。"桑原道,"带他去医院。"

二宫道:"不行,医生会询问受伤的原因。"

"我没说去今治的医院啊,去岛之内。"

"是内藤医院吗?"

"节雄,再坚持一会儿,回大阪。"

"对不起,给你添麻烦了。"

"老家伙怎么样?被他们抓走了吗?"

"跑了。"

"什么……"

"我听到敲门的声音,一开门就挨了一拳,后来在厨房遭到痛打。"节雄说这时候小清水还在壁橱里,村居和牧内似乎没打开壁橱,"他们在绑我的时候,牧内不停地打电话。"

"大概是和初见联系吧。"

"是的。"节雄吃力地站起来,"当时我昏迷过去,等到我醒来的时候,他们已经不在房间里了。"节雄说房门开着,放在门口的自己的鞋子没有了。

"是那老家伙穿着你的鞋逃跑了吧?"

"他在壁橱里观察动静。"

"那老家伙也很厉害,捡了一条命。"桑原说,"木下,你去停车场把奥拓开来,送节雄去医院。"

"奥拓的钥匙在小清水的屋子里。"

"二宫,你去把罗密欧开来。"

"泷泽的手下不会在那儿等着吗?"罗密欧和奥拓都停在西方寺山门旁边的停车场。

"脑子好好想想,初见的目标是老家伙的钱,不可能傻乎乎地老待在今治。"

"初见怎么知道小清水的挂号信寄到今治来?"

"大概是老家伙告诉他的吧。"桑原说小清水在钝川被抓住之前,一直和初见有联系。

二宫说道:"小清水是从初见手里逃出来的,我觉得他不可能告诉初见。"

"烦人,你想说什么?"

"我想是金本向泷泽组告的密。"

"哦……泷泽的手下在金本的事务所里……"

"金本要求初见分钱……不是吗?"

桑原显得很没耐心地说道:"行了,这无所谓,你快把罗密欧开来。"

二宫走出农具库房,刚才没向桑原要一百万,心想在回大阪的车里向他要。

大阪。到达岛之内时已经十点多了。内藤医院关门了。桑原按着对讲机。

"这三更半夜的,又是你吧?"

"对不起,我是桑原。"桑原对着摄像头鞠躬致礼。

"你这家伙不能在上班时间来就诊吗?"

"事出有因,有两个人,请你治疗一下。"

"我不答应你也不走吧?"

"是这样的。"

"等着,我开门。"不大一会儿,玻璃门里面亮起灯,内藤说,"进来吧。"

木下下车,把节雄扶出来,和二宫一起搀着他进入医院。

"太过分了,我这里可不是野战医院。"内藤看着节雄被打花了的脸和木下的左腕,叹了一口气,"扶他到诊疗室。"

节雄躺在诊疗床上,内藤走到医疗器械台旁边,戴上胶皮手套:"把他脱光了。"二宫和木下脱下节雄的短袖衫和裤子。桑原坐在圆椅子上摆弄着听诊器。

内藤用浸泡过消毒液的纱布擦拭节雄的面部和身体,问桑原道:"血液都凝固了,什么时候受伤的?"

"两点左右吧?"

"九个小时不管不问啊?"

"在今治受的伤,被职业摔跤手打的。"

"暴力团最近都跑到爱媛去打架了啊。"

"这个世道,挣钱难啊。"桑原掏出香烟,但又放进口袋里。

内藤用手指把节雄肿大的眼睛分开,用钢笔手电筒观察:"有瞳孔反射,能看见吗?"

节雄说:"能看见大夫的脸。"

"是重影吗?"

"重影,有点模糊。"

"头晕吗?"

"现在好了。"

"目光跟着我的手走。"内藤的手掌上下左右移动,"眼珠能活动,眼窝没有变形,要是视网膜脱落就不好办了,明天去看眼科吧。"

"哪里的眼科医生好?"

"附近哪一家眼科医院都可以。"内藤观察节雄的鼻子,"软骨折断,肿得很厉害,不知道变形到什么程度。过一个星期,肿就消了,那时候再修复吧。"

桑原问道:"您能给修复吗?"

"我不是不能修复,但不知道会修复成什么样子,还是去整形外科吧。"内藤对节雄的脸部、头部、胸部、腹部等进行全身检查,说右胸部和左肩有跌打损伤,伴有内出血;左脚腕扭伤,头顶部和额头鬓角挫伤;鼻腔出血,身体处于轻度贫血状态。

内藤对二宫说道:"头部缝合,把他的头发剪掉。"

"我吗……"

"现在没有护士。"

二宫只好接过内藤递来的剪子和消毒纱布,把节雄的头发分开,看见鲜血从伤口渗出来。

节雄惧怕道:"痛吗?"

桑原说:"忍着!"

内藤给节雄的头部缝合后,检查木下的伤口,手掌上有长约五厘米的斜切口,上臂的扎伤很深,几乎到达骨头,幸亏未伤及粗血管。内藤对他进行局部麻醉后,在手掌上缝了七针;然后将上臂的伤口切开,洗涤,缝合,注射抗生素。

内藤对节雄说道:"你静养一周。"又对木下说道:"你的左臂要吊起来,不能动弹。"

桑原说:"了不起啊,还是大(dɑ)夫厉害。"

"不是大(dɑ)夫,是大(dɑi)夫。"内藤一边把抗生素药片、消炎药、镇痛药和退烧药装进塑料袋,一边说明用药事项,还把消毒药、纱布、创可贴和绷带也放进去。

"对不起,医疗费多少?"

"哦,收你七万吧。"

"走医保可以吗?"

"你还能说个更好笑的笑话吗?"

"顺便也给我看看,可以吗?"桑原站起来,脱掉外衣,解开衬衫的纽扣,掀上去。缠在左侧腹的纱布上渗出黑色的血迹。

"到这儿来。"内藤把他的纱布揭下来,"……伤口又裂开了。"

"给缝上吧。"

"说得轻巧,又不是缝抹布。"内藤用消毒液清洗桑原的侧腹伤口。

走出内藤医院的时候,看见红色的灯光闪动,从门柱后面瞧过去,发现一辆警车停在罗密欧后面,两个穿警服的警察正向车内探看。

"怎么回事?"

"巡逻警车。你们在这儿等着。"二宫拿着车钥匙走到罗密欧旁边,警察走过去,把他叫住:"你违反停车规定了。"

"是吗?"

"喝酒了吗?"

"当然没有。"

"吐一口气。"

"是这样吗?"二宫呼出一口气。

警察闻着味道:"在这儿干什么?"

"你看见我从哪里出来的吧?看急诊,胃痛呕吐,就来打点滴。"

"驾照。"

"带着呢。"二宫把驾照递上去。

警察用手电筒查验驾照:"二宫启之,大正区千岛……千岛离岛之内很远啊。"

"我的公司在西心斋桥。"桑原说内藤医院是他的固定医院,"就胃痛没必要叫急救车吧?"

"现在要去哪儿?"

"回千岛家里。"

"这是什么车?"

"阿尔法·罗密欧,意大利车。"

"能看车检证吗?"警察很啰唆,但不能违抗。夹克衫的口袋里装着从桑原那里要来的一百万日元的钞票,二宫从车内工具盒里取出车检证,警察将车检证与驾照对照检查。

"这一带发生过什么案件吗?"

"没听说……"

警察含含糊糊说道:"麻烦你了,回去开车注意点。"警察把驾照和车检证还给二宫,开着警车离去。

桑原、木下和节雄过来:"怎么回事?"

"执勤检查。"

桑原说道:"你形迹可疑,谁见了都觉得你鬼鬼祟祟的。"

"形迹可疑……"两三年遇见一回这样的执勤检查,自己可能是这种体质吧。

三人坐进车里,系好安全带。

"去哪儿?"

"守口。"

"'糖果'吧。"

发动车子。

22

第二天中午,节雄去附近的眼科医院。二宫和木下在"柊"房间里玩掷色子,黑色的色子是二宫的赌注,白色的色子是木下的赌注,但黑色的色子在木下的面前堆积如山。一个色子是一百日元,二宫大概输了一万多日元。

二宫的手机振动,是岛田来的电话。

"喂,我是启之。"

"启坊,你在哪儿?"

"守口的'糖果'。"二宫对岛田不撒谎。

"木下也在那儿?"

"在这里。"

"听说昨天在今治和泷泽组又干起来了?"

"泷泽到二蝶会来了吗?"

"刚才亥诚组的布施来了,作为泷泽的代表。布施和老大单独谈话了。"

"谈什么了?"

"有点麻烦,你带着桑原和木下到我的事务所来。"

"你和桑原先生联系了吗?"

"他的手机关机。"

"知道了。桑原先生大概在家里。"

二宫挂断电话。木下问道:"谁打来的?"

"岛田先生。叫桑原和你一起去他那里。"二宫穿上袜子,"我输了多少?"

木下点数色子,一共一百零八个:"除夕的钟声一百零八响,一万就行了。"

二宫把一万日元交给木下:"桑原家在哪里?"

"不知道,大概在后面的公寓吧。"

"我到下面去问一下。"二宫拿着夹克衫站起来。

二宫走下楼梯,来到前台,真由美在柜台里面喝着咖啡。她抬起头:"啊,没注意到。"

"不,我刚下来。"二宫笑了笑,"岛田先生要找桑原先生,他在家里吗?"

"嗯,大概……"

"告诉我他家在哪儿,我去接他。"

"不好意思,他不让告诉任何人。"真由美表示歉意,拿起桌上的电话,按下快捷键,把事情告诉对方,然后对二宫说道,"桑原过来。"

"劳驾了。那我在这儿等。"

"要咖啡吗?"

"谢谢。"

"请进来吧。"

二宫从旁边的门进入前台里面,相当宽敞,最里头是厨房,后头还有出入口。二宫拉过一把钢制椅子,坐下来:"最近生意怎么样?"

"不好。卡拉 OK 哪儿都不怎么样。"真由美说白天是家庭主妇,傍晚是学生,虽然客人的结构没有变化,但晚上聚会以后来唱歌的工薪阶层的客人减少了。

"是因为酒驾查得严的缘故吗?"

"有一点影响,但主要还是因为卡拉 OK 这个行业整体走下坡路吧。"真由美把滤杯和滤纸放好,放入磨好的咖啡豆,一边倒热水一边说,"二宫先生那边生意怎么样?"

"清淡得很,像我这样的边缘产业吃不了饭了。"

"二宫先生是建筑咨询吧?"

"这名称好听,其实就是搞疏通。"

"疏通?"

"就是拆卸公司与暴力团体之间的中介行业。"

"所以你和桑原是这样认识的吗?"

"是这样。"

"那个人很厉害吧?"

"不好打交道,不过挣钱是超一流的。"二宫不说桑原的性格人品扭曲,因为真由美是桑原的人。他若无其事地问道:"'糖果Ⅰ'关门了吗?"

真由美爽快回答:"停业了。现在正在出售。"

"光那一块地的地价就相当高吧。"

"有八十坪……"

如果一坪五十万的话,八十坪就……用来归还四千万的借款吧。真由美把咖啡、砂糖和牛奶放在桌子上。

"可以吸烟吗?"

"可以啊。"

二宫一边喝咖啡一边吸烟。

三十分钟后,桑原过来了,穿着深蓝色的敞领衬衫和麻布裤子,网状轻便鞋,胡子刮得干干净净,大背头油光锃亮。

"这衬衫有点透。"侧腹的纱布隐约可见。

"这是罗绸。"桑原说这是用和服拆改的。

"充满高档的感觉。"

"噢,是吗。"桑原满脸不悦,"二哥找我有什么事?"

"他让我们到岛田组的事务所去。"二宫说亥诚组的布施来二蝶会与森山单独谈话了,"他没说谈话的内容。"

"二哥知道昨天的事吗?"

"知道。大概是布施说的。"

"混蛋!这下复杂了。"

"去岛田组吗?"

"他既然叫了,不能不去啊。"桑原把钥匙扣扔给二宫。

二宫回到二楼的"柊",把木下带上,坐上桑原的宝马向赤川驶去。

旭区赤川。二宫把车子停在岛田组事务所前面。桑原下车,按下对讲机:"是我。"

"啊,辛苦了。"门打开,穿着白衬衫的三个组员招呼他们进去。

岛田靠在会客室的沙发上,抬头看着桑原:"你的手机不充电吗?"

"对不起。泷泽的手下流氓寻衅的时候弄坏了。"

"你的手机怎么老坏啊?"

"电池也经常没电。"

"坐吧。"

桑原和二宫并排而坐,木下站在岛田旁边。

"你在今治都干什么了?"

"去取小清水的钱。"

"他把钱藏在今治?"

"小清水的钱存在银行,被我收走存折、封掉账户后,他就搞了个小动作,向银行申请新的存折,这个新的存折寄到今治。"桑原大概已经做好思想准备,开始讲述事情的来龙去脉。岛田默默地听着。

"……泷泽那帮家伙不知道怎么探听出来的,也到今治来了。于是就发生了昨天的事件。节雄被他们揍得遍体鳞伤,就像破灯笼似的。木下也是,如您所见,光荣负伤。"

岛田看着木下:"哪里受伤了?"

"被'梃子'扎伤了。"木下的手臂用毛巾吊在脖子上,"岛之内的内藤大夫给我缝合的。"

"从今治跑到大阪治疗的?"

"二宫开车四个小时一路狂奔。"

"启坊,对不起了。"

二宫慌忙挥手:"哪里哪里,没什么。"

岛田问桑原:"小清水的存折怎么样了?"

"拿到钱了。"

"多少?"

"大同银行的两千四百五十万。"桑原这次没有撒谎,但是他没有说从三协银行拿到八十万。

"你打算怎么处理这笔钱?"

"对半分,怎么样?二哥和我各一半,一千零二十五万。"

"怎么还少四百万？"

"节雄和木下的医疗费一百万，给二宫两百万。"

二宫心想不对啊，自己只拿到一百万。他瞪着桑原，桑原装作没看见。

岛田说："我要一千万就可以了，给你一千零五十万。"

桑原微微一笑："谢谢，不好意思。"

"但是，你要给老大送去三百万。"

"为什么？"

"亥诚组的布施和老大会谈。……听说泷泽对初见采取了绝缘处分。"

"嚯，这好啊！"

"好什么？布施一再对老大说：天平不能倾斜。"

"天平？难道对我也要绝缘？"

"是这样的。"岛田仰望着天花板。

桑原说道："泷泽让初见和小清水合谋行骗，到处制造麻烦。从玄地组拿钱，把那边的若头逼得走投无路。初见对我出手，我还了手，把泷泽手下的小流氓教训一顿，抓住小清水，把钱取回来。……我有什么过失？泷泽要对初见绝缘那随他的便，如果连我也要绝缘的话，不是不合情理吗？"

"泷泽受到老大诸井的痛骂，说在川坂会内制造纠纷成何体统！……诸井身为本家若头助理，打算爬上下一任若头的位子，所以命令泷泽收手。……我判断泷泽把一切过错都推到初见身上，让他担责。"

"布施讨厌初见，初见的绝缘是布施给诸井出的主意。"桑原说，"我不服。我那么拼死拼活把《冰凝之月》的出资合同要回来，现在有什么理由非要让我担责？"

"我对老大也这么说,但被他天平什么的一句话顶回来。"

"老大怎么说的?"

"什么也没说。"岛田摇摇头,"所以,你去老大那里。把三百万奉上去,赔礼道歉。"

"为什么要我赔礼道歉?"

"泷泽组是亥诚组的分支,你是和本家作对。"

"……"桑原紧握拳头。

"我对老大说过,对桑原绝对不能绝缘,最多只能是破门以取得平衡。"

"破门?这不是开玩笑吗?"

"你不听我的话吗?"岛田怒斥道,"分阶段破门。看情况还可以恢复,我打算对老大这么说。"

"……"

"你去不去老大那儿?"

"我感到悲哀。"

"怎么……"

"我从但马的乡下来到大阪二十年,一直在黑道上打拼。我一直盼望着二哥你能成为二蝶会的第二任组长。"

"别说这些没用的话,老大统领这个组,现在已经不是打打杀杀的时代了。"

"我知道了。"桑原低头,"三百万,用绸巾包着,向老大赔礼道歉。"

"老大在但马。"

"对不起,我现在就去。"桑原站起来,走出会客室。岛田一直目送着他的身影。

23

月末,二宫交了事务所的租金,让玛奇站在自己的肩膀上,悠闲地看着电视。所有的电视节目都是吉本公司的艺人在表演,毫无兴趣。公共媒体就是向世界宣布某某艺人同居了、某某艺人离异了吗?他想,这是一种洗脑,脑细胞一定正从眼睛和耳朵蒸发掉,可是又无事可做。有关工作的电话、电子邮件一个也没有。

不知不觉正要迷糊睡觉的时候,听见开门的声音,睁开眼睛一看,悠纪正把雨伞放进伞架里。

"下雨了吗?"

"要来台风了。你连这也不知道吗?"

"我对世俗的事情毫无兴趣。"

"阿启,瞧你流口水了。"

"哦……"二宫用手背抹了抹嘴角,然后擦在短袖衫上。

玛奇飞起来,落在悠纪头上。

"哎呀,玛奇,你好。"

"啵啵锵,欢迎,吃饭,吃饭吗……"玛奇唱着莫名其妙的歌。

"什么时候都这么高兴。"悠纪取过鸟笼上的鸟食盘子,坐在沙发上，让它啄食。她看见桌子上烟灰缸里的烟头、发泡酒的空罐，问道，"谁来了？"

"昨天节雄来了。"

"阿启，你不要再和桑原、节雄他们来往了。"二宫把这次事情的详细经过告诉了悠纪，所以她知道节雄的名字。

"节雄到美国村买绣图案的夹克衫，顺便来这里坐坐。"

"这个节雄是什么样的人？"

"表面上不像黑道，一副寒酸样，瘦瘦的，剃着短发，穿的也是便宜的衣服。夏天总爱穿竹皮屐。"

"绣图案的夹克衫配上竹皮屐，真是昭和怀旧风。"

"噢，也算是引人注目的时尚装。"节雄在街上大摇大摆行走的时候，那些地痞流氓都恶狠狠地瞪着他，这个人体弱却好强，于是就会打起来。他的上下门牙都是假的。

"节雄来这里只是坐坐吗？有什么事情吧？"

"好像想把桑原的事情告诉我……"二宫关上电视。

节雄的脸部虽然已经消肿，但左眼周围还有点发青，鼻子经过整形外科的治疗，已经恢复原样。脚腕的扭伤虽然还疼，但普通走路没有问题，再有一个月就可以完全恢复。

节雄说："大约一周前，接到了泷泽组的书面文件，就是初见的绝缘书。老大拿到后，就起草了桑原的破门书。……真的太过分了，老大没有丝毫保护手下的意思，还从桑原那里拿走了三百万。"

二宫说道："桑原还是进贡了三百万……"

"应该是，我这么听说的。"

"那现在桑原呢？"

"老大在发布破门书之前就对他说不要到组里来。他大概忍无可忍吧。"

"把自己关在守口吗？"

"不知道。桑原已经破门了，和二蝶会断绝一切关系了。"

"岛田先生说分阶段破门，这个权宜之计也没被采纳吗？"

"破门就是破门，没什么分阶段的，恐怕很难回去。"

"趁此机会，索性洗手，不好吗？"

"那个人要是成了白道，还能干什么呢？当便利店的店员，还是当宅急送的送货员？就是开出租车也需要第二种驾照……"

"不是可以当卡拉OK店的店长吗？"

"你能想象他端着放有橘子汁、花生米的托盘送到客人的包间里去吗？不行哦，他干不了伺候人的买卖。"

"总觉得他很可悲。"

"前途莫测，无论是黑道还是白道，无论是你还是我……"

"小清水怎么样了？听说什么了吗？"

"嗯……大概死在哪个荒山野岭了吧。"

节雄把憋在心里的话都说出来后，大概感觉心情舒畅，喝完发泡酒，起身拖着脚走到门边，回头说道："有一件事忘记说了，泷泽的手下不是到今治来了吗，大家猜测可能是金本告密，其实是玲美告的密。"

节雄嘟囔着"女人太可怕了"离开了。

"……事情就是这样，'糖果Ⅱ'早晚也要关门，盘给别人。"

"玛奇你听到了吗？桑原是恶有恶报。"悠纪点着头，玛奇不停地啄食。

"现在回想起来，其实他也并非一无是处。"

"我不喜欢他。"

"我也不喜欢他。"

"阿启不行,喜欢和不喜欢的界线弯弯曲曲。"

"是吗……只有喜欢你不会变。"

"喜欢我什么?"

"漂亮、聪明、温柔。"

"嗯,知道了。那就约会吧。"悠纪说预订赫布匈美食坊的法国晚餐大菜吧。

二宫这时才注意到今天悠纪的穿着不是平时的牛仔裤,而是一身飘逸柔和的乔其纱连衣裙,赤脚穿着精美的凉鞋,十分合身得体:"今晚没课吗?"

"嗯,没有。"悠纪给玛奇的鸟笼换水。

二宫从桌子的抽屉里取出电话簿,查询赫布匈美食坊的电话号码。